U0625093

大鱼文化传媒　大鱼文学

一叶倾城

谈轻 著

河北出版传媒集团

花山文艺出版社

图书在版编目（CIP）数据

一叶倾城 / 谈轻著. -- 石家庄：花山文艺出版社,2016.12（2020.3重印）

ISBN 978-7-5511-3123-0

Ⅰ. ①一… Ⅱ. ①谈… Ⅲ. ①长篇小说－中国－当代Ⅳ. ①I247.5

中国版本图书馆CIP数据核字(2016)第308742号

书　　名：	一叶倾城
著　　者：	谈 轻

策划统筹：	张采鑫
责任编辑：	卢水淹
特约编辑：	蔡杭蓓
美术编辑：	许宝坤
责任校对：	齐 欣
封面设计：	颜小曼
内文设计：	米 籽
封面绘制：	卜若梨
出版发行：	花山文艺出版社（邮政编码：050061）
	（河北省石家庄市友谊北大街330号）
销售热线：	0311-88643221/29/35/26
传　　真：	0311-88643225
印　　刷：	三河市华东印刷有限公司
经　　销：	新华书店
开　　本：	880×1230　1/32
印　　张：	9
字　　数：	267千字
版　　次：	2017年2月第1版
	2020年3月第2次印刷
书　　号：	ISBN 978-7-5511-3123-0
定　　价：	45.00元

目录

Y I Y E Q I N G C H E N G

目录

Y I Y E Q I N G C H E N G

YIYEQINGCHENG
第一章

头牌，我买你啊

午后暖洋洋的阳光落到身上，舒服得令人不自觉地闭上眼睛享受这一刻的惬意。

时瑜满头大汗地奔到店里的时候，叶倾城已经试了第五套礼服，修长的手指托着尖尖的下巴，在店员的介绍下，开始新一轮的挑选。

"叶小姐，这一件如何？DOLCE&GABBANA夏季新款，抹胸设计还有细腰线条的勾勒……"

"不要，不要。"

店员都还没有说完，叶倾城就摆手打断了她的话，噘着嘴一脸的嫌弃："我胸小，穿不起这个。"

"……"

时瑜听到这句话的时候差点儿没有背过气，双手叉着腰走上前，额头上还有汗水："叶倾城！你是要参加什么颁奖典礼或者是晚宴吗？不过是去酒吧喝几杯小酒，穿什么不行，犯得着把我店里的礼服嫌弃一遍吗？"

"哎呀，小时瑜你来啦。"

看见好朋友，叶倾城冲上去来了一个大大的拥抱，眯着眼模样像是暖阳下睡觉的慵懒小猫。

"快举起脚指头陪我一起算，我们有多久没有见面了，四个月？五个月？"

时瑜抬了抬眼皮，颇为无奈："五个月不到，手指头都算得过来，要脚指头干什么？"

"我这不是用了夸张的修辞手法嘛，表达对你的思念之情。"

时瑜松开手来，瞪了叶倾城一眼："你敢说，如果不是因为成清恒，你会义无反顾冲回国？我跟他在你心中几斤几两的比重，我还是很清楚的。"

叶倾城嘿嘿嘿笑了几声，挽着时瑜的手走到方才挑出来的几套礼服面前，伸手指了指其中两件——

"你快帮我挑一套，时大设计师的目光非比寻常。"

时瑜摇了摇头，不就是去酒吧喝酒嘛，穿个牛仔裤短 T 恤怎么舒服怎么来，为什么非要选这种又露胸、又露背的长裙？

"说真的叶倾城，你的身材还没好到可以驾驭我这些衣服的地步，听我的，乖，T 恤牛仔裤帆布鞋就可以了，嗯，就跟你现在这样。"

"怎么可以！"

一巴掌拍在柜台上，叶倾城疼得整张脸都皱了起来，倒吸一口冷气。

时瑜差点没忍住，想笑出声来。

"小时瑜，这一次只许成功不许失败。你知不知道，我来的飞机上，十几个小时我都没敢闭眼睡觉，满脑子里都是各种可能发生的情况，成清恒是什么人啊，我的机会可只有一次，我必须做到万无一失啊！"

时瑜不以为然地嗤笑了一声："机会只有一次？这句话这些年我都听了多少遍了，叶倾城，你那本《攻陷头牌三十六计》还是赶快拿把火烧了吧。"

"……"

说好的为朋友两肋插刀呢！

说好的此生不渝，不离不弃呢！

叶倾城呜咽地抱紧时瑜的手，从小一起长大的好闺蜜，她高考失利，时瑜却被常青藤名校录取。她被遣送出国念书，因为成绩差挂科频频毕不了业，时瑜却早已经回国自主创业……

午夜梦醒，她经常捂着被子哀号，既生瑜何生城！

"小时瑜，你不能看着我落难而不伸手救我一把啊，他都要订婚了，我要是再不拿下他可就来不及了！"

当叶倾城扭着那小细腰出现在浮欢门口的时候，从后面跟上来的时瑜掩面不想上前，她心里有一万个不愿意，不愿意承认跟前面那个女的是认识的。

时瑜有些后悔几个小时前的那一刻心软，现在好了，自己种下的苦果，含泪也要吞下去。

"小时瑜，我们快进去吧。"

叶倾城招了招手，踩着高跟鞋就往里面走。

嘈杂的音乐刺激着耳神经，叶倾城皱着眉头往前面挤，一路躲过各种扭着腰肢舞动的男男女女，冲到吧台坐下的时候，长舒一口气。

"天啊！简直是太吵了！"

"你在美国，没去过酒吧吗？"时瑜有些不可思议地看着叶倾城，这模样看上去，的确像是没来过酒吧的。

果不其然，叶倾城摇了摇头，一脸挫败。

"我日日夜夜捧着一本书，考试都还能挂科，你让我怎么有时间有勇气去酒吧……"

酒保擦着酒杯走过来，有礼貌地打着招呼，问她们要喝点什么。

"两杯玛格丽特，谢谢。"

时瑜比叶倾城大一岁，但因为职业缘故，像这种地方，倒是来过不少次，哪一款酒适合她们喝，她也很清楚，但——

"等等！"

叶倾城拦住酒保，托着腮帮子，手指在吧台平面上轻点了几下："我不要玛格丽特，给我上你们这里最烈的鸡尾酒！"

"……"

时瑜再一次想把头埋起来，装作不认识眼前这个傻姑娘。

反倒是酒保，态度很好地解释了玛格丽特本身就是鸡尾酒里的一种，至于哪一种最烈，他看得出叶倾城酒量不好，没有推荐。

察觉自己闹了一个笑话后，叶倾城一点儿都不觉得尴尬，反倒是一本正经地想了好一会儿，终于在仅有的常识库存里挤出一个酒名——威士忌。

"那你给我来一杯用威士忌调出来的酒，名字要好听的！"

"你够了，叶倾城。"时瑜拦住她，"你的酒量你自己清楚啊，掂量着来，万一出事怎么办？"

"哎！你忘了我来这里的目的是什么啊，就得醉啊，万一演得不像被拆穿了怎么办，帅哥，你去调酒，别管我们。"

"好的，那就一杯玛格丽特，一杯曼哈顿酒。"

酒保离开，叶倾城拿出手机来等待信息，除了时瑜以外，她还找来了另外一个小帮手。成清恒会来浮欢喝酒的消息，也是小帮手提供的。

"你确定能够做到万无一失吗？我怎么觉得你一副没底的样子，成清恒什么时候来啊？他在的包厢号你知道吗？你以什么借口进去啊？万一你姐也来了怎么办？"

时瑜一连串的问题，让叶倾城觉得很是头疼，连忙伸出手去堵住她的嘴。

"哪来那么多问题，不是有陈等等帮忙吗？你怕什么！"

陈等等本名陈景川，叶倾城的发小，年长她四岁，也是成清恒的好朋友。这一次，也是全靠他通消息，里应外合。

一听说是陈等等帮忙，时瑜差点没忍住翻了个白眼，全世界最不靠谱的人凑到一起，她能指望成功吗？

酒上来的时候，叶倾城眯着眼睛喝了一口，结果呛得连连咳嗽，周围的人都投来异样的目光，时瑜连忙帮她轻拍后背。

"怎么样？要是实在不行，你装醉得了，你的演技不是一向都能把叶爷爷骗得团团转吗？这时候，你还是别逞能了。"

"你忘了吗？自从我上大学，我的演技就没人信了……"

叶倾城红着眼抬起头来，眼泪一颗一颗往外冒。天啊，这酒太难喝了！

胸口有股气涌了上来，堵着难受，一口喝得太猛，这时候感觉脸颊都火烧火燎的。

"你这个样子，我真担心你待会儿发挥不好，一下子就被成清恒看穿。"

成清恒是什么人，被那如鹰隼般的厉眼盯上都让人后背一凉。

叶倾城顺着气深呼吸，摆了摆手推开时瑜："不成功便成仁，你别阻止我，我可是练习了好几十遍漂洋过海来到这里的！"

夜幕下，车水马龙的大道，沿路高耸入云的大厦，每一束灯光都在映射着这座城市的光怪陆离与浮华浪漫。

费城有另一个美丽的名字，叫作不夜城。

它有足够的魅力，令无数怀揣着梦想的青年背井离乡来到这里奋斗，试图融入这座城市，站在最中央的位置，裹着荣耀与浪漫，感受着白天与黑夜间带来不一样的华辉。

成清恒出现的时候，侍应生躬身恭敬地喊了一声"成少"。

一袭深色阿玛尼成衣，衬着修长清俊的身形，单手插在口袋里，仅是一个眼神，就让人感觉到他身上那股微凉的气息。

他步履清闲地朝包厢走去，陈景川催得紧，可他偏偏一点儿都不着急。

路过吧台的时候，目光不自觉被某处所吸引，但很快就被舞池中来来去去的人带开。

一杯曼哈顿酒见底的时候，叶倾城趴在吧台上嘤嘤嘤哭了起来。

"小时瑜，我要是这一次没成，我就再也不信网上天涯那些帖子了！出的都是什么馊主意啊！"

时瑜哭笑不得，递纸巾给她："别哭了，小心把妆哭花了怎么办。"

桌面上的手机响了起来，是陈景川发来的短信。

叶倾城如同打了鸡血一样弹起身，一把抓过手机，撑着眼皮努力看清楚上面的字眼。

"成清恒来了！成清恒来了！"

时瑜连忙跳下高脚椅，扶起叶倾城，付钱后拿过她的包包："房间号是多少？"

"719！"

这几个数字念完，叶倾城迫不及待就要往包厢的方向去，结果，一个步伐不稳，整个人差一点儿就往地上栽。

要知道她今天为了能够衬上成清恒那一米九的高个子，还特意选了一双八厘米的高跟鞋，这一崴，差一点儿没伤了脚踝。

时瑜被吓到，一把将她扶好，感觉心头有千万头小动物在奔跑着，但还是忍住了一颗想要爆粗口的心。

"叶倾城，你小心一点儿。"

到了走廊拐角，叶倾城扒着墙边缘偷偷探出头去，成清恒就在离她不到五米的地方，正背对着跟人说话。

原来他还没进包厢的！

情报有误啊！

"站在这儿干什么，不过去吗？"

时瑜刚问完，叶倾城就一把捂住她的嘴，食指抵着自己的唇瓣"嘘"了一声。

"他没进包厢！还在门口站着！陈等等这个傻白甜！他骗我！"

此时的时瑜，真的很想要躺下来在众人面前表演胸口碎大石，到底自己脑子里是缺了哪根筋了才答应叶倾城来这里。

"人是在包厢里还是包厢外，这个不要紧吧？我倒是觉得外面好，易壁咚，易扑倒。"

"真的？"叶倾城狐疑地看着时瑜，后者板直了脸，点点头。

所以，叶倾城就这样，行动了！

浮欢作为费城最大的酒吧，在这里遇见认识的人是一件再普通不过的事情。成清恒本都要进门了，却被人叫住脚步，回过头看了几眼，也没有多少印象。

嗯，他本来就不怎么留心注意那些喜欢攀关系的人。

客套了几句后，那人就走了，他低头拂了拂外套上的烟灰，正准备推开包厢的门，耳边就传来细碎的高跟鞋声音，还未来得及看清楚来人是谁，就被推得往后退了几步。

叶倾城跌进温暖的怀抱里，鼻尖萦绕着成清恒身上淡淡的清新木质香调，好好闻。

小手不自觉往下滑——

哇，有六块腹肌！

叶倾城满足得差点叫出声来，眯着眼，双手缠上了劲腰。

这突如其来的举动让成清恒有些措手不及，手甚至都不敢搭在叶倾城裸露的肩膀上。他看着怀里那颗还在到处拱的脑袋，眉头紧蹙。

"这位小姐。"

嗓音低沉充满磁性，落入耳边，再加上方才那被曼哈顿的酒精熏陶，叶倾城只觉得整个人都快要飘起来了。

她猛地抬起头来，笑得跟大街上的疯子一样——

"头牌！你一夜多少钱啊！我买你好不好哇！"

"……"

成清恒俊脸黑沉。

这一次，他没有下不去手，一把将叶倾城推开来，有了距离，再借着走廊上的灯光，看清楚叶倾城容颜的时候，他的双眸里闪过一丝异样。

"嘿嘿！头牌！害羞什么啊！"

叶倾城挺起小胸脯，拍了拍："我带了钱来的！你别怕！一夜多少钱你照着行情价告诉我就行！"

"……"

她满身酒气，脸颊绯红，双眼眯起来像只狡黠的狐狸。

成清恒瞥了一眼，眉头几不可察地蹙了蹙，声音清冷，缓声道："小姐，你找错人了。"

不待叶倾城开口，成清恒理了理有些褶皱的衬衫，越过她，拉开包厢的门走了进去。门被一把关上的时候，声音震得叶倾城身子抖了抖。

她……

这是被无视了？

拐角处一直观察着情况的时瑜，在叶倾城准备打开包厢门冲进去的前一秒钟，飞奔过来拦住了她，连拖带拽地往旁边去。

"你干什么啊！你拖着我干什么啊！我要进去啊！"

叶倾城压低了声音质问，时瑜捂住她的嘴，带到没人的地方才松开她。

"没看到成清恒刚才无视你了吗？这一招没成，你再闯进去也没用啊。"

"都是你出的馊主意！什么在外面易壁咚，易扑倒！看到了吧！他简直不能太淡定！"

叶倾城气得直跺脚，方才那杯酒简直就没起到什么好效果，醉酒好办事啊！她不会是程度不够，被成清恒一秒看穿了吧！

毕竟他那双眼，简直就跟红外线一样。

"一计不成，你有什么打算？"

"进去啊！"

叶倾城低头理了理裙子，一股酒气涌上来，捂着嘴巴打了一个嗝，差点没把她熏晕过去。回想起方才在成清恒身上闻到的香水味，她决定以后要去打听清楚那是什么牌子的香水。

"好吧，那你答应我，如果这一次再不成功的话，我们就打道回府了好不好？"

时瑜实在是怕极了叶倾城，生怕要是事情闹大，叶家那边不好交代。

"知道了。"

陈景川再发短信来催问的时候，叶倾城已经鼓足勇气一脚踹开了包厢的门，红着脸像喝醉了酒一样扒着门框，扫了一眼包厢，一眼就看见了坐在沙发最中央的成清恒。

他的手里擒着酒杯轻轻晃动，听到声响，抬起头来，深邃的目光落在叶倾城身上，双眸骤然紧缩。

"头牌！谁让你在这里招待的啊！我明明先定了你的！"

纤细的手指头直指成清恒，把他叫成头牌？

包厢里的其他人吹口哨的吹口哨，看好戏的看好戏，还有一些帮叶倾城小姑娘捏了一把冷汗，要知道，她手指指着的这个男人，可是费城金贵的成少。

叶倾城踩着高跟鞋，步履有些虚浮，到了桌边的时候，脚下一软，差点栽倒。

"这个酒好喝吗？快让我尝一口。"

她娇笑着伸出手去，一把抢过成清恒手里的酒，光是闻味道，她就觉得眩晕感袭来，但还是硬着头皮尝一口。

从头到尾，成清恒只是看着叶倾城，直到她一小口一小口抿着，酒杯见底的时候，才霍地站起身，走到叶倾城面前，一把夺过酒杯重重放在桌上。

酒的后劲很大，再加上之前她还喝了一杯曼哈顿，这个时候，她连站都站不稳了，抓着成清恒的手，强忍着拼命涌上来的酒气把胸口堵得慌。

成清恒低头看着叶倾城，目光依旧不带任何情绪。

"你酒量倒是不错。"

成清恒用着只有两个人才听得见的音量说了这句话，只不过落到喝醉了酒的叶倾城耳里，就像是听着寺庙撞钟，嗡嗡嗡响。

栽倒昏迷过去的前一刻，叶倾城揪住了成清恒的领子，用尽最后一丝力气说了一句——

"头牌，我是真心诚意想睡你的。"

"……"

很久以后，叶倾城扒着陈景川的手听来的后续就是，成清恒听完那句话，脸上一阵红一阵白，薄唇抿成了一丝细线，什么话都没说。

但抱起叶倾城离开的时候，成清恒还是重重踢了一下椅子。

清晨，大片阳光透过落地窗洒进了酒店大床上，叶倾城低吟一声，蒙胧地睁开眼，酒醉后头疼不已，一动，就觉得在扯着太阳穴的神经。

一室明亮，一室静谧。

她伸出双手摁住眼窝，潦草地做了一套眼保健操后，挣扎着坐起身来。

"嗷呜……"

叶倾城喊了一声，实在是因为太难受，要是知道喝完酒后会是这样的反应，她肯定选择装醉啊！

伸了个懒腰，目光落在浴室门旁边堆着的床单上，一个激灵，叶倾城迅速坐直了身来，揉了揉眼睛，没看错！

那床单不就是她身下这张大床的吗！

难不成！

故事到了这里，叶倾城迅速捂住自己的脸蛋，脑海里像是放了烟花一样开始有了各种各样乱七八糟的猜想。

会不会是因为昨夜……

为了证实这一想法，叶倾城掀开被子跑下床，心脏扑通扑通狂跳，紧张得连呼吸都不敢，还没走几步路，脚下一软，整个人往前栽倒。

成清恒拉开门的时候，恰好就看见了这跪拜大神的一幕，当即怔住。

这个跪拜礼，似乎显得太隆重了点。

跟头栽得太大，微抬头，视线中出现一双大长腿，紧接着目光慢慢地往上移动，当看见成清恒那张毫无表情的脸时，叶倾城彻底清醒，迅速站起身来，整理身上的着装。

"那个，咳，嗯，你怎么还在这里啊？"

成清恒视若无睹，从叶倾城身边走过，带着一阵沐浴露的清香。

"……"

被无视了。

叶倾城懊恼地咬着唇，目光落在地上那离得不远的床单上，伸出脚微微一钩就能掀开来看看里面是不是有……

"你在干什么？"

低沉而冷漠的声音打断了叶倾城的动作，把她吓了一跳，缓缓转过头来就对上成清恒那双犀利深邃的眼。

"没干什么啊。"叶倾城笑了笑，不经意低头，这才发现身上的衣服已经被换掉了！

方才都没有注意到的细节，现在才发现！

离得不远的地方，成清恒一边系领带，一边用眼角余光扫着叶倾城，看到她的反应时，削薄的嘴角微微扬起一个不易察觉的弧度。

系好领带，成清恒坐到沙发上，右腿自然交叠在左腿上，姿势慵懒悠闲，看着叶倾城淡淡开腔。

"你经常来酒吧？随便抱住一个男人就喊头牌，要睡他？"

叶倾城身子僵住，脑袋飞速转动思考着要怎么去回应这句话，听成清恒的语气，好像没有认出她来。

反正睡都睡过了，这时候怎么可以没底气呢！

想到这里，叶倾城硬着头皮抬起小胸脯走过去。

"坐这儿。"

成清恒长指优雅地指着旁边的位置，开口简洁明了。

这么近的距离，叶倾城几乎看清楚了成清恒嘴角上的伤口，天啊！她昨天居然这么生猛吗！

居然把成清恒的嘴唇给咬破了！

意识到这一点，叶倾城有些忐忑不安，目光正巧落在了床头放着的包包，想了想，她伸手拿过来，豪气地从钱包里取出几张美钞甩在成清恒的胸前："服务不错，小费在这儿！"

"……"

英俊的五官上，棱角分明的线条因为这个动作有些紧绷，成清恒眸色深深地盯着胸前那几张钞票。

像是感觉到了气氛中的诡异，叶倾城深谙这个地方不能多待，抱着包包喊了一声"下次再会"后，飞一般地跑开。

直到房门"嘭"的一声关上，成清恒才收回目光，修长的手指在薄唇上轻轻一抹，嗯，滋味不错。

小公寓里。

时瑜刚睡醒，眯着眼睛走到客厅倒了一杯温水，还没开始喝，就被敲门声吓了一跳。

"小时瑜，你起床了吗？"

这年头，有门铃知道密码还非要敲门嚷嚷喊人的，除了叶倾城，时瑜也想不到有第二个人。趁着邻居还没有拿着大刀斧冲上来之前，她迅速地跑过去开门。

叶倾城跌进屋，抚着胸口喘着气。

"你这样子怎么跟被人追杀一样啊。"

"别提了……"

叶倾城摆着手，话都说不上来，把鞋子一脱就径直往屋里的大沙发走去，一头栽进去，抱着抱枕一副不打算起身的样子。

"你昨天可是一夜未归，怎么样，顺利拿下男神了吗？"

"我也不知道。"叶倾城伸手捂住脸，从酒店逃跑后来公寓的一路，她几乎都在很费力地回想着昨天晚上发生的事情。

可事实就是这么残酷苍白，她醉酒断片了……

不论怎么想，就是拼凑不起那些片段，早上醒来，她身上的衣服被换了，床单被清掉了，成清恒的嘴唇被咬出伤口，这一切迹象都能证明她应该是把成清恒睡了啊！

可是！

传说中的酸疼感呢！

除了宿醉的头疼，其他一点儿感觉都没有。

把这些说给时瑜听的时候，叶倾城委屈得不得了："我为了昨晚付出了多少啊，今天早上走的时候，还甩了几百美金，可是我什么都记不起来，根本连本都没捞回来！"

"……"

时瑜看着叶倾城，哭笑不得："往好处想吧，万一你真的把他给睡了呢，这开头炮你已经打得不错了，慢慢来别着急。"

"能不着急吗，订婚的消息都出来了。"

对于叶倾城来说，成清恒就是她镌刻在心上的人，过生日许下的愿望里必定有一个他，每年正月初一叶老爷子问她要什么礼物的时候，她都在心里默默念着成清恒。

时光对她来说，是一种良善的馈赠，只有快点长大，她才能以最好的姿态出现在成清恒面前，骄傲地数着手指头告诉他，自己喜欢了他多少年。

眼看着订婚的消息都传出来了，叶倾城在国外是一刻都待不下去。

"那都是八卦消息，当事人不都没有正面承认过吗？放宽心来，吃过早饭没有啊，我去做早餐。"

时瑜往厨房走去，还没走几步路，就听到身后传来一连串的菜名，垂在身侧的手攥成拳头，倏地转过身朝沙发上某个跷着腿的女人喊了一句："我说的是早餐！不是午餐晚餐！别把我这里当成饭店行不行！"

包包里手机响的时候，叶倾城慢悠悠地伸出手去够，等到拿出来看见上面的来电显示，吓得差点从沙发上翻下来。

她迅速坐起身，抓了抓头发，清了清嗓子，深呼吸再深呼吸，才敢滑动接听键。

"爷爷。"

"丫头，你回国了？"叶老爷子沙哑的嗓音透过话筒传到叶倾城的耳朵里，令她不自觉坐正了身来。

"爷爷，您开什么玩笑呢，我……"

"哼！你一上飞机，我就已经收到消息了，还敢狡辩！"

撒谎连个开头都还没有，就被掐断了，叶倾城垂下头，早就预感到回国会被发现，只是来得这么快，就像龙卷风，她都还没准备好。

"回国居然不第一时间回家来，跑哪里去了！赶紧收拾好东西回来，要不然我就让你爸把你直接遣送回美国。"

"别别别，爷爷，我马上回去，马上。"

挂断电话后，叶倾城就起身往厨房走去："小时瑜，我恐怕来不及吃早餐了。"

"爷爷打电话来了？"

厨房跟客厅的距离也不远，叶倾城接电话的时候，时瑜就听到了，颇为同情地看着闺蜜："我只有两个字要送给你——保重。"

YIYEQINGCHENG
第二章

相亲，你说跟谁

叶家家教森严，再加上叶倾城身份特殊，有时候走错一步了，都会被为难上好一段时间。这一次偷偷跑回国，恐怕要担心的不是叶老爷子怎么数落，而是去酒吧喝酒，在酒店过夜这件事情，能不能瞒下来。

出租车在岸山湾门口停下，叶倾城下车后低头整理了一下仪容，拉着小行李箱走到雕花大门前摁指纹。

大门"吱呀"一声朝两边缓缓移开，离门还有一段距离，却一个人都没有。她叹了一口气，不是早就应该习惯了这种待遇了吗？

叶倾城走得很慢，等上了台阶准备敲门的时候，大门从里面打开。

"二小姐，老爷他们都在等你。"

管家态度恭敬，语气却冷硬，叶倾城假装不在意，微笑着进屋。

"爷爷，我回来了。"叶倾城换好拖鞋进屋，看见沙发上坐着的人，有种古代三司会审的感觉——

"爸、妈、姐。"

"你说你这丫头，出去磨炼了那么多年，怎么性子还是不见稳重。学校那边放假了吗？偷偷跑回来干什么？我要是不给你打电话，你还准备在外面野多久才回来？"

老爷子的拐杖一下一下敲在地面上，发出很大的声响，看起来吓人，但实际上也就是装装样子。

谁不知道，叶家老爷子最宠小孙女了。

"爷爷……"

叶倾城抱住叶老爷子，头在他的肩膀上蹭了蹭："我是想给爷爷您一个惊喜，所以才没事先打电话回家。我一个人在国外好寂寞，没有亲人，没有好朋友，我住久了心情就不太好，想回家，想见爷爷您啊。"

"哼！这话里恐怕有六成都是假的。"

嘴上这么说，但老爷子脸上还是扬起了笑容。

"爷爷，我发誓，我是真的想您了。"

"好好好，爷爷信你还不行吗，吃过早餐了没有，吩咐人去做你最爱吃的汤煎包好不好？"

果然，严肃脸绷不到几分钟就放弃了。

"爸。"

叶京涛打断了老爷子的话，看向叶倾城，目光严肃："倾城，爷爷疼你，可不是你胡作非为后的庇护伞。"

叶倾城敛起嘴角的笑容，起身站直来："倾城知错。"

"跟学校请了几天的假？"

"七天。"

叶京涛眸色一凛："居然请了七天？叶倾城，你是不是又打算毕不了业再熬一年！"

"爸爸，别生气。"

一直安静站在一旁的叶汐念主动开口帮妹妹说话："倾城就是想家了，过几天按时回学校就行，在家的这几天，我会帮她复习的，您别担心。"

"这有你什么事情，你啊，总是自己的事情不关心，操心外人干什么。"

叶京涛的妻子余雅芳对叶倾城向来刻薄，这话音刚落，就惹了老爷子生气。

"会说话吗？不会说话就安静待着。丫头，你先上楼去整理收拾下，待会儿做好了饭，爷爷叫你下来吃。汐念，你陪妹妹上去，看看有没有什么帮得上忙的地方。"

"好的，爷爷。"

叶汐念拉着妹妹的手上楼，回到房间后，叶倾城整个人呈大字形瘫倒在床上，望着天花板深深叹了一口气。

"你也真是的，回来怎么都不跟家里说一声？说吧，这一次又因为什么偷偷跑回来了？"

叶汐念踢了踢叶倾城的脚，双手环抱在胸前。她们虽然不是亲姐妹，但从小感情就很好，叶汐念也很宠叶倾城。

叶倾城没有把暗恋成清恒的事情告诉姐姐，不是怕她嘴巴不严泄露出去，而是怕没有追到手，被嘲笑一通。

要知道她为了回国来，都用了多少烂大街的借口了，哪一次不是被叶汐念掐着脖子求她想一些新鲜点有创意点的。

"姐，别说我了，你跟明大哥的事情家里人知道了吗？"

想到这个，叶倾城张开原本捂着脸的手指，露出一条缝隙，目光刚好可以透过，看向叶汐念。

"说起这个，你起来一下，我有件事情要跟你商量。"

说完，叶汐念还特意跑到门口把门反锁了，这才爬上床，推着叶倾城坐起身。

"什么事情这么神神秘秘的？"

叶倾城睁大了眼睛，难以掩饰内心的激动跟澎湃，对于八卦，她一向来者不拒而且具有一百二十颗真心。

"跟靖尧的事情，我一直想找时间跟家里人说，可你也知道我妈的性格，她肯定不会答应我嫁到明家。所以她这周给我安排了一个相亲，你能不能帮我去一趟？"

"……"

明家在费城也算得上是名门，只不过明靖尧的母亲跟余雅芳有过节，所以叶汐念谈场恋爱也是偷偷摸摸的，生怕余雅芳知道，非要她跟明靖尧分手。

　　至于顶包去相亲这种事情，叶倾城做过一次，好巧不巧还被叶老爷子抓个正着，差点就要打断她的腿。所以对于她来说，可谓是心有余悸，这时候缩着脖子使劲摇头。

　　"不去不去，你忘了上一次，我把你的相亲宴搞砸了，直接被遣送回美国，暑假都没得回来。"

　　"那怎么办啊？"叶汐念垂着头，头发散落遮住了她的脸，挡住了表情，"我不想跟成清恒相亲。"

　　"你说跟谁？"

　　叶倾城有种脊背触电般的酥麻感，方才她不会是幻听了吧？

　　"怎么，你认识成清恒？"想一想，叶汐念也没觉得有什么地方不妥，"我差点都忘了，他以前没少来我们家里，还以为你年纪小没有多深的印象呢。"

　　成清恒要订婚的对象居然是自己的姐姐！

　　叶倾城简直难以消化这个惊人的消息，不对，不对，传言说是订婚，说是有女朋友了，可现在看来，显然是刚准备要相亲。

　　世界要不要这么小？

　　趁着叶倾城发愣的时候，叶汐念一把搂住她，假装哭泣道："好妹妹，你能不能拯救姐姐一次？就这一次，你搞砸了也没关系，成清恒不是那种会打小报告的类型。"

　　"可是他万一认出我来怎么办？呜呜呜，你是不是傻了啊，他认识你，我怎么代替得了你。"叶倾城指了指自己的脸蛋，再捏捏自家姐姐的脸，"我们又不是长得一模一样。"

　　"这点你就不用担心了。"叶汐念挥开手，坐直了身来，义务性地为叶倾城科普道，"成清恒是出了名的寡情，他对女人没有印象的，再加上我见他的次数也不多，他记不住我。"

关键不是这个好吧!

叶倾城心里有一万分贝的声音想要呐喊出来告诉叶汐念,她在追成清恒啊,万一让他认出来,那还有下文吗!

她可是睡了他,还往他胸口塞了钞票,万一他记仇,跑家里来告状的话,那么她期末考试就算不挂科,也回不了国……

因为被封杀了。

叶倾城咬着唇瓣,肩膀松垮垮地塌下去,愁眉苦脸的样子看在叶汐念眼里,误以为是在为她出主意,感动到就差流眼泪了。

"城城,万一你发现他有认出你的苗头,你就赶紧跑,总之搞砸相亲的方式有很多种,我相信你的。"

叶倾城深吸一口气,最终还是答应了。

如果对方不是成清恒的话,她才不可能会冒险!

思来想去还是舍不得跟成清恒相亲的机会。

叶倾城整个人趴在床上,呜咽了好几声,脑海里闪过几千万种可能,有很强烈的预感,她可能晚上要失眠了。

时瑜接到电话的时候已经是晚上一点多接近两点,平日里这个时间她早已经在梦里跟男神约会好几个来回了,今天若不是因为一个设计稿拖着,她也不会熬到这么晚。

看了一眼来电显示,她下意识想要折断手里的画笔破口大骂,这个女的还让不让人活了!

"大小姐!你知道现在几点了吗?这么晚你不睡觉也不要来扰民。"

手机一接听,时瑜就开始嚷嚷,这样的语气跟语速,在叶倾城听来就是印证了一件事情——

"你不是还没睡吗?"

"……"

时瑜承认她输了，垂下肩膀叹气道："那到底是有什么事情值得你这么晚不睡觉来联系我？"

"小时瑜，成清恒原来是要跟我姐相亲的。"叶倾城卷着被子窝在床上，侧躺着，手机就放在她的脸上，连手都懒得去碰。

"你说什么呢？"

时瑜没有反应过来，之前传出成清恒有对象的消息，也没说对方是叶汐念啊，要真的是叶家人，那早就曝光了。

叶倾城老实地把事情的经过说给时瑜听，一个细节都没有落下，甚至把她翻来覆去睡不着想出来的无数个应付方案都说了出来。

到最后，时瑜感觉她快阵亡了。

"听了那么久，你让我整理一下思路。首先叶家是给你姐跟成清恒安排的相亲，你姐不愿意去，所以让你代替。其次，成清恒对你跟你姐都不熟悉，就是说未必认得出来，最后，你此去的目的就是要搞砸相亲？"

"对啊，对啊。"

叶倾城点头如捣蒜，动作太大，手机直接从脸上滑下来，狠狠砸在了她的鼻梁上，闷哼一声捂住脸，瞬间听不见电话里时瑜说了些什么。等到捂着鼻子重新拿好手机接电话的时候，她就听见另一头传来一句语气饱含无奈的话——

"叶倾城，你能不能别给我打电话还一边耍着杂技。"

指尖挠了挠额头，叶倾城不好意思地笑了笑："我不是故意的，你继续。"

"很简单的一件事情你怎么就能想得一夜睡不着呢？你不要以叶汐念的身份出现就行了啊，假装偶遇然后搞砸，别忘了你们在酒吧的时候还有一面之缘，哦不对，一夜之缘。"

话说到这里，叶倾城瞬间就开窍了，就差没鲤鱼打挺翻起身来蹦蹦跳，她抱着手机使劲跟时瑜说谢谢。

对啊！

她怎么就没想到呢，原本一件很简单的事情她怎么就想得那么复杂了。肯定是一紧张，脑回路没接通，以至于这么显而易见的好办法都没有想到。

经过时瑜的指点，叶倾城也就想清楚了，挂断电话后在大床上翻了好几个身，最后抱着被子美美地睡过去。

相亲的时间定在了周末早上十点，在费城谜顶会所。

叶汐念一大早就被余雅芳带去做美容，可见对跟成家联姻这件事情是多么重视。至于叶倾城自己，特意起早敷面膜，还化了个淡妆，坐在镜子面前托着腮帮子，想着还有没有落下的地方要好好准备一下。

叶汐念发短信来的时候，叶倾城刚换好衣服，记下了地址跟桌号后，背着小包包就跑下楼。

楼下大厅空空如也，一个人都没有，叶老爷子跟老朋友去公园喝茶打太极拳，叶京涛也是一早就出门了。叶倾城步履轻快地跑出去，在门口拦了一辆车后哼着小曲儿就出发了。

谜顶。

成清恒早到却没有下车，坐在主驾驶的位置，目光投向窗外，双眸半阖。

家里没少给他安排相亲，原因很简单，都过了而立之年了却连一个女朋友都没有带回家，奶奶着急得每天在包里塞着本小皇历，一到公园晨练就开始拉着老人们问有没有可以介绍的对象。

可哪一次不是被成清恒以工作很忙没时间为借口拒绝掉。

直到这一次，老太太给他牵的线是叶家，沉默了大约数分钟后，成清恒答应了，老太太乐得差点想让人买鞭炮来放。能让成清恒松口答应，这件事肯定就成功了一半，再说，对方还是很靠谱的叶家，根本不用担心女方的出身条件跟素质修养，回房间后老太太早就拿起了皇历开始算订婚的良辰吉日。

夹着香烟的手指搭在车窗上，他轻轻点了几下，抖落一缕烟灰。

成清恒收回目光落在左手腕表上的时间，还有五分钟不到就十点了，仍不见对方半个影子。修长的手指在方向盘上扣了扣，最终推开门下车。

谜顶会所是费城最高级的会所之一，二楼几乎就是为了相亲专门设置的，而且能来这里的未婚男女，也都是费城名流圈的人，没有 VIP 卡的话，连大门都进不了。

很多名流圈的人之所以选择这里作为相亲的地方，就是因为它的保密措施做得很好，基本在这里遇见的男女，即便对方身份多么显赫，都不会出现在报纸杂志上的八卦版块，更不会出现偷拍这种事情。

"成少，您订的位置在这边，请。"

以成清恒的身份出现在这里，为他引路的自然是谜顶会所的经理。位置靠窗，玻璃是特殊材质，坐在这里能够看清楚外面的情况，但外面却看不见会所里的。

上了一壶热茶后，经理就离开了。

叶倾城是掐着准点到的会所，手心捏着叶汐念提前给的 VIP 卡，然而一身雪纺衫、小短裙跟高跟鞋的装扮让侍应生蹙紧了眉头，来谜顶的女人哪一个不是穿得跟参加宴会一样隆重，很少有像面前这位一样简单。

"请问您是？"

"我是来见成清恒的。"

谜顶的规矩，叶汐念走之前跟叶倾城科普过，进不去的话就要报上名字，还有是来跟谁见面也要说，不怕消息会被泄露出去，能在谜顶工作的人，嘴巴紧得就跟涂了一层万能胶一样。

"叶小姐，请往这边走，成先生刚到。"

一听说成清恒已经到了，叶倾城心脏漏跳一拍，有些局促地笑了笑："你跟我说在哪个位置就可以了，我自己过去。"

侍应生不疑有他，直接指了指窗边的桌位。

"谢谢。"

等到侍应生离开，叶倾城捂着左心口一连做了几个深呼吸，默默说了好几个不用怕，这才昂首挺胸踩着高跟鞋走过去。

成清恒所在的那一桌旁边也是有人坐着的，一个女孩子在那里安静地玩着手机，光是样子看上去就很乖巧，肯定也是家里人安排出来相亲的。

叶倾城走过去，把包往桌上一拍，小姑娘吓了一跳，抬起头来看着她。

"听说你今天跟我是同一个相亲对象，很抱歉，本宝宝没有跟别人共享男人的兴趣，既然我也来了，你是不是应该让开？嗯？"

叶倾城的声音不大，不至于引来侍应生的注意，却还是把小姑娘给吓得一愣一愣。来谜顶会所的都知道，相亲从来是一对一的，怎么可能会多出另一个人来说是同一个相亲对象呢。

"这位小姐，你是不是……"

"说谁小姐呢，会不会说话啊你。"叶倾城涂着大红唇，今天还特意画了眼线，这样的妆容再加上她说话的语气，即便是嘴角扬起弧度，但仍旧让人觉得不好惹，特别是她眯起眼的动作，就像是藏了一肚子坏水的狐狸。

这边的动静早已经引起了成清恒的注意，只是他的表情冷冷的，看上去事不关己。

没有达到预想的效果，叶倾城在心里面思忖着成清恒到底有没有把她给认出来，难不成她今天的妆容弄错了？应该画一个跟那晚在夜店里的一样？

"那个，嗯，姐姐，你确定你的相亲对象跟我是同一个人吗？他是陆晋琛。"

小姑娘真是很老实地把对方的名字都给说出来了，这三个字换作是别人听，肯定当即脸色就变了，可叶倾城没有，她常年都在国外，对费城的商业圈并不了解，自然也就不知道这巨擘的名字，不怕死地拍了一下桌子——

"你到底要我说得多明白，小妹妹，我一看你就觉得你年纪小，肯定大学都还没毕业吧，就这样被家里人安排出来相亲，多委屈。"

"你要闹到什么时候？"

一道低沉的嗓音打断了叶倾城的话，成清恒把目光从窗外收了回来，定定落在她身上，身子往后靠，双手交握放在膝盖上，慵懒中还透着一股很强大的气场。

棒极了！

叶倾城在心里面喊了一声，差点就想要尖叫跳脚，成清恒终于注意到她了！

那双沉静而又不容忽视的双眸，如同蛰伏着什么情绪一样，叶倾城抿着唇轻笑，叉着小细腰走到他面前，距离近得可以闻到他今天身上喷的是什么香水。

嗯，还是那款她心心念念的香味。

"原来是你啊头牌，怎么还好意思来相亲？你问过我意见了吗？"

这架势，叶倾城只差脱下高跟鞋摔在桌面了，看得隔壁桌的小女孩一愣，这又是怎么一回事？

眯起深邃的双眸，成清恒淡笑不语："你怎么不说，你跟头牌睡了一夜，怎么好意思背着他出来相亲。"

叶倾城脸上的表情当即就僵住了，瞬间不知该作何反应。

成清恒站起身来，略犀利的双眸里藏住情绪，理了理西装外套，一把搂住叶倾城的腰，在她还没反应过来之前将她带出了谜顶会所。

途径一个拐角，撞到了一个人，叶倾城头都没抬连连说了几声对不起。成清恒低头看了她一眼，手掌罩住她那颗脑袋往怀里摁，表情淡定地看着那个人："抱歉，她没看路。"

男人没说什么，径直离开，只是在走了几步后才察觉到，方才那个人，有些眼熟。

直到被带出了谜顶，叶倾城这才挣扎开，理了理有些凌乱的头发，红着脸看向成清恒，被他一把搂住带到怀里的感觉简直不能用言语来形容。

耳边是他强劲有利的心跳声，鼻尖是他身上那清新木质调的香水味道。

叶倾城能够明显感觉到自己的心扑通扑通就快要蹦出来了。

"头牌，不能这样吧，白天来谜顶相亲，晚上又去酒吧，你行情这么差这么着急，你可以跟我说啊！"

成清恒俊容淡淡，在听到叶倾城这句话，特别是"行情这么差"这几个字之后，肩膀一僵，差点没背过气。

叶倾城被带出来，人还没站稳就开始说话，丝毫没有注意到后面就是台阶，再加上她今天还穿了一双细尖的高跟鞋。

"我跟你说……啊……"

话还没说完，她脚一崴，整个人往后栽，情急之下，她一把抓住了成清恒的西装外套，大有把他一起拉下去的势头。

幸亏成清恒眼疾手快，一把将叶倾城捞了起来，惯性的缘故，她往他的怀里撞了一下，疼得他下意识皱紧眉头，闷哼了一声。

"我说，你是不是该减肥了？"

"……"

直到被成清恒带上车，叶倾城混乱的脑子里才理出一丝清明，眨了眨眼睛看着他："你二话不说就把我从谜顶带出来，紧接着还拐卖我上车，头牌，你想要对我做什么？"

这句话说完，她还配了一个护胸的动作。

成清恒多年来养成的修养告诉他，这个时候绝对不能翻白眼，所以，他握在方向盘上的手几乎是攥紧的，骨节泛白。

"你来谜顶干什么？"

"相亲啊，这不是明知故问吗？"

"跟陆晋琛？"

成清恒挑着眉头看着叶倾城，后者被他这样一盯，头皮发麻。

"是又怎样，这跟你还有关系了？难不成你真的以为，我把你睡了，就要对你负责？"叶倾城挺起小胸脯，说完这句话，对上成清恒双眸里的冷光，一下子就后悔了……

方才，她肯定是被米饭糊住了脑子。

"你要是真的是来跟陆晋琛相亲的，就不会连撞到他都不知道了。"成清恒说话的语速不疾不徐，没打算拆穿叶倾城那拙劣的演技跟她心里的小九九，拉过安全带系上后，看向她，"系安全带。"

"你要带我去哪里？"

"吃饭，你耽误了我的相亲，欠我一顿饭。"

"……"

这种莫名其妙的逻辑，到最后叶倾城还是乐呵呵地认了，当她坐在副驾驶的位置，看着窗外那不停倒退的风景时，心情好得只差哼出歌来，若不是怕成清恒看出什么，她是真想拿出手机来跟时瑜汇报，计谋成功！

车子停在四风馆门口的时候，叶倾城回过头看向成清恒："在这里吃饭？"

"嗯。"

解开安全带，他视线凝在叶倾城身上，阳光从车前窗洒落下来，她的发丝染上金光，就连侧着脸的五官线条也沐浴在光里。

"头牌，你的身份进这里合适吗？"

叶倾城深吸一口气，问出了这样的问题，她发誓，她肯定不是看不起成清恒，相反，她太知道成清恒在费城的地位了。

四风馆可是明靖尧名下的，托叶汐念的福，叶倾城也来过这里。且不说她进去会不会被人一下子认出来，光是成清恒的身份，这里的经理要不就是深度近视，否则怎么可能认不出来。

那时候一旦被拆穿，她后面的计谋怎么进行下去，她都还没得到成清恒的承诺要以身相许呢！

成清恒看着叶倾城，目光深谙。

成清恒解开安全带，探过身去。叶倾城还在想办法，没回过神来的时候就感觉一片阴影压了下来，猛地回过头，发现他们距离近得只有几厘米，她甚至都能数清楚成清恒的眼睫毛有多少。

她脸颊温度骤然上升，滚烫得感觉能够煎鸡蛋了，放在腿上的手都不敢移动半分，想要给脸颊扇扇风都不行。

心扑通扑通狂跳，叶倾城哆哆嗦嗦地开口："头……头牌……你靠我……靠我这么近干什么？"

这么近的距离，叶倾城一紧张，就会不自觉睁大眼睛，长而卷翘的眼睫毛在阳光的照射下，在眼睑上落下一道漂亮的阴影。她的双眸是深棕色的，非常漂亮，看得成清恒觉得像是一个漩涡，都快要把他整个人给吸进去了。

就在叶倾城胡乱想着成清恒是不是打算在这里对她怎么样，要不要提醒他这里是公共场合，还有她不太喜欢在车里，感觉很不舒服等等的时候，成清恒的手落了下来。

他的手指非常好看，修长，骨节分明，指甲也剪得干净平整。

叶倾城都看呆了，直到脸颊痛感传来，这才发现不知不觉间，成清恒居然捏着她的脸，微微往外扯着。

"我不喜欢别人叫我头牌。"

语气就跟他的目光一样冷。

叶倾城连笑都不敢了，屏着呼吸不敢大喘气，看着成清恒，勉强扯着唇："那我要叫你什么？"

"我叫成清恒。"

男人嘴角上扬，甚至眼尾还稍稍往上提，与方才那样子简直判若两人："你可以叫我清恒，既然你口口声声说睡了我的话。"

叶倾城感觉自己脑子里像是有一根弦绷断了一样，嗡嗡的声音在耳边一直回响，头脑一片空白，这个成熟又极具强烈侵略感的男人！简直太危险了！

都还没来得及反应什么，唇瓣已经感觉到一阵冰凉跟柔软。

轰！

成清恒吻了她！

这是守了多少年的初吻，居然以这样的方式，甚至在叶倾城还没来得及反应过来，或者闭上眼睛去回应的时候，成清恒就已经直起了身，削薄的唇瓣带着她滚烫的温度离开，甚至还用指腹去抹了一下。

叶倾城感觉整个人都要晕过去了，方才短短几秒钟的时间里，她都经历了什么！

被吻了！

成清恒看着呆若木鸡的叶倾城，手撑着副驾驶座的椅背，目光灼灼地缠绕在她身上。

"怎么，想哭着对我说，这是你的初吻，这次要我对你负责了？"

叶倾城只觉得从脚板到头顶，噌地窜过一阵火热，都还没开口回答，就听到了后面那句话——

"别忘了，你都把我给睡了，这当然也就不会是你的初吻，说到底，还是你对我负责，不是我对你。"

指尖点了点她肩胛骨的位置，成清恒表情淡淡，收回身，推开车门下车。

旁边的车门打开，成清恒就站在外面，一只手搭着车门，另一只手垂在身侧，看着叶倾城："还不打算下车？"

终归还是来了四风馆，叶倾城硬着头皮下来，双手抓着包包，耳根因为在车上那一闹，还微微泛红，一路走着一路祈祷千万不要有人把他们认出来。

成清恒走在前面，不用去看都知道背后某人走路的时候肯定是能把头压得多低就多低，他在四风馆是有固定的包厢，一进门，主管就迎了上来。

"成……"

成清恒很及时地伸出手来示意，主管了然，迅速换了称呼。

"先生，请问几位？"

"两个人，包厢。"

"好的，请往这边请。"主管带路，自然是把成清恒往固定包厢引，一路走在前面，心里却在想着成清恒身后那个女孩子是谁，毕竟这还是成少第一次带着女人过来。

　　四风馆有四个独立大包厢，明靖尧自己一个，成清恒占了一个，包厢里的布局跟装修也都是随着他们的风格跟喜好来布置。

　　譬如成清恒的，黑白两色调，每一处都透着简约而又时尚的设计。引进门后主管就离开了，叶倾城终于抬起头来看，打量了一圈，最后跑到落地窗前，往窗外一看，竟然是一片人工湖。

　　她之前来的时候去的是明靖尧的包间，跟这里的装潢格局完全不同，似乎楼层数也不一样，从他包间的窗户看出去，是车水马龙的费城大道，夜间还能看见费城中心最高塔的灯光，特别美。

　　"准备看到什么时候？"

　　午后的阳光透过窗户落在男人身上，映着他的五官，俊逸出尘，然而他的眼神却总是那样，深邃又让人看不透。

　　叶倾城深呼吸后走了过去，在成清恒对面的位置坐下来。

　　"你还没有告诉我，你今天怎么就跑去相亲？我搅黄了你的相亲，你居然还能好心情地跟我面对面吃饭？"

　　成清恒扬了扬眉，修长的手指在桌面上有一下没一下地点着："相亲当然就是要找女朋友，既然你都出现并且提醒了我，会对我负责，那我还要留在那里干什么？"

　　充满磁性而又不失干净的嗓音落入耳中，这样的话在叶倾城听来跟情话也没什么区别，当即扬了扬红唇，把手搭在桌上，支着腮帮子，身子往前一探，笑眯眯地看着成清恒——

　　"你强调了那么多次负责，是不是说明……"

　　就在这个时候，包里的手机响了起来，打断了叶倾城的话，她一看是叶汐念的来电，嗖地站起身："我去外面接个电话。"

　　不待成清恒回答，人已匆匆离开包厢，径直往走廊尽头的露天阳台走去。

　　看着叶倾城逃也似的背影，成清恒扬唇，有些无奈地摇摇头，时间能把一个人的容颜打磨得更美，却仍旧脱离不了小时候的影子。

"咚咚咚！"

敲门声响起，门从外面推开，明靖尧一身黑色西装，倚靠在门框处，笑吟吟的，看上去心情很好的样子。

"听说你带了女人过来，我想来认识一下未来的嫂子，人呢？"

他的目光在包厢里转了一圈，除了面无表情的成清恒，看不到其他人。主管明明说了是两个人啊，还特意强调那个女的看起来挺娇俏乖巧的样子，怎么他一来，人就不见了？

"去外面接电话了。"

成清恒侧过头没有看明靖尧，神色淡淡。

这样的回答对方显然不满意啊，难得看见成清恒身边多了个女人，总归是要认识一下才对得起二十多年的交情不是吗？

"不如我就在这里等着，她回来的时候，介绍一下认识认识？"

明靖尧双手抄着裤袋，刚走进几步，成清恒的目光就跟利箭一样射了过来，用着如手术刀一般冰冷的语气说道："谁让你进来凑热闹了。"

"……"

明靖尧摸了摸鼻子有些好笑，换作是别人听到成清恒这语气，额头上肯定都开始飙冷汗了。

"难不成你还没有把人家拿下？怕我打扰了你的好事？"

成清恒没有回答，明靖尧就当他是默认了，作为他最好的朋友之一，明靖尧简直不能太了解眼前这个男人。

作为成家继承人，成清恒出国留学却没有读任何跟工商管理或者经济学有关的专业，相反，本硕博连读选的是医学，毕业于英国皇家学院，一回国就进了第一医院当医生，三年时间连升到如今心外科主任职位，一跃成为第一医院最年轻的主任。

这个过程中，他瞧都没有多瞧一眼家族企业，就连家里人给他安排的总经理一职，他都没有在乎过。

即便只是一家大医院的主任，也没有降低成清恒在费城的身份跟地位，人前人后，他们依旧要恭恭敬敬称呼他一声成少。

　　几乎把所有时间都奉献给医院跟病人的成清恒，身边从不缺女人却连一个女朋友都没有交往过，可把家里人给急得如热锅上的蚂蚁团团转。就连他们也经常拿成清恒来打趣，难不成是对女人没有兴趣？

　　"时机到了自然会让你们见面。"

　　眸色如墨，这样护短的语气在明靖尧看来等于就是确认了一件事情，那就是成清恒的态度肯定是认真的。

　　"行，下次再让我碰见可不能就这么敷衍过去了。"

　　"嗯。"

　　露天阳台。

　　叶倾城接电话的时候还特意往四周看了看，叶汐念一早上都在担心她替代相亲有没有出什么事情，两人必须串通好口供，连时间这样的细节也都要对上，生怕哪个地方出了错就会被人抓住小辫子。

　　叶倾城犹豫了半天，还是告诉了叶汐念，她现在正跟成清恒一起吃饭的事情。

　　话筒另一端传来倒吸气的声音。

　　"倾城，你在玩火吗？"

　　"姐，我回家再跟你说好吗？"叶倾城小声说完这句话，没有骨气地补上几个字，"接电话太久，我怕成清恒骂我。"

　　"倾城，你别玩得太过，万一他认出来或者发现怎么办？说好了搞砸相亲就赶紧回家的啊。"

　　叶汐念也有些着急了，她担心的不是自己，是怕闹得太大，成家万一跟叶家对质的话，叶老爷子又会罚叶倾城了，今年她要是还毕不了业，岂不是又得在国外再折腾一年？

　　叶倾城怕叶汐念太担心，还是把去谜顶后发生的事情缩短来说给她听，当然，避开了头牌的段子，直接说因为搞砸了相亲，所以赔给成清恒一顿饭。

　　挂电话前，叶汐念还是叮嘱叶倾城小心一点儿，不要说多错话，最好赶紧吃完饭后就离开。

　　调整了呼吸，整理好头发，叶倾城拿着手机踩着高跟鞋离开露天阳台，刚关上门，还没转身，就被身后熟悉的声音给吓到，仿若一个惊雷在心里炸开。

YIYEQINGCHENG
第三章

男神来翻家底了

　　"倾城？你怎么会在这里？"

　　叶倾城迟缓地转过头，对上那俊朗清逸的轮廓，比起男人眼中惊喜的眸光，她显然平静许多。

　　"阮明淮。"

　　好久不见。

　　方才还以为是出现了幻觉，明明在美国的人怎么就出现在这里了？直到喊出那个熟悉的名字，再见她转过身来，阮明淮都无法用言语来形容内心的那种激动跟欣喜。

　　他就站在原地没动，上下打量着叶倾城："我们有多少年没有见了？两年？三年？"

　　叶倾城摇了摇头，她记不得了，有些过去，她不想刻意去记起，既然已经忘记了的话。阮明淮虽算不上她的初恋，却也是在她过去的岁月里温暖过一段时光的男人，只是经年几许，物是人非，很多话再也找不到机会说了。

　　"这些年，你过得好吗？"

　　"挺好的。"

　　叶倾城的语气很淡，听不出任何情绪，她甚至连抬起头来看阮明淮都没有，也就未曾看到他双眸里深且挣扎的光。

阮明淮上前一步，叶倾城就不自觉后退一步，脊背撞上了玻璃门，声响惊得她肩膀一僵。

"倾城，你在躲我吗？"

就在叶倾城堂皇不知所措，斟酌着应该怎么回答阮明淮这句话的时候，空气中传来云淡风轻却又非常好听的声音——

"原来你在这里，我以为你迷路了。"

成清恒的出现让叶倾城怔住，一时间不知作何反应，只觉得眼角涩涩，原本僵直着的肩膀也慢慢放松下来。

他仿佛是从很远的地方破空而来，长身玉立，气宇轩昂，光影明灭间走到她身边，伸手搂住她的腰，一把带到怀里。

熟悉的温度让叶倾城觉得很心安。

当着阮明淮的面，成清恒看向叶倾城的眸光都是柔软的："怎么，遇见朋友了？"

"嗯。"

有成清恒在，叶倾城也觉得踏实许多。

"阮明淮，我以前的同学。"

听到叶倾城用"同学"两个字来定义，在场的两个男人，一个面色僵硬，一个面露微笑，显然，后者就是成清恒。

"你好，我是倾城的男朋友。"

这一次，震惊的人换成了叶倾城，从她这个角度仰头看向成清恒，视线里是他深邃的双眸、挺直的鼻梁、削薄的嘴唇，还有完美的下颌线。

这种眼里只有那个人的表情让阮明淮深受打击，他想都没想过有一天，叶倾城身边会换成另外一个男人。

成清恒不喜欢阮明淮的眼神，因为自己并没有参与到叶倾城的过去，所以不喜欢这种只有他们两个人知道并且在挣扎着的情绪。

"我饿了。"

"嗯?"叶倾城还以为自己听错了,方才成清恒是说了什么?

前一秒还如从天而降霸气侧漏的男神,这一秒怎么就变成忠犬萌系,画风转变得太快,叶倾城差一点儿没能消化自如。

等到成清恒无奈再重复一遍时,她便笑着挽住他的臂弯:"快走,快走,菜都凉了所以你才出来找我的吧?快走,快走,我也饿了。"

经过阮明淮身边,叶倾城莞尔:"阮明淮再见。"

她没有说,下次见面我们一起吃饭之类的话。

是的,兴许她并不期待着还有下次见面,阮明淮落寞地低下头,嘴角浮现出一抹苦涩的笑容。

挽着成清恒的手进了包厢后,叶倾城迅速撤出手来撒腿就想跑,结果已经来不及了,她被抵在门板上的时候,脑海里陡然冒出四个字——

生无可恋。

被这么帅的男人,还是自己心心念念爱慕了好几年的男人一把抵在了门板上,她只差捂着脸尖叫犯花痴。

"他是你的初恋?"

成清恒的语气算不上好,抿紧的唇瓣更是显出几分冷漠。

叶倾城捏了捏自己的手指,摇头:"不是,顶多叫初恋未遂。"

未遂?

那就是不是的意思了?

原本还阴郁的心情豁然开朗,成清恒低头看着叶倾城,指尖挑着她脸颊边的一缕碎发,缠绕了几个圈。

这样的动作跟挑逗有什么区别!

叶倾城一把抓住成清恒的手,扬高了下巴:"该我问你了,怎么就在外人面前说是我的男朋友呢?这样传出去对我的名声可不好。"

名声？

成清恒莞尔挑眉，笑而不语，有时间的话，他倒是很想要跟叶倾城好好讨论一下，关于名声，他的重要一点，还是她的重要。

被握住的手转了个圈，主导权又回到了成清恒手里，他指腹捏着她小手的虎口，轻轻摩挲，一阵酥麻感从脚底窜到了头皮。

"不用太当真，难不成你还真想让我当你的男朋友？"

成清恒问得有些漫不经心，那暧昧的语气令叶倾城觉得耳根发烫。

心里头有千万种情绪涌出来，说到底，她还是没收服成清恒啊！

实践到最后证明的就是，不仅她那一大本厚厚的笔记没用，就连把他给睡了都不能改变凄凉的事实！

这样耿直的真相真是让叶倾城泪流满面。

"咕咕咕……"

肚子响了起来，猛地打破这一阵旖旎，叶倾城迅速摁住小腹但还是来不及了，成清恒听得一清二楚，松开缠绕她发丝的手。

"吃饭吧，菜上了有一段时间了，如果觉得太凉再让人端下去热一热。"

"不用了，不用了。"

叶倾城挥了挥手，迅速走到桌前坐下，看到桌上的菜后睁大了眼睛，居然全部都是她喜欢吃的菜。成清恒怎么会知道的呢？还是这么巧，他也喜欢吃这些？

"我开动了。"

"嗯。"

成清恒惜字如金，吃饭的时候餐桌礼仪也非常严谨，每一个动作都透着很好的修养。叶倾城偶尔抬起头来看都会觉得他的动作帅气逼人，敢情这时如果有摄影师在的话，这吃饭的画面都能拍出一个系列的画报来了。

帅得就像一幅画！

在心里萌生出这样的赞美后，叶倾城真想给自己的语文水平跪下，后悔当初没有努力念书，整天粉着明星犯花痴。难怪现在绞尽脑汁都没能傍上成清恒这样的大咖，果然一旦智商被碾压，此后再无翻身之日……

"那一晚，你去酒吧干什么？"

吃到一半，成清恒放下手中的筷子，拿过餐巾优雅地擦了擦嘴角，身子往后靠着椅背，手指搭在桌子边缘。问完这个问题的时候，他就看见叶倾城埋头吃饭的动作一僵，握着筷子的手一抖，铁板牛肉整块掉到了桌子上。

好可惜那块牛肉！

叶倾城想不到自己会这么紧张，说好的镇定自若呢……

"嘿嘿，那你呢？怎么就去酒吧卖了？"

不怕死地说完这话后，对上成清恒那一脸肃杀的表情，叶倾城一怔，摸了摸自己的脸颊装傻："我刚才说了什么？哦，你没听见吧？嗯？你别放在心上。"

"你一个女孩子别总是把那些乱七八糟的话挂在嘴边，什么头牌，什么卖身。"

"……"

这不是在吃饭吗？怎么吃着吃着突然就开了战火？这硝烟弥漫开来的味道呛得叶倾城惊慌失措，都快不知道怎么反应了。

忽然想起在阮明准面前，成清恒喊出了她的名字，叶倾城抿着唇，狐疑地看着他："那个，你怎么知道我叫倾城的？"

成清恒眼皮一跳，双眸里闪过一丝不自然，很快就掩饰过去，不疾不徐地道："你自己跟我说的。"

"哦？是吗……"

叶倾城觉得自己会不会是失忆了，她什么时候说过了？这种报上大名的事情可是带有一定风险的，要是成清恒记起来叶家有个叶倾城怎么办？会不会把她联系上？

　　"那个，我觉得我还是认真做一下自我介绍，我叫余倾城，父母只是普通商人，家境小康。"

　　说完这句话，叶倾城还给自己壮胆鼓气，嗯，就该这样跟叶家拉开距离，不然身份被曝光了，游戏还玩得下去吗？

　　殊不知，在听到她这样的自我介绍后，成清恒有一瞬间表情是凝住的，而后挑了挑眉，不做回应，只是淡淡抿了一口汤。

　　他越是沉默，叶倾城就越是后怕，低头吃饭的时候动作都变得尤其小心，只差直接把脸埋在米饭上面了。

　　忘了过去有多久，成清恒终于开口："你以前经常深夜去酒吧买醉？喝醉了酒随便趴在一个男人身上，就说要睡他？"

　　这语气让叶倾城感觉很是危险，她连忙放下手中的筷子，连擦嘴都来不及就拼命摆手。

　　"没有，没有，我发誓我想睡的人……哦不是……我不经常去酒吧！"

　　到最后挤出这样苍白的解释，面对成清恒那清冷的目光，叶倾城只觉得说多错多……

　　也不知道哪儿来的勇气，她对着手指头，小声地说道："既然我们是睡了跟被睡了的关系，那么你应该知道我是第一次吧？所以冤枉我经常去酒吧这种假设是不成立的。"

　　"……"

　　成清恒目光不偏不倚地落在她身上，对手指头这种小动作在他看来，就像是有一只手在挠着他的心一样。

　　听着她说"第一次"这三个字，他心情莫名好。

　　"吃饭吧。"

　　这三个字，叶倾城听着就像是得了特赦令一样，可拿起筷子后她又不安了，盯着碗里的饭半晌，生怕成清恒突然又问什么，那样她会消化不良的。

　　"那个，你还有什么问题要问我吗？不如一次性问完？要不然我饭都吃不下了。"

成清恒瞥了叶倾城一眼："吃吧，我不问了。"

后来就真的没有说话，安静吃饭的时候倒也没感觉到有什么不自然的地方。

叶倾城注意到成清恒的饭量很少，相比较之下，她简直就是牛胃……

"有什么地方要去的吗？"

"嗯？"叶倾城拿着湿纸巾擦着嘴角的动作一顿，看向成清恒，霎时间眯起眼，"你是要跟我约会吗？"

"……"

成清恒默不作声地看着叶倾城，真想知道她以前是不是对别的男人也这么主动，一想到这一点，他心头就涌起一阵不愉快。

"你大学毕业了没有？"

翻家底了！

叶倾城屏住呼吸在心里默念了无数遍上帝保佑，成清恒千万不要知道些什么，就算她说实话了，他也千万不要嫌弃她这个大龄本科生。

"再过几个月就毕业了，嘿嘿，当然得论文过了才可以。"

"工作呢？有什么打算？"

前一秒钟还问她有没有什么地方想去，这下一秒钟就聊到学习跟工作上来了，她感觉就像坐在一块过火发烫的铁板上一样无所适从。

叶倾城咬了咬唇："还没有做好打算，不过已经有目标了。"

"嗯。"

成清恒站起身，拿过外套穿上后，捏了捏手指，都过了这么久了，仍旧感觉指尖缠绕叶倾城发丝的那种丝滑感在。

"所以，我们现在要去哪里？"

叶倾城站起身，动作幅度有些大，再加上她今天还穿着高跟鞋，一不留神又绊倒了脚，整个人往前栽的时候，成清恒迈开长腿走过去将她一把揽到怀里。

她差点撞上他的胸膛，手还抵在令她之前惊叹了一整夜念念不忘的六块腹肌上，仰头望着成清恒，嘿嘿嘿地笑了几声。

"你下次健身的时候，能不能带上我呀？我也想要练马甲线。"

"把你的手拿开。"

万万没想到成清恒的态度这么冷淡，叶倾城只好站稳了身，理了理裙摆，默默告诉自己没事的。

万事开头难啊，走到这一步已经很不容易了不是吗？

嗓子眼干巴巴的，叶倾城捏着手指，低头看脚尖。

"我想问你一个问题，我其实是在国外念书的，如果我明天就出国，而且要等到几个月后才回来，你会怎样？"

屋外的阳光繁盛，屋里的气氛静谧，耳边只听得见自己扑通扑通的心跳声，连呼吸都小心翼翼屏住，问完这个问题后，叶倾城看着成清恒的眼睛，一秒钟都不敢眨眼，生怕漏掉了他的什么情绪。

忘了过了多久，他缓缓抬起手指，指尖挑着她脸颊边的碎发，淡笑挑眉。

"等你？"

叶倾城没注意到成清恒的语调，声音像是卡在了喉咙间，什么话都说不出来。脑海里像是放了无数朵烟花，"嘭"的一声炸开后，绚烂无比一片白光。

因为这两个字，叶倾城感觉整个人的魂魄都像被摄走了一样，一股莫名的感觉从脚底涌上来蔓延到四肢百骸，火热滚烫的势头将她所有的理智跟思绪吞灭。

她呆呆地看着成清恒，不知作何反应，抿着唇瓣有话想说却又怎么都说不出来。

显然，她误会了成清恒的话，没有注意到他的尾音是挑起的，不过是个问句，却被她听成了肯定句。

就在叶倾城犯着花痴难以自拔的时候，一阵铃声打破了屋里的安静，成清恒松开原本搂着叶倾城的手，从口袋里拿出电话，当着她的面接听。

"喂，是我。"

因为靠得很近，叶倾城能听到电话另一边着急飞快的语速，成清恒的眉头也随着听到的内容而渐渐蹙紧。

"我知道了，现在马上过去。"

挂断电话，成清恒看着叶倾城："医院有事，所以我得回去，你住在哪里，我送你。"

"不用，不用。"叶倾城连连摆手，"不是情况很危急吗？你应该先回医院才对，我自己回去就可以了。"

让成清恒送她回家？叶倾城还没有到了被美色迷昏头脑的地步。

低眸看着她，成清恒拿出手机："你的电话号码。"

叶倾城双手接过，很认真地存下自己的号码，在备注那一块思考了有数秒钟，开心地打下"小包子"这三个字。

成清恒瞥了一眼，嘴角微微抽搐。

"好了。"

她把手机还给成清恒，见他拨通了电话，很快，她放在包里的手机就响了起来。

"记得存下我的号码，到家的时候给我发短信。"

成清恒驱车离开四风馆，应该真的是很着急的事情，他的车速飞快，眨眼之间便融入了车水马龙的费城大道，车身如一尾银鱼，甩出一个流畅的弧度后消失在了车流里。

叶倾城拿出手机来，看着那一串号码，默念了无数遍后开心地笑起来。

回到岸山湾，余雅芳在楼下客厅插花，一边还哼着小曲，看起来心情很好的样子，莫非是以为今天叶汐念跟成清恒相亲很愉快？

一见叶倾城回来，她不屑地扫了一眼："堂堂一个叶家小姐，穿成这样一大早就出去疯玩，倾城啊，别怪我没有提醒你，你可是翘课回来费城的，别玩得太过火，再毕不了业，可就真的是在丢叶家的脸了。"

叶倾城摸了摸额头，没有跟余雅芳顶嘴，也没有顺着她的话说些好听的，从小到大，因为她的身份，余雅芳就没给过她好脸色。

这些年早该习惯了不是吗？

"倾城，还不快上来，你的作业错了那么多不打算改吗？"

楼上传来叶汐念的声音，叶倾城猛抬头就看见她站在楼道的位置，穿着一身白裙，从这个角度看过去跟天女下凡没什么区别啊！

关键是她说的话，分明就是在帮叶倾城解围。

"来了！"

叶倾城抓着包包，连拖鞋都没穿，光着脚噔噔噔跑上楼，不用去看就知道背后余雅芳的表情有多难看了。

房门一关上，叶倾城小跳着要抱住叶汐念，结果对方很灵敏地躲开，她就很不幸地以一个极其美丽的姿势摔倒在了地板上，幸好铺了一层地毯，不至于疼得龇牙咧嘴。

"你干吗要躲啊……"

叶汐念抬脚踢了踢叶倾城的小腿，双手环抱在胸前："你不得了啊，对成清恒图谋不轨居然连我都瞒着。"

叶倾城迅速翻起身来，食指抵着唇瓣，着急着让叶汐念说话小声一点儿。她把回来在楼下遇见余雅芳唱小曲很开心的样子说给叶汐念听，摆明了就是对这次相亲结果很满意，要是太大声让余雅芳听出什么，还想要好日子过了吗？

"我妈还不至于有双顺风耳，而且她心情好并不是因为相亲。"叶汐念伸手把叶倾城拉起来，走到床边的软榻上坐下。

"回来的时候我就跟她说成清恒没去相亲，没见成。"

这样的说法当然是顺着叶倾城来的，既然她是以一个破坏相亲的身份出现并且把成清恒带走的，那么叶汐念晚到见不着人，也顺理成章。

既不会闹出很大的乌龙，也不会引起双方父母的争议，最重要的是这样不会牵连到叶倾城。

"姐，你简直太聪明了！"

"你别想含糊过去，赶紧老实告诉我跟成清恒是怎么一回事？"

叶汐念就算跟成清恒不熟悉，但有明靖尧女朋友这层身份在，多多少少也是听说过一些事迹。

例如这个男人一年三百六十五天里有四分之三的时间都贡献给了医院跟病人。

例如这个男人已到而立之年却从没有交过女朋友。

例如这个男人身边有无数个优秀的追求者却从未给过一个多余的表情。

有太多的例如可说，所以，当听到他跟叶倾城一起去吃饭，叶汐念觉得不可思议。虽说不用动脑筋想都知道主动的一方肯定是叶倾城，但成清恒会顺她，也是一件神奇的事。

"姐，你先等我一下。"

叶倾城拿出手机，分别的时候答应了成清恒一到家就给他发短信报平安，差点忘了。她手指飞快编辑，眉飞色舞的表情看得叶汐念头皮一阵凉一阵麻，这分明就是谈恋爱了啊！

蹬着腿发完短信后，叶倾城抬起头来就对上叶汐念一副看妖怪的眼神。

"姐，你想捉妖吗？"

"我想捉你啊！一顿饭的时间你就把自己出卖了？你以前不还说你是铮铮铁骨吗？"

叶倾城弯起嘴角，低着头眉目含羞，手指学着成清恒，缠着发丝绕了几圈。

这副模样落在叶汐念眼里，跟痴傻儿没什么区别。

"你早上出门吃药了吗？没有的话，我下楼给你拿点怎么样？"

"姐！"

叶倾城晃了晃身子，叶汐念简直忍不了，一定是自己踢人的方式不对，方才踢的不该是叶倾城的小腿，应该踢她的脑子，她现在完全是不清醒的状态好吗！

"我说你戏份怎么那么满啊？能不能清醒一点儿，振作一点儿，让我看到一个正常的你。"

叶倾城嘿嘿地笑了两声，"姐，你是不是也发觉我在演戏这方面有潜质？不然你去当个大导演，然后潜我怎么样？"

"……"

感觉不能交流了，成清恒不简单啊，能把叶倾城荼毒成这个鬼样子。

眼看着叶汐念快要承受不住，叶倾城一秒变正经，笑眯眯地挽住她的手，把对成清恒早已经上心的事情说了出来。

当然，她省略了自己在国外念书还在肖想成清恒，回国后去酒吧以醉酒之名睡了成清恒等细节，只告诉叶汐念，她在隐瞒身份追求成清恒，并且希望叶汐念不要说出去，毕竟她在叶家的地位也很尴尬。

以前只能在梦中肆无忌惮地勾勒那个人的脸，任凭闹钟响了无数次都不愿意醒来。

现在好不容易离这个男人近了一点儿，虽说漫漫长路其修远矣，但在叶倾城心里，现在的情形已经令她很满意了，这比她埋头图书馆没日没夜复习低分飘过考试来得更兴奋。

叶汐念杵着下巴，看着自家妹妹，脑海里反复回想着她说过的话，似乎是要捋清楚到底是真的，还是叶倾城被下了降头。

成清恒没有那么好追吧？

"你为什么要瞒着身份，费城才多大，你跟他都不是普通人家的，被拆穿的话你确定成清恒不会生气？"

叶汐念毕竟比叶倾城大，在她看来这样的做法并不靠谱，又不是跟凤凰男或者穷小子相处需要隐藏身份，对方可是成清恒。

"可我的身份很尴尬啊，万一连累了他的名声怎么办……"叶倾城低声呢喃了一句，叶汐念都还没听清楚，她又换了另一种喜悦的声调，不动声色地把话题转到了另一个点上——

"姐，你都不知道，我问他我还要在国外念书念一段时间……唔……"

叶汐念一把捂住叶倾城的嘴，不愿意她再出声。

"你给我点时间消化一下，你确定一顿饭就把成清恒给搞定了？"

叶倾城红着脸点头。

"……"

叶汐念霍地站起身，捂着眼睛不想去看自家妹妹，心里面想着是不是应该找明靖尧去确认一下这件事。叶倾城没谈过恋爱，年少无知不懂事，万一被成清恒那匹腹黑的狼给骗了怎么办？

论人情世故、八面玲珑，叶倾城怎么可能跟成清恒比，所以叶汐念多少还是有些担心。

"我先回房，你换身衣服洗把脸然后赶紧看书吧，别忘了你再过几天就要回美国了。"

"好。"叶倾城点了点头。

等到叶汐念离开，她迅速蹦上床，连换衣服都来不及就给时瑜打电话，接通的时候，那一边有些吵。

"小时瑜，你在哪儿啊？怎么这么吵？"

"倾城，我现在有个活动在忙，晚一点儿我再回电话给你好吗？"

"那你晚上来我家吃饭吧，面对面说比较好。"

"行，我忙完就过去。"

另一边，叶汐念回到房间里就给明靖尧打电话，她没有直接提起叶倾城，而是委婉地问成清恒是不是有女朋友了。

明靖尧很好奇从来不对别人事情感兴趣的叶汐念，今天怎么就特意打了一通电话过来询问。不过因为是女朋友，明靖尧也没打算瞒她，就把今天在四风馆遇见的事情说给叶汐念听。

从时间地点还有人物上讲，都跟叶倾城对得上，听明靖尧的口气，对方也不像是那种玩一玩就算了的态度。

叶汐念松了口气，悬着的心也放下，成清恒的为人她是多少听说过一点，就怕他在感情这方面不认真，以后会伤到叶倾城的心。

"你什么时候开始对成清恒感兴趣了？可别忘了你是我的人，别总把眼神往别的男人身上跑。"

"胡说什么呢，我就是好奇问一问。"

因为明靖尧有事在忙，叶汐念也没有跟他聊太久，主要就是打探一下口风，得到想要的讯息后情绪也就平稳下来了。

YIYEQINGCHENG
第四章

不喜欢智商太低的

时瑜来岸山湾的时候，碰巧遇见了叶方准，她笑脸盈盈地走上去，挽住老爷子的臂弯，甜甜地喊了一声"叶爷爷"。

"呵呵，好好好，小时瑜真是越来越漂亮了。"

时瑜跟叶倾城从小玩到大，跟叶家人的关系也很好，当然，除了余雅芳。叶老爷子对她也像对亲孙女一样，开口闭口都叫她小时瑜。

"来找倾城玩？今晚就留在岸山湾吃饭，爷爷吩咐阿姨多做几道你爱吃的菜。"

"谢谢爷爷！"

叶老爷子豪爽地笑了几声，拍拍时瑜的手："小时瑜啊，爷爷要拜托你一件事情。"

"爷爷您说。"

"倾城那丫头这次偷跑回来，是不是有什么事情瞒着我们？在学校闯祸了？考试又挂科不开心了？"

叶老爷子想了很久都没想明白，叶倾城怎么一句话不说就偷跑回来，而且当晚还没直接回岸山湾。说到底还是有些心疼这个小孙女，小小年纪就被送出国，国外也没有能照顾她的人，没有亲人没有好朋友，学习上又总是挂科以至于到现在都没能顺利毕业。

若不是叶倾城的性子跟从前一样活泼爱闹，叶老爷子都怕她会不会因为压力太大而造成心理上有什么不好的阴影。

　　"爷爷，您放心，倾城就是想您了才偷跑回来的。没挂科也没出什么事，再过几个月不就要毕业了吗？到时候就不让她在国外混了，乖乖回来费城陪您，多好。"

　　"呵呵，是啊是啊。"

　　时瑜扶着叶方淮进别墅后，遇见了坐在客厅看报纸的叶京涛，礼貌地打声招呼，得到允许后迅速上楼去找叶倾城。时瑜早就对她今天的成果很好奇了，若不是忙着秀场的事情，肯定拿着手机窝在休息室煲电话粥听八卦。

　　还没到叶倾城的房间，时瑜就遇见了刚出卧室的叶汐念，乖巧地喊了一声汐念姐。

　　"来看叶倾城犯花痴？"叶汐念用着只有两个人听得到的声音咕哝了一句。

　　时瑜愣了一下，轻轻笑出声来："汐念姐都知道了？"

　　叶汐念摊开手摇头，一副很无奈的样子，时瑜忍住笑意走上前挽住她的胳膊，问她要不要一起进去。

　　房间里，叶倾城早已经换了一套舒服的家居服，把长发扎成一个小花苞，盘腿抱着电脑坐在床头写作业。虽说请了假回来，但作业还是要补的，眼看又到了期末，这一次她可真不想再给教授抓到小辫子不能毕业了。

　　"咚咚咚！"

　　敲门声响起，叶倾城抬头就看见叶汐念推门进来，身后跟着时瑜。

　　"呀！小时瑜，你来了！"

　　叶倾城激动得差点一脚踢翻电脑，扔到一边后迅速蹦下床，跳起来挂到时瑜身上。

　　"下来，你想要勒死我啊。"

　　对于这两个人独特的打招呼方式，叶汐念早已经见怪不怪了，走到床头坐下，随手捧过叶倾城的电脑，只是随意扫了一眼，就发现了几个错了的单词，无奈扶住额头。

"小时瑜过来，我跟你说。"

叶倾城迫不及待地把今天的事情跟时瑜说了一遍，由于叶汐念也在的关系，有些没提到的细节，她照旧没说，然而时瑜跟她的关系那么铁，那些没说的细节，时瑜猜一猜就知道了。

一到叶倾城犯花痴的时候，叶汐念就想要一脚把她踹下床，从前怎么就没觉得她吃的药剂量不够呢。

说到激动处，床头的手机响了起来，震耳欲聋的短信铃声把叶汐念吓了一跳，紧接着叶倾城一个饿虎扑食的动作让她措手不及。

"快让我看一下。"

就这样，叶倾城整个人压在了叶汐念腿上，捧着手机如获至宝，看完了短信后就开始在床上打着滚翻来翻去，长腿在半空中踢着蹬着。

如果叶汐念没有看错的话，方才那条短信里，只是孤独而又寂寥地躺着一个字——

嗯。

一个字就让叶倾城这副模样了！

叶汐念内心有千万头怪兽奔跑呼啸而过，她恨不得找来一个麻袋把叶倾城打包从窗户丢出去。

时瑜的表情也很精彩，看向叶汐念，手指在脑门旁边转了几个圈，然后指了指叶倾城，大抵都了然这个女的是疯了。

"叶倾城，你清醒一点儿好不好。"

时瑜不耐烦地伸脚踢了她一下，还要不要脸了，现在就这样被成清恒吃得死死的，以后要怎么办？

叶汐念则是惊悚地摇头，简直不得了了，以前叶倾城手机音量要么是静音，要么就调得很小声，什么时候为了等一条短信刻意调到最大音量。而且对方就一个字，她就跟挖到了宝藏得到了全世界一样。

宝宝心里苦啊，怎么就摊上了这样一个傻妹妹。

"你们不懂。"

叶倾城翻身坐起来，模仿着成清恒的样子，神态精确到眉毛挑起的角度都要拿手机屏幕出来照一照，紧接着就是他说这个"嗯"字的语气。几乎换了无数种可能，还跟叶汐念、时瑜，很真挚地讨论着成清恒在回这条短信的时候，是不是刚下手术台，穿着白大褂，一只手放在口袋里，另一只手飞快回复。

就连低头的角度，她也要模仿出来。

时瑜斜睨着叶倾城，在她模仿到入了魔的时候，掀开被子一把将她盖住，扑倒在床上："汐念姐，打！"

房间里顿时传来一阵惨叫，时瑜双腿夹着被被子裹成一团的叶倾城，问她还敢不敢犯病了，叶汐念扶着腰，早已经笑得直不起身来。

到最后，叶倾城几乎是打滚卖萌求放过，才从被子里解放出来，头发凌乱无比，脸颊都涨红了，喘着气呆坐在床上，回想着方才到底发生了什么惨不忍睹的事情。

"时瑜，你看她这个样子，该不会是暗恋成清恒很多年了吧？叶倾城，你确定几天后你还舍得回美国去吗？你确定到时候不会在异国他乡相思成疾？"

叶汐念的话简直准确无误地戳中了叶倾城的软肋，双手捂着脸哼哼唧唧半天。

"别提了，我几乎能够想象到未来度日如年、吃不下饭、睡不着觉的情形。姐，我如果申请肄业回家来，你说爷爷会同意吗？"

叶汐念掀起眼帘看她，"吃不下饭"这种话她都好意思说，谁不知道这个世界上，叶倾城最爱的两样，除了美男就是美食，一个唯美食不可辜负的人说出"吃不下饭"这四个字，就差望天耻笑了好吗？

"先别说叶爷爷会不会同意了，叶倾城，你一个大学频频挂科到现在还毕不了业的人，你好意思站在成清恒身边吗？拜托，你多少为人家考虑一下吧。"

都说暗器杀人于无形，时瑜这话可比暗器厉害多了，叶倾城感觉整个人像是被钉在了墙上，瞬间动弹不得。

叶倾城泪流满面，感觉成清恒的一条短信都安慰不了她受挫的心灵了。

下午两点四十五分郊区发生一起大型车祸，成清恒被紧急召回医院。他一出电梯就接过助手递来的衣服，脱下外套，脚步如疾风往手术室赶，一边听着副主任医师说明情况。

一连四个多小时，下手术台后洗干净手，他拿过护士递过来的病历本，翻开新的一页签下自己的名字。

他的声音低润没有半丝沙哑："术后二十四小时很重要，一旦出现什么异常情况，立马联系我。"

"好的，主任。"

摘下口罩的男人，五官精湛，每一丝线条都有棱有角，深邃的双眸下，目光清锐有力，护士们挤在一起，在成清恒经过之后眉眼弯弯地惊叹一句："成医生真的好帅。"

他长腿迈出的步伐凛冽果断，像是有一阵风经过，把他白大褂的衣摆都给掀起来。回到办公室后第一时间拿出手机，看着上面躺着的未读短信，唇线优雅。

手机在掌心里打转了几个圈，修长的手指在屏幕上流连了许久，他最终编辑发送过去的还真是一个"嗯"字。

微信的聊天群里有九十多条未读信息，成清恒没有那么多耐心从头开始看，发了一个问号出去，不到五秒钟明靖尧立马跳出来问他参不参加。

要的就是这样的效果，行云流水回复"什么"两个字，很快明靖尧就把先前商量的事情重复给他听。

"汐念的妹妹回国了，我们打算周末聚一聚，在远郊烧烤度假，你参加吗？"

成清恒心头一动，再把这句话读了一遍，手指往下滑动破天荒开始研究起前面的聊天记录。

他们这个群里都是一起玩的那班人，明靖尧跟叶汐念交往在他们中也不算秘密，不少人起哄说是很久没见到小妹妹了，一起烧烤玩耍也不错。

他清冷的双眸盯着"小妹妹"这样的字眼，脸上俊朗的线条有些紧绷。

"阿恒，到底去不去？"

明靖尧又问了一遍，成清恒半秒钟都没犹豫，回复了一个"不"字。

很快，群里的信息就像是一块石子投入平静的湖面溅开来无数水花。

一个个鄙视的表情排着队变着花样冒出来。

"果不愧是成清恒，有魄力。"

"就知道成清恒不会去的，靖尧你就是浪费表情。"

消息震个不停，成清恒没兴趣细看，退出微信后把手机丢在一边，随手拿起病历本翻看开来。

结果动作坚持不到十分钟，他就放弃了，拿过手机给叶倾城打了个电话。

彼时的叶倾城刚削好一个苹果蹦蹦跳跳跑上楼，时瑜因为还有工作要忙，吃完晚饭就回去了，叶汐念跟她们闹了太久，筋疲力尽回房间去跟明靖尧煲电话粥。

手机响了大半天，就在成清恒打算放弃的时候，通了。

"唔，喂。"

含混不清的招呼再加上"喀嚓喀嚓"咀嚼苹果的声音，成清恒皱了皱眉，拿下手机看了一眼屏幕。

"喂？谁呀？"

这一次，叶倾城的声音明显清晰许多。

成清恒对她问的那两个字很不满，难不成她连备注号码都没有？

"喀嚓！"

叶倾城又啃了一口，还没来得及吃，就听见一道淡漠的声音从耳边响起："是我。"

"……"

叶倾城一听，差点儿就被呛到，捂着嘴拿下手机来一看，分明显示着"头牌"两个字，天啊，方才她接电话都没来得及看！

以最快的速度吃完口中的苹果，叶倾城脸颊微微发烫："我刚才没有看来电显示就接了，不是故意没认出你来的。"

成清恒没有说话，但叶倾城知道他一定在听，换了一种比较轻快的语气。

"忙完了吗？吃晚饭了吗？打电话给我是不是想我了？"

换作从前，面对这样的问题，成清恒可能选择不回答，或者只回答其中一个，但今天，他出奇有耐心地按顺序回答——

"做了几个小时的手术，现在不忙了。还没来得及吃饭，打电话给你是想问你周末有没有时间。"

周末？

叶倾城歪着脑袋很认真地思考了一会儿，想起叶汐念回房间之前跟她说周末去远郊烧烤度假的事情，听说是两天一夜。

她没有瞒成清恒，很老实地告诉他有一个小聚会要参加。

"推掉。"

嗯？叶倾城还以为她听错了，但很快，成清恒又重复了一遍那硬邦邦的两个字。怕叶倾城还犹豫，他在后面补上了一句在他自己看来极具诱惑力的话。

"推掉度假，我找你有事。"

低沉的嗓音透过话筒传到耳朵里的时候，叶倾城只觉得从脚底瞬间窜起了一股酥麻，下意识伸手抓着书桌边角，感觉都快站不稳了。

她自动把"我找你有事"这几个字转换成了"我要跟你约会"的意思。

听着他说话，叶倾城脑海里想象着他穿着白大褂坐在办公桌前，一只手拿着电话，另一只手握着一支签字笔在旋转。

嗯，他身上会不会带着消毒水的味道？还是那种一如既往清冽的木调香？

"余倾城？"

等了半天都没等到回应，成清恒看了一眼手机，不会是没信号了吧？

"我在，可是那是我未来姐夫为我办的烧烤，我不去的话，我姐会很没面子的。"

叶倾城打死都想不到成清恒其实已经事先知道了烧烤这件事情，她小脑袋瓜儿哪能转得那么快，不就是一场普通的烧烤聚会，哪里知道明靖尧也曾邀请过成清恒参加。

等到后来，在叶倾城知道她每次动小心思打小算盘，成清恒都一清二楚的时候，整个人平躺在床上，拿被子蒙住脸，视死如归……

"所以我不去的话，可能会不好意思。"

原本以为这么说会等来成清恒的挽留，叶倾城不就那点小心思嘛，把烧烤度假跟成清恒摆在一起，她几乎不用一秒犹豫就会选择后者。

之所以没有立即答应，就是想看看成清恒会怎么说，他哪怕只是再说一个推掉，她也会故作姿态地说那好吧。

结果，等来的却是成清恒不冷不淡的四个字："我知道了。"

"嘟嘟嘟嘟嘟嘟……"

叶倾城惊呆了，拿下手机看着"通话结束"这四个字，差点儿没飙出一句脏话来，哪有这么约人的！她不就是陈述了一下主观事实，难道他就不能再多说几句挽留一下吗？

第一次发现成清恒原来是这么傲娇的人，说一不二，简直就不懂什么迂回作战、欲擒故纵之类的。

"嗷呜！"

叶倾城捂着手机跪坐在地板上，所以她是错失了什么，是跟成清恒约会的机会啊！为了那烧烤，为了那几块肉，她放弃了她的男神！

发黄的苹果核就躺在地板上，以极其丑陋的姿态嘲笑着叶倾城方才那自以为是的欲擒故纵。

叶倾城把头埋在臂弯间，思考着各种弥补的办法，要不要再打电话过去跟成清恒说，烧烤度假取消了，她能去了？要不然就说她想清楚了，跟他约会比较重要？

黑亮的双眸里满是茫然，忽然就想起了成清恒说他还没吃晚饭的细节，她火速站起身来，一溜烟小跑到叶汐念的房间："姐，开门，我有事找你。"

门刚打开，叶倾城就冲了进去直奔小矮桌旁边的置物架，里面放着一沓外卖单跟名片。叶汐念有个小习惯，在外面吃到哪家餐厅的餐点好吃她都会要一张名片，如果有送外卖服务的话，也会要一张单子。

叶汐念手里拿着水杯，看着自家妹妹趴在那里精挑细选，丈二和尚摸不着头脑："你不是刚吃完晚饭吗？看外卖菜单干什么？"

"我家成清恒还没吃晚饭呢，他刚下手术台肯定饿了，我给他点餐吃。"

"……"

叶汐念瞬间喉咙一紧，差点呛着水，咳了几声。

我家成清恒，这说得未免也太自然了点吧？都还没确定关系，就这么迫不及待要帮忙点外卖了。

"你确定你了解成清恒的口味吗？万一你点的他不喜欢吃怎么办？"

"姐，哪家店送外卖的速度快啊，我怕等我点完送到医院，他都吃过晚饭了。"

答非所问。

纵然无奈，叶汐念还是走过去帮妹妹选了一家，因为老主顾的关系，老板特别关照会最先做然后加快速度送过去。

叶倾城一把抱住叶汐念，呜咽着说姐姐真好。

"你确定你给成清恒点外卖，不用打电话跟他说吗？万一他没等怎么办？"

"过一会儿我再跟他说。"叶倾城拉住叶汐念，很不好意思地笑了笑，"姐，还有一件事情想要跟你说，我可能要辜负姐夫的好意了。"

叶倾城的声音很轻，明显底气不足，她没有告诉叶汐念是要去见成清恒，就说是有点私事。

"什么事情那么重要不能推掉的？"

明靖尧提出这个建议的时候，叶汐念还有些担心成清恒会不会也参加，毕竟叶倾城说了她是在隐瞒身份追求成清恒。

后来确定成清恒不会去之后，叶汐念这才放下心。

"你这一次回来的时间不长，很快又要回去了，靖尧是特地为了你办的烧烤两天一夜，能不能看在姐姐的面子上，不要缺席？"

两边都这么难妥协，叶倾城有生以来第一次觉得懂分身术是多么重要的一件技能。

可一想到成清恒那生硬冷漠的语气，她又觉得似乎不该那么主动，显得自己太掉价，所以一冲动，还是答应了叶汐念。

等回到房间，看到地板上躺着的手机，叶倾城心里面默默想着，再打一个电话，只要成清恒接，哪怕是她主动再问一句要不要约会，他说好的话，她还是有勇气推掉烧烤的。

结果，叶倾城打了无数个电话后，对方都没有再接听，一颗心空落落地往下掉，仿佛坠入无底深渊，一时间脊背发凉，慌张失措。

成清恒生气了吗？

直到去烧烤的前一天晚上，叶倾城都没能联系上成清恒，收拾背包的时候总是走神，看得一旁的叶汐念有些纳闷。

"城城，你一件衣服都叠了快十分钟了。"

叶倾城回过神来，低头看了一眼床边的衣服，从吃完晚饭到现在，几个小时过去才整理了两件衣服，反观叶汐念，小背包早就整理好了。

"我看你一直在出神想事情，怎么？上次跟你说烧烤度假你说你有事情要忙，难不成是因为那个？"

"不是，不是。"

叶倾城连连否认，事到如今再犹豫也没什么用了，眼看明天就要去度假村了，大不了过了这两天一夜后再去向成清恒赔罪。到时候什么卖萌的招数都使出来，她不信，某人就这么难对付，这点小事都要上升到冷暴力那么严重的层次上去。

睡前翻来覆去总觉得不踏实，叶倾城咬着唇琢磨半天还是给成清恒发了一条短信，文字间带着娇俏的语气，编辑完发送出去后，捧着手机，脑海里想象着各种成清恒看到短信后可能有的表情，最终睡了过去，第二天清晨醒来，屏幕上一条未读短信都没有。

"唉……"

这真是一场耗费心力的持久战，原以为有个好开头了，没想到因为一次烧烤几块烤肉就前功尽弃。

叶倾城抓着被子蒙住头，在床上滚来滚去哀号了几声才起身收拾。

两天一夜的度假活动来得比叶倾城想象中的隆重，一下车，她就开始惊叹，挽着叶汐念的手臂不断摇头："不得了啊，靖尧哥干脆改行摆摊烧烤好了，东西居然一应俱全多到这种境界。"

叶汐念曲着手指刮了一下叶倾城的鼻尖："这还不都是为了你准备的，他事先向我打听过你喜欢吃什么了。"

"这么合格的姐夫我不能不认啊！"

伴随着银铃般的笑声走入度假村里的休息室，明靖尧早就在门口等着了，拿着手机的样子像是刚要打电话。

"靖尧。"

"你们来了？刚想给你打电话，怕你们不认路需要我去接。"

明靖尧大步走了过来，一身灰色休闲装，透着一股英气，眉宇间带着淡淡的笑意。距离还有三四步的时候，他微伸手，叶汐念很自然地凑过去偎入他怀里，看得叶倾城捂住眼睛连连咂舌。

"能不能照顾一下这里还有个小孩子在啊，你们小两口私底下要怎么腻歪我不管，在我面前能不能控制一下。"

叶汐念不好意思地松开挽着明靖尧的手，走回到叶倾城身边："就你，还是小孩子啊。"

"还没毕业还没工作之前，就是小孩子，过年都还能领红包呢。"叶倾城脸不红心不跳地辩解着。

"先进去里面吧，人都来了，介绍给倾城认识一下。"

来的人都是明靖尧的好朋友，其中不少跟叶汐念也很熟悉，至于叶倾城，顶多也就是听过他们的名字，唯一认识的就是陈等等。

一进门，陈景川就用大嗓门嚷嚷了一句："包子，过来这边坐。"

"……"

叶倾城的小名，叫包子。

小时候因为很胖，什么外号都有过，最让叶倾城接受不了的一个就是小香猪，一叫就是好几年，直到她出国之后，学习生活变得很忙碌，瘦下来回国了才把这些外号给甩掉。

唯独小包子，作为陪伴了叶倾城很多年的 ID 名字，早成了一种习惯。能这么叫她的人也不多，陈景川就是其中一个。

叶倾城抱着包走过去坐下，伸手就夺过陈景川手里的薯片袋。

"早说你也来啊，我就可以提前跟你打听一下都有哪些大人物了。"

因为不是自来熟的性格，再加上这些人都是明靖尧的朋友，难保其中没有一两个跟成清恒也熟悉，如今叶倾城小算盘敲得正响，一步一步走得小心翼翼，万一哪里踩错了可要怎么办。

陈景川把身子往后靠，凑着叶倾城小声说了句："你放心，他没来。"

这个"他"，指的自然是成清恒。

"这个我知道。"

叶倾城嘟囔了一句，这个圈子太小了，她本不应该来参加这种聚会，要不然来来去去大家都是互相认识，说出去或者被拆穿那都是迟早的事情。

叶倾城用眼角的余光扫了一下房间里的其他人，幸好幸好，没有她那天装醉酒闯入酒吧包厢里遇见的面孔。

大约是人到齐了，明靖尧坐在叶汐念身边，很简单地介绍了一下叶倾城，说是以后大家可以叫倾城，也可以随叶汐念喊"城城"。

"清恒那小子没来，不然叫城城的话，都有两个人来应声了。"

坐在叶倾城正对面的一个男人说了这句话，带着开玩笑的语气，却让叶倾城心口颤抖了一下，若成清恒人来，她还真就不知该怎么办好了。

思来想去，总觉得危险一直埋伏在四周，叶倾城拉了拉叶汐念的衣袖示意她出来一趟。

"怎么了？"

离开房间，见叶倾城一脸神秘兮兮的样子，叶汐念很是好奇。

"姐，这里面该不会所有人都认识成清恒吧？"

叶汐念点了点头。

"你怎么不提前跟我说一声！"

叶倾城急得差点就跳起来，原地来回踱步抓着头发，一副不知所措的样子把叶汐念给看傻了。

"怎么了？成清恒可不是路边经过的张三李四，他是费城无人不知无人不晓的成少，里面那几位又都是家庭背景都不错的，哪能不认识。"

"你忘了我跟你说，我同成清恒交往并没有告诉他我的身份？圈子那么小，来来往往的人又都认识，万一我身份被拆穿了怎么办，他可是本来要跟你订婚的男人。"

叶倾城不敢想象万一被成清恒知道了会怎样，她的革命尚未到成功巩固的地步，不能轻易冒风险。

"可成清恒不是傻子啊……"

叶汐念始终觉得瞒住的可能性微乎其微，就算她今天不把叶倾城带到这里来，以后还有其他场合会遇见，虽说她那天试探明靖尧并没有把那个女孩子就是叶倾城的事情说出去，但如果今天成清恒来了，那也不是……

"你现在跟成清恒在交往，我觉得还是跟他老实坦白比较好，不然后面怎么收场？"

阳光正好透着窗户照进来，金色的光从她发顶洒落，叶倾城靠着墙壁，低着头，睫毛在眼睑下映出浅浅的阴影。

成清恒不是个好对付的人，她当然清楚，可眼下那么差劲的招数已经使了一半，中途在感情还不牢固的时候收回，可就功亏一篑了。

别人睡完，革命关系早已经固若金汤，怎么到了她这里就这么为难呢。

"兵来将挡水来土掩，大不了我到时候抱住他的大腿死都不放手。"

面对叶倾城一脸的决绝，叶汐念摇了摇头，不知道是该笑还是该可怜眼前这个妹妹，怎么谁都看不上，偏偏选择了成清恒那个大腹黑。

就这样，重新回了房间后，叶汐念找到明靖尧，在聊天中拐弯抹角打听，确定今天成清恒不会出现后，给叶倾城使个眼色让她放轻松一点儿。

烧烤设在户外，叶倾城寻了一处阴凉处窝着，旁边还有个小秋千。

有风吹来，带着阵阵烤肉香气，然而半点都没能勾起叶倾城的食欲，她手心里握着手机，内心的担忧挥之不去。

联系不上成清恒的时候，她脑袋里就像被充了气一样膨胀开，满满当当都是胡思乱想，捂着脸哀号了几声，当初怎么就用上了这么蠢的办法。

"倾城怎么了？像是有心事一样。"

明靖尧把烤好的肉放到盘子里，接过叶汐念递来的湿纸巾擦了擦手指，随她走到一旁的凉亭坐着休息。

顺着他的目光看过去，叶汐念抿了抿嘴唇："她这次又是偷偷溜回来的，估计又在头疼毕业考试怎么办了吧。"

明靖尧笑了笑，没再多问什么。

陈景川端着一盘烤肉还有两杯饮料走到叶倾城身边："别发呆了，来吃东西吧。"

"你怎么突然对我这么好，告诉你，我身心都是属于成清恒的，给不了你什么，就算五毛钱的微信红包都没有。"

叶倾城双手护胸做出警戒状。

"我视力不至于差到看上你这个吊车尾的。"陈景川扬了扬下巴，"看，如果我不过来的话，就轮到他们给你送吃的了，难不成你真想在这个时候在他们那里混脸熟建立革命友谊，然后转身被成清恒拆穿？"

"别提了，别提了。"

叶倾城连连摆手，从秋千上跳下来，接过饮料走到一旁的石凳子上坐下："你说你这个发小是不是当得太不称职了，当初我想出那么一个没营养的办法，你怎么就没阻止我。"

陈景川只差望天冷笑。

"大姐，我拜托你事后诸葛的时候，回想一下当初是谁叉着腰，一把大嗓门从大洋彼岸喊来一通电话非逼着我发毒誓答应你的？我都好奇你怎么就答应来参加烧烤度假，要真的以你在叶家的存在感，的确能隐瞒一时，可你现在，基本是在成清恒的朋友圈里闪亮登场，除非你随便找个借口偷溜离开，之后不再跟他们见面，否则……"

陈景川拉长了尾音，扬着唇一脸坏笑："否则就等着成清恒把你撕碎了吧。"

事实上，陈景川没有告诉叶倾城，今天来烧烤聚会的人里，有先前在酒吧里同成清恒一起喝酒的——言家二公子言安。

庆幸的是，叶倾城今天的妆容没有当天那么浓，言安也只是凑过来问像不像，陈景川随口打马虎就掩护过去了。

叶倾城仰头一口气喝完饮料把杯子重重往旁边的石桌子上放："不管了，兵来将挡水来土掩。"

忽然想起什么，陈景川问叶倾城打算多久后回美国。要说这么多年他们的革命友谊为什么那么铁，关键还在于态度。

叶倾城在挂科重修这条路上越走越远的时候，陈景川难得一句嘲笑都没有。每次有不懂的问题，即便学科知识点不一样，只要问陈景川，不管时差问题，半夜三更骚扰，他也不生气，帮着回答。

所以陈景川对叶倾城来说，就跟时瑜一样是能为她在危难之际，两肋插刀毫不犹豫的好朋友。

"不容易啊。"陈景川抬头望着天空感叹，"我以后的日子终于能睡安稳觉不用再三更半夜被你吵醒了。"

　　叶倾城本是已经抬腿时刻准备着，一旦听到什么不好听的，直接踢陈景川一脚，结果听他这么一说，再回想自己每次打电话都没能把时差把握好，不由得虚弱地笑了笑："苦了你了。"

　　视线轻飘飘落到叶倾城脚上，陈景川不动声色地往旁边退了几步："只不过给你个忠告，这段时间睡前多做祷告，不怕一万就怕万一。成清恒肯定不喜欢智商太低的，毕竟会影响到后代。"

　　"陈等等！"叶倾城只差把鞋子脱下来往飞速逃开的陈景川身上扔，"你不要被我逮到，要不然我打扁你！"

YIYEQINGCHENG
第五章

毕业这件难事

　　成清恒驱车到度假别墅已经是晚上九点多，在车里打电话给叶倾城，对方很快就接了，声音听上去着急还带着点小心翼翼。

　　"成清恒？"

　　"嗯。"俊容淡淡，目光打量着别墅亮着的几盏灯，猜测着叶倾城的房间大约会在哪里，"收拾东西出来，我在别墅门口等你。"

　　"哎？"叶倾城显然不在状态中，从床上弹起身来差点踢翻放着的平板电脑，连鞋子都没来得及穿，就跑到窗边一把把窗帘掀开来，"你在哪儿呢？"

　　显然，叶倾城的房间不是正对着大门口，所以即便趴在窗户上看也看不见成清恒的车。

　　"我就在门口，不要让我重复第三遍。收拾你的东西赶紧出来，难不成我来接你了，你还打算赖在这里不走？"

　　"你等我十分钟！"

　　不等成清恒回答，叶倾城已经着急把电话挂断了，火速收拾自己的背包，一边换衣服一边朝里屋叶汐念的房间嚷嚷。

　　动静这么大，叶汐念敷着面膜跑了出来。

　　"都这么晚了，你要去哪里？"

"成清恒来接我了,我跟他一起离开。"

叶倾城没打算瞒着,说清楚对方是成清恒,叶汐念还能放心让她走。可事实却不如她想的这般轻松。

叶汐念伸手拉住她,指了指墙壁上挂着的时钟:"都这个时间点了,他带你去哪里?为什么不能明早过来接你?"

叶倾城皱了皱鼻子,不得已只得老实告诉叶汐念,她来参加聚餐就是拒绝了成清恒的邀约。

"他从昨天开始就一直不接我电话,现在好不容易亲自开车来这么远的地方接我,姐,你放心,我保证不会乱来,你就让我走吧。"

叶汐念挪开视线:"没想到你居然会掉进成清恒这个大坑里,走吧,晚上住哪里记得给我发短信说一声,多晚都要报平安。"

"是!"

叶倾城比画了一个军礼后火速拿着背包离开,速度快得像是参加了百米冲刺一样。

车上,修长的手指在方向盘上有一下没一下地敲着,直到看见个身影猫着腰从台阶上跑下来,成清恒这才低头看腕表上的时间。

不得不说,这丫头在掐时间这方面还有点能耐。

一口气跑出来,大道上就只停着辆黑色宾利,叶倾城敲了敲车窗,待成清恒摇下车窗,这才歪着头打量:"真的是你啊。"

"上车。"

简短的两个字,毫无任何感情色彩。

叶倾城愣了足足数秒钟才反应过来某人是不可能下车很绅士地帮她开车门的了,她认命地低着头小碎步跑到另一边上车。

"烧烤很有趣?"

系安全带的动作顿住,背部线条僵硬,叶倾城嘿嘿嘿地笑了几声:"还好,我来就是走个过场意思意思。"

说完这话,叶倾城又嘟囔了一句:"谁让你不接电话。"

搭在方向盘上的手挪开，他帮叶倾城整理好安全带束缚后有些凌乱的衣服，漆黑的瞳眸里透着漫不经心："突然有急事，很忙，没有空接你电话。"

解释来得有些突然，叶倾城还没反应过来的时候成清恒已经发动引擎开车离开度假村。所以他并不是生气才没有接电话的，而是因为有急事？

叶倾城想了想，成清恒是医生，他有急事那应该是医院有什么急诊病人需要他动手术，所以才联系不上？

尖尖的下巴没入衣领中，她想象着手术台上成清恒穿着手术衣，戴着口罩跟帽子，不苟言笑专注着做手术的样子。

简直帅呆了！

成清恒右手握着方向盘，左手肘撑在车窗上，眼角的余光扫过叶倾城脸上那丝毫掩饰不了的花痴笑意，不留痕迹地扬了扬嘴角。

车子在一栋独立小别墅门口停下，叶倾城趴在车窗上打量了半天才发现，来时这条路线她是真不熟悉。

果然对于费城，她还有好多不知道的。

"不下车？"成清恒解开安全带，取下车钥匙后开门准备下车，结果一转头就发现叶倾城连解安全带的动作都没有。

叶倾城咬了咬嘴唇回过头来，很是为难地看着成清恒："我们进展会不会太快了？"

成清恒眉头一皱，权当没听见，直接开门下车。

见他头也不回地往别墅大门走去，叶倾城连忙解开安全带跳下车，小跑地跟上，心里嘀咕着怎么回事，她没说错话啊怎么又摆出一张傲娇脸来了。

叶倾城没来过成清恒的住处，一进门眼睛就瞪大来，四处张望打量着整间房子的装修，不得不说他真的是个生活品位很讲究的男人，大到整个装潢布局，小到角落那盏壁灯都让人觉得非常精致高雅。

见过很多种风格装修，欧美、田园还有宜家等等，自己也恨不得拥有无数套房子，装修不同的风格然后不时换着住。可今天来到成清恒这里，纯白跟深黑搭配着来，一屋子敞亮跟高贵，叶倾城才知道，原来她最喜欢的还是这种简约大气的风格。

"跟我来。"

成清恒脱下外套搁在臂弯处，长腿大步迈上楼，叶倾城一边回头张望四周一边跟上去，来到书房看着角落那张桌子放满的各种医疗模型，吓了一跳。

成清恒将手中的西装外套挂在衣架上，扯着衬衫领口朝办公桌走去，从桌面拿过一份文件夹，朝叶倾城扬了扬。

"你说过你在国外念书。"

"嗯。"叶倾城点了点头，"国外留学"这四个字说出来还是小有成就感的，只要不提及成绩一切都好说。

"帮我翻译一下这份文件，很重要。"

还没等叶倾城反应过来，文件就已经塞到她怀里了。成清恒卷起袖口，从桌上拿过一包香烟，从中抽出一根放至唇间。

"你怎么不自己翻译？"叶倾城纳闷地看着成清恒，据她了解，某人可是毕业于英国皇家学院，英语这方面肯定要比她这个半吊子强很多。

三更半夜把她强行带到这里，居然是让翻译文件，叶倾城低着头打开文件夹，看那密密麻麻的字母偶尔还蹦出一些医学研究数据，顿时觉得脑袋膨胀开来。

如果这个时候装晕倒，会不会有效果？

似是猜透了叶倾城的小九九，成清恒点燃唇间的香烟，漫不经心地吞吐烟雾："怎么，你在国外留学那么多年，都要毕业了，连这点报告都翻译不了？"

叶倾城侧头，很严肃地看着成清恒："这可不是情书之类的，是医学报告，这么重要严谨的数据，万一我翻译错了怎么办。"

隔着袅袅升起的烟丝，叶倾城觉得从这个角度看过去，成清恒简直帅得一塌糊涂。她本不太喜欢男人抽烟，可眼前这个男人却平生出一种无法用言语来形容的美感，稍不留神，感觉魂魄都要被勾走了一样。

直到被他不咸不淡的嗓音打破——

"你以为，我会不检查一遍完全信任你？"

直白的意思就是，你翻译完我还得再检查一遍，不可能百分之一百相信你完美到没有半点错误。

"……"

感觉智商受到了挑衅，叶倾城清了清嗓子，拍拍胸口严肃道："行！包在我身上！"

成清恒眼睫微垂，"嗯"了一声，将书房让给叶倾城后转身离开。等到房门"嘭"的一声关上，某人双腿发软，扑通跪倒在地板上，颤抖地捧着手里的文件夹，咬着唇一副欲哭无泪的样子。

为什么要把自己往死路上逼呢，为什么不直接装晕倒装虚弱躲过去呢，为什么要打肿脸充胖子……

大约过去了十几分钟，叶倾城终于说服了自己要勇敢面对现实，扒着书桌边缘站起身来。她深呼吸走向大班椅，坐下之后闭着眼睛翻开面前的文件夹。

不就是一份报告吗！

怕什么！

留美四年多，应该对自己有信心才对！

门再度打开的时候，叶倾城吓了一跳，如惊弓之鸟般往后躲了躲。

"你在干什么？"成清恒已经抽完烟，进来拿资料，就对上叶倾城那一脸惊慌失措的模样，不是翻译文件吗？怎么跟偷偷干坏事被抓到的小孩子一样。

"你进来之前应该先敲门的，把我吓到了。"叶倾城抚着自己的胸口，没好气地瞪了成清恒一眼，"有没有 A4 纸，给我写译文。"

成清恒递给她笔记本，然后拿着自己要的资料走到另一边的长沙发："我先去洗澡，之后也会过来做资料翻译，你如果遇到不懂的，可以先记下来，等我回来的时候问我。"

"好。"

从头到尾，成清恒的目光都很浅淡，他甚至没有多余的动作跟话题。叶倾城拿着签字笔抵着下巴想，她这是被当作免费劳动力了？

偌大的书房又只剩下她一个人，一室寂静。

叶倾城强忍着好奇心不去打量四周的摆设，坐在成清恒办公的椅子上，手里拿着他平日里经常使用的签字笔，还要帮他翻译文件。

她恨不得拿手机拍下来记录这具有历史代表性意义的一刻。

心痒难耐还要强忍住的感觉简直太不好受，但比起在朋友圈里炫耀，叶倾城更想把手中的文件翻译好，尽量不出错，然后去跟成清恒讨要奖赏。

嗯……

一个吻？

显得轻浮了。

一顿饭？

显得太廉价了。

一夜……

她双手紧紧捂住发烫的脸颊，胡思乱想什么！

清了清嗓子，绷住脸上的表情，努力稳定情绪然后投入工作中，只是看了一眼开头，叶倾城就听到心碎的声音。

她应该认真学习的，应该花时间多看几部美剧而不是垂涎于韩剧里的大长腿跟俊脸蛋，现在好了，书到用时方恨少！平日里背的单词到了这医学报告面前，都喂了狗了！

叶倾城整个人趴在书桌上哀号了几声，站起来在书房里来回踱步，到最后甚至直接把脸贴在了落地窗上……

装虚弱还来得及吗？

后来，叶倾城还是稳下心思回到书桌前做翻译，兴许是因为太紧张，有些很简单的单词总觉得意思模糊不清，非得用手机查一遍才放心确定。

叶倾城入了状态后，不仅翻译速度加快了，精神也变得很集中，专注得连成清恒洗完澡推门进来都不知道。看着书桌前埋头认真翻译的叶倾城，小嘴里时不时蹦跶出一串英文单词，成清恒的目光里多了一抹柔软。

两页报告翻译完，叶倾城长舒一口气，趴在桌面上双手摩挲着刚写完的译文，只觉得热泪盈眶。她没有做过翻译这种工作，所以这还是她第一次独立完成一份报告，还是对于成清恒来说很重要的医学报告，简直是意义非凡。

她此时此刻激动得无法言语，着急忙慌地从衣袋里摸出手机来，连续找了好几个角度，连书桌上的灯光都做了几番调试。

成清恒就坐在长沙发上，手里还捧着笔记本电脑，盲打敲着键盘，目光却落在叶倾城身上，他倒想看看，不过是一份译文，她要拍多久。

由于角度的缘故，叶倾城完全没注意到长沙发上有人，等她处理完照片发了朋友圈之后，托着腮帮子思考着要不要重新检查一遍译文。

"翻译完了？"

成清恒的声音打断了叶倾城的思绪，她惊呆地看着沙发上自如敲打键盘的某人："你、你、你什么时候进来的？我都不知道？"

"说明你很认真专注。"

听到这句话，叶倾城暂时多情地归结为夸奖，红着脸蛋，眨巴着眼睛看成清恒："谢谢。"

"难吗？"

刚洗完澡的缘故，成清恒穿着一件休闲针织衫搭配灰色的长裤，侧面看过去，专注的容颜显得异常俊逸，特别是他的五官棱角，线条分明。

叶倾城托着下巴一看就看入神，连回答问题都忘了。

等了半天都没反应，成清恒停下手中的工作抬起头来，撞上某人毫不掩饰的痴缠目光："很好看？"

叶倾城下意识舔了舔嘴唇，诚实回答："好看。"

等意识到自己都说了些什么想要反悔的时候，已经来不及了，叶倾城抓着笔记本挡住脸，直接趴在书桌上。

成清恒双眸内敛深邃，将手中的笔记本电脑放在一边，然后站起身走到书桌前，拿起叶倾城翻译出来的材料，低头仔细查看。

那份医学报告并不是很简单，其中包含了不少专用的医学名词，甚至还有相应的数据表达。叶倾城花了几个小时的时间去专注翻译，站起身的时候都觉得头晕目眩，挪着沉重的步伐走到沙发旁边，张开双手直接瘫倒。

声响引起成清恒的注意，他侧头看了一眼，眼底闪过细微的笑意。

稍不注意，时间过得飞快，等成清恒改完手头的报告，抬起头来看向石英钟，已经快十二点了。

而沙发上的叶倾城也早已经调整好最舒服的姿势，睡得很香。

垂眸重新看修改后的翻译报告，叶倾城的字很好看，老人们都说看一个人的字就能看出是什么性格的人，这一点，成清恒不否认。

收拾好书桌上的东西后，他站起身走到沙发旁边，提了一下长裤，半蹲在叶倾城身旁，这么近的距离，他像是可以数清楚她眼睫毛的数量。目光落在她白皙如凝的脸颊上，鼻翼随着呼吸微微动。

眸色忽然就变得柔软。

成清恒从隔壁客房拿来一条薄毯摊开来盖在叶倾城身上，指尖轻轻将她散落在脸颊上的头发拨弄到耳后。本是想抱着她去客房大床上睡，但又怕一动就吵醒她，索性继续留在书房工作，一边守着她不从沙发上翻下来，一边把手上的研究报告给做完。

叶倾城是被电话铃声给吵醒的，虽然成清恒动作很快，但她还是醒了，费力地撑着眼皮适应灯光，手指揉着惺忪的眼睛，身上的薄毯滑落到地板上。

"我睡着了？"

刚睡醒，开口的声音还有些沙哑，叶倾城歪着脑袋一脸迷糊地看着成清恒。

"嗯。"成清恒低头看着来电显示，"我去回个电话，隔壁就是客房，困了可以直接过去休息。"

等到书房的门关上，叶倾城才慢慢回过神，将地板上的薄毯捡起来抖了抖，随手折叠整齐放在沙发边上。起身看了一眼茶几上摊开来的医书跟各种各样的材料纸，同想象中不太一样，她以为成清恒是拿手术刀的，没想过他也要在工作之余的时间里做学术报告。

成清恒讲完电话回来书房，发现叶倾城还没离开。

"怎么？睡一觉起来不困了？"

叶倾城有些尴尬地抓了抓头发，要知道方才她一不小心看见挂钟上的时间，还以为没睡醒眼花，揉了揉眼睛趴在石英钟旁边数了半天才确定，她这一眯，足足过去了三个钟头……

关键是——

成清恒就这样，在书房守了她三个钟头。

"你怎么不喊我起来？你应该直接回房休息，让我一个人在这里睡的，不用守着我。"

闻言，成清恒嘴角玩味般扬起："你多想了。"

"……"

如果不是因为对方是成清恒，以叶倾城的脾气，这时候早就一巴掌劈到对方后脑勺上了，脸上狗腿的表情瞬间僵住，没修炼到真本事，以至于被成清恒这么一戳，一下子就不知道该作何反应。

"客房里有浴室，如果你想洗个澡再睡也可以。"

成清恒经过茶几的时候，叶倾城伸手拉住他的袖口，如杏般的双眸闪着亮光："那个，报告我翻译得还可以吗？还是错了很多？"

"有几个错误，总体来说还是可以的。"

"真的？"叶倾城眨了眨眼觉得难以置信，心头涌起一阵一阵热流，眼眶都有些湿润，原来被喜欢的人肯定是这么幸福的事情。

成清恒拿起报告给她讲了一些细节上的错误，问及叶倾城在国外学的专业，后者挠了挠头，顿时没了精气神。

高考失利后，叶京涛就提出让叶倾城去国外留学，为此还给她请了一个英语老师，在申报国外大学的期间经历了快半年的地狱式英语训练。至今叶倾城都不想回忆起那半年，仿佛触碰到一点儿，就会害怕得浑身发抖一样。

总之，最后是上帝保佑才让她踩着安全线考进了康奈尔大学，至于专业，她并没有听从叶京涛的建议，偷偷报了戏剧跟传媒艺术。

用叶倾城的话来说，她的脑子看不了长篇大论的学术报告，也分析不了那些金融经济数据，也只有戏剧传媒能够收留她那自由奔放的灵魂。

当然，她屡次挂科重修也再度证明，就算是戏剧传媒，也需要智商跟勤奋用功。

如今，面对成清恒，叶倾城第一次后悔选专业的时候没往高大上的方向去，想想那些投行出来的白骨精，穿着修身西装踩着酒红色高跟鞋，一张嘴就是伦敦腔，分析金融数据信手拈来。

而她……

"怎么，都快毕业了连自己读什么专业都不知道？"

斜着眼瞅了叶倾城一下，成清恒将手中的报告夹到文件夹里，一边等着她的回答一边收拾茶几上的电脑跟文件。

时间不早，明天上午还有几台手术要做，再晚也得睡一觉，不是真打算熬一夜。

"我学戏剧和传媒艺术的，就偶尔跟同学合作拍个片子，写个小剧本。"声音越来越小，叶倾城偷偷瞟了成清恒几眼，"你是不是也觉得这个专业学出来就是混日子的？"

余雅芳当初就是这么说的，那鄙夷的目光，过了这么多年叶倾城都没能忘记。

在叶家，她永远是那个不受欢迎的存在，如若不是老爷子，或许从一开始她就不会被叶京涛接受。

"术业有专攻，你若专业知识稳扎稳打，决定以后往传媒方向发展，也可以做得很优秀。"成清恒将手中的东西放回书桌，走到叶倾城身边，伸手揉了揉她的头发，嗓音比原先要柔软许多，"所以，你一定要很努力。"

叶倾城愣愣地看着成清恒，等到她反应过来重重点头的时候，后者已经离开了书房。这一夜，她在客房的大床上翻来覆去，时不时把手放在头顶，试图去回味成清恒送她的这记摸头杀，就连梦里，这个动作也被重复了好几遍。

第二天早上，成清恒敲门的时候，叶倾城还在赖床。

推门进来后，看着床上那卷成一团如同蚕茧的东西，成清恒捏了捏眉骨，径直走到窗边"唰"的一下拉开了厚重的窗帘。

大片阳光顿时透过落地窗户直接洒进房间里，成清恒双手环抱在胸前，倚靠着窗户看着床上那蠕动着伴随着几声哀号的不明生物。

"你只有十分钟的洗漱时间，十分钟过后，如果还不起床的话，那么你只能一个人回家。从这里到市内需要步行半小时到大路口才可以拦到出租车，当然，不排除上班高峰期打不到车的可能。"

叶倾城昨晚翻来覆去好久才睡着，又一直做梦，这时候醒来意识完全迷糊，好半天才反应过来房间里多出一个人。

她双手抓着被角，慢吞吞探出脑袋来，阳光太强烈，刺得她半天都睁不开眼睛。

"你……说什么……能再重复一遍吗？"

成清恒莞尔挑眉，这一次，他并没有说得很详细，简单扼要地告诉叶倾城，只要她再赖床，他就直接丢下她去上班。

叶倾城连滚带爬地从床上奔下来，眼巴巴地看着成清恒，也不顾刚睡醒的自己是有多难看，双手紧紧攥着人家的衬衫衣摆："不行，不行，你等我一下，我速度很快的。"

到底是年轻，刷牙洗脸后连乳液都没擦，整个脸蛋看上去还是白皙滑嫩。叶倾城的样貌虽然谈不上惊艳脱俗，但她的五官却非常精致，不论从哪个角度看过去，都非常漂亮。

她将长发绾成一个小花苞，抓了抓空气刘海，站在镜子前再三打量着装稳妥后，这才推门走出去。

餐厅里，成清恒正优雅地喝着最后一口咖啡，见叶倾城出来，指了指微波炉："你的牛奶我帮你重新热了一遍，你自己去取。"

昨天直接从度假村离开，按照时间推算，叶汐念她们估计最快也是今晚才回家。成清恒特意来接，弄得叶倾城以为能有个一天半天的时间约会，结果倒好，一晚上免费劳动力后第二天连睡个懒觉都不行。

咬着面包，叶倾城都还在碎碎念。

她这点小动作哪里逃得过成清恒的眼睛，他抽出纸巾擦了擦嘴角，身子往后悠闲地靠在椅背上。

"怎么，不想回去？"

"成清恒，你这么忙，我们怎么有时间约会？"叶倾城将手中没吃完的面包丢在一边，半个身子趴在餐桌上，皱着眉头苦兮兮地看着他，"我很快就要回美国了，没顺利毕业之前可能都不回来，你就舍得这样跟我分开吗？"

这话若是别人听了，肯定以为是热恋中的小情侣。

然而面对叶倾城的撒娇卖萌，成清恒是一点儿反应都没有，修长的指尖曲起来，骨节在餐桌上敲了敲："为什么要跟你约会。"

"我……你……"

因为成清恒的一句话，叶倾城整个人慌乱起来，挺直了身板指了指他，又指了指自己，眼睛都瞪圆了。

"我上次问过你的，如果我出国念书要一段时间才回来，你说会等我。这不就是答应了让我对你负责吗？"

胸口忽然闷下来，叶倾城含糊地问了一句："你自己说过的话你难道都忘了？"

"我说过什么了？"

等到叶倾城硬着头皮把当时的场景重现一遍的时候，成清恒的薄唇微微往上翘起弧度，低沉的嗓音里缠绕着丝丝暧昧："我说的等你，是问句。"

不是肯定回答，甚至还带着一点取笑的意味。

叶倾城当即觉得脑子里轰地炸开，一片空白，双眼呆滞地看着成清恒，真是想不到衣冠整齐、白衬衫熨帖、黑西裤修身的人模人样全都是装出来的！

差点儿没忍住想把手中的牛奶直接泼过去，叶倾城告诉自己一定要冷静，这场战役她筹备了数年，岂是轻而易举说放弃就放弃的。

能把成清恒给睡了的这件事，永远是她手中捏紧的王牌。

情绪来得快去得也快，就在成清恒做好准备迎接叶倾城哭着喊着闹着求他等她的时候，她却一展笑颜，抽过餐巾擦了擦嘴问他准备出发了没。

到底，时隔太多年，成清恒还是没能准确把握住叶倾城的情绪。

叶倾城没打算回家，报了时瑜公寓的地址给成清恒后，一路靠着车窗看着窗外倒退的风景发呆。

"几月毕业？"

"六月。"叶倾城回答得有气无力，手指在包包上画着圈圈，扭过头看成清恒，"你会不会去美国看我？"

"我是医生。"

这四个字的回答也算是很委婉地拒绝了，叶倾城清楚，医生的时间是最捉摸不定的，有时候深夜一个电话打来，也得立马换好衣服赶过去。轮休制工作，没有固定假期，有时候忙起来连续数十个小时工作也不是没有。

她很想问成清恒，出国的时候会不会去机场送她，毕业回国前，会不会想她，接下来的这几个月会不会给她打电话。

可直到车子停在时瑜的公寓楼下，叶倾城都没把这几个问题给说出来，话到了嘴边，总有各种借口将其推回去，说到底，她就是怕成清恒冷言冷语打消了她的积极性。

在追求成清恒的这条看不到终点的道路上，最怕的就是打击。

"你确定这个时间，你朋友在家？"

成清恒低头看了下腕表上的时间，就怕时瑜去上班，叶倾城扑了空。可他并不知道，时瑜是自己开工作室的，上班时间自由的情况下，每天早上都会赖床一两个小时，磨到十点多才慢悠悠开车去工作室。

叶倾城解开安全带，理了理衣服："不怕，我知道小时瑜家的密码。"

"嗯。"

故意放慢手中的动作都没等来成清恒的下文，叶倾城叹了一口气，对以"嗯"字为结尾的聊天表示认了。

下车后，叶倾城规规矩矩说了声路上开车小心，后退了几步，看着成清恒升起车窗，驱车离开，内心沮丧得比听到挂科消息还要难过一百倍。

YIYEQINGCHENG

第六章

相爱相杀更持久

　　叶倾城来时瑜的公寓就像是进了自己家门一样，毫不含糊地输入大门密码，推开门后将手中的包随手丢在玄关柜上，换好拖鞋噔噔噔地往卧室走去。

　　叶倾城故意弄出大动静来试图吵醒还在睡懒觉的时瑜，结果时瑜却是拉了拉被子，翻个身又继续睡过去。

　　"小时瑜，太阳都快落山了，你是不是打算睡到下世纪。"

　　叶倾城扯着大嗓门，伸手去掀时瑜身上的被子，见她穿着卡通睡衣还嘲笑了一番。

　　被烦得不行，时瑜皱着眉头从床上坐起身来，惺忪的眼睛瞪着叶倾城："你一大早来我这里闹什么？"

　　回应时瑜的是窗帘被大力拉开的声音，阳光大片洒进屋里，耀眼得忍不住拉起被子来挡。

　　叶倾城推开时瑜的衣柜，一边帮她选衣服一边碎碎念："一日之计在于晨，总是睡懒觉怎么好，你应该学我一大早就起床。"

　　"老实说，你怎么回事？"

　　时瑜太了解叶倾城了，这个时间点，她能这么精神抖擞地出现在自己公寓，绝对不属于正常情况。

"能怎么回事啊，我过几天就回学校了，来看你陪你去上班不好吗？"

叶倾城拿着自己挑好的衣服比画着打量半天，满意地展示给时瑜看："怎么样，你今天就这样穿吧，我觉得挺好看的。"

"你开车过来的吗？"

叶倾城摇头。

"你买了早餐来给我吗？"

继续摇头。

时瑜冷笑，将被子丢到一边走下床，径直将叶倾城堵在了衣柜前："说，你是不是昨天晚上出去鬼混，然后一大早不敢直接回叶家，跑来我这里消磨时间？"

到底是闺蜜！

叶倾城下意识举起双手想要鼓掌，兀自欢乐地笑了两声："小时瑜，你真聪明。"

如果不是清楚叶倾城在叶家的处境，时瑜当初也不会把公寓的密码告诉她，没能回家的日子，她就只能往这里跑。

斜睨了她一眼，说了句没出息后，时瑜拿起衣服往浴室走，关门的前一秒喊叶倾城帮忙热牛奶跟烤面包。

在成清恒那里，叶倾城就已经吃过早餐了，所以只准备了一份给时瑜，自己从冰箱里取了一罐果汁就往客厅沙发跑。

时瑜换完衣服化好淡妆出来的时候，就看见叶倾城盘着腿坐在沙发上，一边看电视剧一边嘿嘿地笑。

每次看她这副模样，时瑜就很想拍下来等着以后有机会给成清恒看看，看他到底遇上了个什么神奇货色。

"说说，昨晚去哪里了？"

叶倾城没有瞒时瑜，把昨天的情况跟她说了一遍，很是生气地强调成清恒将她从度假别墅拐去家里当免费劳动力的事情。她还挥舞着爪子试图让时瑜看清楚食指上因为握笔时间太久而印下的红痕，却发现过了一夜，早就褪了。

时瑜不耐烦地打掉叶倾城举到她面前的手："这点小事情你就唠唠叨叨的，我当初在国外为了设计作业接连熬了几天几夜都没在你面前哼唧一声。更何况你现在是帮成清恒办事，不觉得就算是熬个几天几夜也热血沸腾吗？"

这话听上去像是有道理，但对于叶倾城来说却没什么鼓舞作用，她靠着沙发发呆，想着昨天晚上在成清恒书房里看到的那些奖杯跟一大堆厚重的全英文书籍。

"差距"这两个字，在叶倾城心里无限放大。

最怕的不是没勇气去追求，而是追到手才发现两人之间没有共同话题，再炽热的爱情也有消磨殆尽的一天。

"小时瑜，我害怕。"

一向英勇无敌敢于冲锋上阵的叶倾城突然蹦出这样一句话，喝着牛奶的时瑜差点被呛到，咳了几声瞪大了眼看着她。

无非是帮成清恒翻译了一份资料，怎么盈满的积极性瞬间就见底了。

"不是吧，叶倾城，你的战斗力什么时候变薄弱了？是谁说要一举拿下成清恒，现在居然说害怕？哦，你字典里还有这两个字呢。"

叶倾城摇了摇头，她是真看见了自己跟成清恒的差距。事实上，早在一年前，眼看着周围的朋友从高校毕业觅得一份高薪体面的工作，她却还在国外挂科的苦海里挣扎等翻身。那时候，叶倾城最怕的就是同学聚会，坐在那里永远挤不进别人的生活圈，听不懂他们的话题，也融不进他们的圈子。

那种感觉，是孤独的。

这一次，成家原本看中的是叶汐念，出身高贵又毕业于常青藤高校，归国后直接领导了自家企业的一个分公司，可见其能力。这样的叶汐念让叶倾城望其项背，她忘不了的是自己无数个考试低分飘过，背过的单词转身就忘，课题研讨会上因为不懂得如何表达而揪着头发发狂。

有了这样的对比，叶倾城开始担心等到她回美国去，成清恒会不会很干脆地把她给忘了。毕竟，他从未表现出任何的在意。

得知叶倾城的想法，时瑜笑着摇头："事情都有两面性，你越往消极的方向想，心情只会越糟糕。你姐姐从一开始就对成清恒没兴趣，再加上她有男朋友，你连竞争对手都省去了，能不能给自己多点自信。再说了，成清恒也没对你表现出避之如蛇蝎的样子，也就证明了他并不反感你。"

喜欢一个人，总要去尝尽千回百转的滋味。

大概是气氛太沉闷，叶倾城自己觉得不舒服，把这个话题仓促结束之后推着时瑜拿包包出门。

路上，时瑜问起叶汐念的事情，叶倾城摇了摇头表示不清楚，她在叶家也就是个可有可无的存在，常年在国外混，对于国内圈子里的人情世故压根不了解。

"我姐向来处事有主见，根本用不着我打听。"

"我看你妈对你的态度还是那样，等毕业后，你打算回叶家住？"

提起这个，叶倾城把头摇得跟拨浪鼓似的，且不说承受不了叶京涛夫妇的态度，单说她在成清恒面前伪装的身份，分分钟不能往叶家大宅奔，不然被拆穿后还有继续二字可言吗？

不管时瑜还在开车，叶倾城半个身子靠过去，直接环住她的臂弯，挤眉弄眼谄笑着："小时瑜，你对我最好了，你是我的月光你是我的太阳，未来我在爱情跟事业路上奋斗的时候，你能不能腾出那么一个房间来给我？我保证不拖欠房租！"

"快松手，你想让我出车祸吗？"时瑜扬着下巴指了指不远处的监控摄像头，"万一被拍到，可是要进局子里的。"

被时瑜这么一说，叶倾城乖乖缩回座位上。

离叶家大宅还有五百米左右的路口，时瑜看见叶汐念从一辆白色世爵上下来："你姐回来了，每次去约会回来都是这样的？"

闻声，叶倾城抬头。

"没办法，我妈不同意她跟明家人来往，可她跟靖尧哥又是真心相爱。"

时瑜笑了笑，不做任何回应。

时间点掐得刚刚好，叶倾城跟叶汐念同时回来，余雅芳在房间里听音乐，并没有特意下楼来为难。

叶汐念推着叶倾城回房，问清楚昨晚的事情，得知某人只是被拉去当苦力后，笑得躺在床上直不起身来。

"所以说，你看上谁不好，偏偏是成清恒那个闷葫芦。回美国前这几天，爷爷肯定把你绑在家，要么就带着你去见什么老朋友，你要是再不抓紧见一见成清恒，恐怕真得等毕业后回国才能遇见了。"

叶汐念的好心提醒，叶倾城怎么会不清楚，然而她怎么都没想到，成清恒忙起来根本找都找不到。打电话是无人接听状态，短信也都是深夜回复，偶尔睡到半夜突然惊醒，下意识就要抓着手机看看有没有未读短信。

直到叶倾城回美国的前一天，成清恒终于轮休。

一大早，叶倾城就站在衣柜前发愁，不知道该穿什么好，最后还是拉来叶汐念，在她的参考下，选了一件黑色连身裙搭配一件白色小外套，化了个淡妆，吃完早餐搭着叶汐念的顺风车去医院等成清恒。

短信里，成清恒告诉她轮休的前一天晚上还要值班，所以他回别墅洗澡换衣服需要点时间，约的是午餐的时间点见面。

别墅在远郊，离得太远，所以叶倾城直接把约见的地点定在了医院对面的咖啡厅。叶汐念送她到了之后就离开，剩她一个人点着一杯拿铁很无聊地坐在靠窗的位置。

四月的天说变就变，出门的时候还很晴朗，可一杯咖啡的时间，天色就渐渐变暗，叶倾城发愁地盯着手机上的时间，她似乎来得太早。路上行人跟车辆来来往往，可就是没能看见那熟悉的身影。

她托着腮帮子一边捏着吸管搅拌咖啡，一边看着对面"费城第一医院"这六个大字。她看上了工作这么忙碌的男人，以后就算回国了，约会的时间跟次数恐怕也不会多，想着别的情侣恩恩爱爱、甜甜蜜蜜，动不动就牵牵手出去旅游，叶倾城只想捂着发疼的心口哼哼唧唧。

外面不知什么时候下起了雨，行人纷纷跑到路边的店铺屋檐下避雨，只有为数不多的人很是淡定地从包包里拿出雨伞，踩着湿透的地面，在慌乱中担当最沉稳的风景。

看见成清恒的时候，叶倾城刚喝完最后一口咖啡，隔着落地窗玻璃跟外面细密的雨帘，她几乎是一眼就分辨出那个长身而立的男人。

之所以让她觉得恍惚，是因为成清恒是从医院走出来的，而不是开着车刚到医院，跟他一起的还有另外一个女人，共撑一把伞。

医院大门口，人来人往车流繁多，两个人站在一起不知说了些什么，紧接着就看见女人往成清恒的怀里倒，他不仅没有推开，还环紧了对方的肩膀。

看到这里，叶倾城只觉得心头“哐”的一声，大清早起床挑衣服化妆，因为迫不及待，所以提早就来咖啡厅等，结果居然看到这样一幕，情绪涌上来怎么都控制不住，拎起包包就往外跑。雨下得越来越大，她出门之前并没有看天气预报，别人能从包包里优雅地掏出一把雨伞来，她只能以手遮挡快步跑向斑马线。

等绿灯通行的时候，叶倾城的眼睛一眨不眨地望着对面那两个人，挡不住的雨水直接往她脸上扑，睫毛上沾满了水珠。隔着一层薄薄的水雾，叶倾城想的是，喜不喜欢，原来在他跟另一个女人在一起的时候，能体会得更真切。

趁着红灯间隙，叶倾城快步跑过斑马线，一鼓作气的模样全然是高中时代参加学校八百米赛跑的翻版。

成清恒看见雨中穿梭的叶倾城时，脸色都变了。

“车来了，你先回去，有消息我会通知你。”

匆匆说完这句话，连绅士地帮忙打开车门都没有，他举着伞转身快步朝叶倾城走去。

“不是说好了在咖啡厅等着，没带伞跑出来干什么？”

她刚跑过斑马线，脚步还有些乱，手腕一下子被扣住，紧接着被纳入伞下，隔着薄薄的水汽，一眨眼，睫毛上的水珠滴下来像极了流眼泪。

微微倾斜的伞下，是成清恒那张棱角分明英俊帅气的脸，只可惜生气的时候，眉头紧蹙，看起来让人有些害怕。

一时间，叶倾城反倒忘了质问他跟那个女人的事情，任由他从口袋里掏出一包纸巾，帮忙擦了擦湿透的刘海跟布满雨水的脸。

叶倾城想，此时此刻不用照镜子都知道，她肯定狼狈透了。如果能算到会淋一场雨，她肯定不把时间花在研究眼线跟眼影要搭配什么颜色。

"我问你话，怎么不回答？"

长发湿透凌乱地披散在肩膀上，衣服也能拧出水来，瞧着叶倾城这副样子，成清恒气不打一处来，把伞往她手心里塞，脱下身上的外套将她罩住。

回过神来，叶倾城踮起脚尖越过成清恒的肩膀往路口看去，早没了那个女人的身影，想着当面对质才冒着雨跑过来，结果人居然溜了。

想到可能是成清恒看见她，所以立马走过来，明着是心疼她淋雨，实际上是帮那个女人脱身。

于是，叶倾城攥紧了指尖，梗着脖子抬起头来看成清恒。

"你先别急着盘问我，倒是想想怎么解释你现在在医院门口这件事，还有刚才那个跟你搂搂抱抱的女人是谁。成清恒，我可不是容易蒙骗的小姑娘，吃着碗里想着锅里这种好事情，你别想着做！"

对上成清恒那张略带愠色的脸，三秒钟骨气后，叶倾城"唰"地低下头盯着自己的脚尖看。

"所以，你是看见我跟别的女人在一起，才急匆匆冒雨跑过来的？"

咦？

她是听到了嘲笑的语气？

叶倾城刚准备抬头，就被成清恒一把搂在了怀里，脸蛋重重往他胸口撞，庆幸年纪轻轻没随大流去整个高挺的鼻子，要不然这时候，肯定哭着闹着得跑医院重修了。

"早上临时有个事情，所以忙到现在才离开医院。跟我在一起的是朋友的未婚妻，你所谓的搂搂抱抱，是她高跟鞋踩空，我顺手扶了一把。"

闷在成清恒的怀里，听着他的话，叶倾城心里想的是像他这样的男人，是不是并不经常对别人解释。

"现在雨下得这么大，你又淋了这一身，约会恐怕是不太可能的了，跟我去别墅，换身衣服？"

"嗯。"

叶倾城抿着唇，木木地跟着成清恒走。

上车后，成清恒打开暖风，随手从后座拿过一条折叠得很整齐的干毛巾给叶倾城，看着她慢吞吞擦头发，这才开始明算账——

"以后，这么冒失的行为我不希望有第二次。"

擦头发的动作顿住，叶倾城把头压得更低，一想到自己犯迷糊丢了这么大的人，恨不得找个缝隙钻进去。

她慢悠悠把毛巾抖开来，径直包住脸，往窗边靠过去，试图用这样的方式来躲避成清恒的训斥。

庆幸的是，他也没再多说什么，似乎顾及叶倾城淋了一身的雨，车速并没有放慢，途经太古汇还特意下车帮叶倾城买了一套新衣服。

回到别墅后，成清恒径直把叶倾城带到主卧，上次她是睡在客房，这次直接进主卧，还没来得及细细打量房间的布置，就被一把推进浴室："换洗的衣服在这里，柜子里有干净的毛巾，洗个热水澡后下楼来。"

"哦……"

关上门，叶倾城还抱着衣服发了好一阵呆。

主卧的浴室要比客房的浴室大得多，干净的大理石平面上整齐摆放着为数不多的洗浴用品，比起女人浴室里摆放着的一大摞瓶瓶罐罐，男人的浴室里，也就是须后水跟一两款乳液。

叶倾城趴在平台上，仔细研究了一下成清恒惯用的牌子，没到一会儿就放弃了。全因为上面的法文，她一个都看不懂。

本想着笔记本上关于成清恒常用牌子那一栏还是空白，要抓紧机会填补上去，结果才发现，她在某些方面的认知欠缺。

这时候，忽然好想念对奢侈品牌如数家珍了如指掌的小时瑜。

无意间抬起头来，撞见镜子中那个妆容一片狼藉的女人，叶倾城差点尖叫出声。淋湿再加上成清恒帮忙用面巾纸擦拭，化好的妆早就花了。眉毛长短不一，睫毛膏跟眼线晕染开来，看上去要多丑有多丑。

她双腿发软趴倒在台面上，欲哭无泪。

再也不用怀疑成清恒对她是不是真的喜欢了，毕竟面对这么丑的人，没往大街上丢而是直接带到主卧的浴室来洗漱，一片丹心诚可贵。

洗完澡吹完头发，叶倾城从浴室里出来，仔细打量了一圈主卧的装潢后噔噔噔地跑下楼。

成清恒坐在沙发上看书，换了身居家服，头发是湿的，看上去应该也是刚洗完澡。一想到他把主卧的浴室让给自己，去了客房洗澡，叶倾城不自觉嘴角上扬，心头也暖暖的。

她十分狗腿地跑过去，整个人往沙发上扑，成清恒皱着眉头伸手护住叶倾城的脑门，不至于让她撞到沙发角。

"你在看什么，我们一起看哪。"

她声音里带着软糯，只是在看见书上的文字后，嘴角的笑容僵住。而成清恒早就将她这一系列表情收入眼底，眉眼微扬，嗓音低沉充满磁性："哦？你还看得懂法文？"

浓密卷翘的眼睫毛颤了颤，叶倾城笑呵呵地坐直身子，捋了捋头发。别说法文了，就连英译本她都读不进去，印象中成清恒明明是在英国留学，怎么反倒对法文这么精通。

似乎看出了叶倾城的好奇点，成清恒难得耐心跟她解释，他从小就觉得法文是这个世界上最浪漫的文字，恰巧在英国留学期间，同住的舍友是法国人，久而久之就学会了法语。

"难学吗？"

听成清恒读了几句，叶倾城瞬间觉得相当帅气，跃跃欲试地看着他。这些年在国外念书的时候，她无时无刻不想，如果讲台上讲课的教授是成清恒，那么她肯定读得比谁都拼命。

只可惜，那都是如果。

所以这次，如果成清恒肯教她法语……

脑海里已经开始想象米其林餐厅里，她与他相对而坐，点一份法式鹅肝，品着年份久远的红酒，用发音纯正的法语交流。

画面突然变得好高大上！

温热的气息喷在脸上，打断了叶倾城的联想，他回过身来撞入成清恒那深邃的双眸，心跳加速。

"我觉得，现阶段你还是老老实实把英文学好再说。"

"……"

整个人如遭雷劈，她反应过来后一把将成清恒推离，愤愤不平地看着他："你是不是觉得我英语不好很丢人？"

说实话，叶倾城从小就想成为一名白领精英，每天踩着酒红色高跟鞋，拿着咖啡穿梭在金融大楼，脱口而出流利的英文，将经济数据分析得头头是道，提出一个方案后异常帅气地挥手指点江山，酒席间，觥筹交错谈吐不凡。

活成那样，是叶倾城的梦想，然而，现实总是太苍白，到最后，都是周围的小伙伴变成了那样，而她却离梦想越走越远。

"从一开始，我就觉得我不是学习的料子，别人轻而易举能记住的单词，我转身就忘了。"

成清恒一只手搭在沙发上，另一只手虚扶着叶倾城的腰，护着她不至于动作幅度太大从而摔下沙发。听她那么说，蓦地垂下眼，嘴角浮起浅笑，事实上，他从没有觉得叶倾城是个不聪明的人，不过是她的聪明从来不用在正道上罢了。

有些人，或许很聪明，从小到大逢考必过，科科优秀，但入了社会，融入人群中却不知该如何为人处世。

有些人，在学习这方面并不出众，但交际广人缘好，一有什么事情，五湖四海的朋友蜂拥而上。

叶倾城看上去迷迷糊糊很莽撞，但有些时候，从小事情可以看出来她的处事能力跟应变能力，成清恒没夸过她，不代表从未仔细留意过。

"你觉得我很聪明？"成清恒低头看着叶倾城。

叶倾城揪着自己的衣角搓了搓，怎么回事？明明问题是她提出来的，现在反倒要回答。对上成清恒平静的双眸，试图从中看出些什么，不到一会儿又放弃了，面对心思沉稳细密的他，就算是多修十几年的道行恐怕也猜不透。

"在我眼里，医生就是个高智商职业，生物化学物理英语样样精通，似乎就没有不会的。"

成清恒低头淡淡笑了笑："所以，互补关系，互不嫌弃。"

"……"

足足愣了几秒钟才反应过来成清恒话里的意思，叶倾城嘤咛几声往他怀里扑，所以高智商夫妇有什么用！

相爱相杀！

像他们这种互补关系才能爱得更长久啊！

得知成清恒并不嫌弃她智商太低，就像是吞了一颗定心丸一样舒服，她窝在他的怀里，有一下没一下地玩弄他睡衣上的扣子。

"小时候考试考砸了就会被锁在小黑屋里反省，爸妈也会给我脸色看，但从来不会给我找什么老师帮忙辅导功课。相反，我姐但凡有一门功课不是考第一，立马找老师来家里教。那时候不懂事，总觉得自己很幸运，把忽视当成爱来看，等到最后……"

叶倾城眼里布满失落，这些年，她在叶家所遭受到的冷落跟区别对待，除了时瑜以外从未告诉给第三个人听，可今晚，不知怎的，忽然就说了出来。

成清恒不动声色地将叶倾城脸上的表情收入眼底："你不是独生女？"

"哎？"

不妙！

煽情起来差点忘了自己在成清恒面前掩饰的身份，眨了眨眼睛，她有些慌乱地解释："那个，我没说是亲姐吧，对，不是亲姐，就是堂姐，我堂姐。"

"嗯。"

成清恒没再继续问，叶倾城松了一口气，在心底暗自骂了一句，美色当前乱了军心！

"成清恒。"

"嗯？"

"我明天的飞机回美国。"叶倾城的声音有些沙哑，闭上眼睛往成清恒的怀里蹭了蹭，将他的劲腰拥得更紧，直到鼻尖盈满他身上的沐浴露香气，心头酸涩难耐。

要分开，原来是这么难受的一件事情。

从前只是小女孩心思，把思念藏在深处，把名字镌刻在心上。如今，能抱着他，偎依在怀里说舍不得的时候，才知道分开二字，有多难写。

成清恒捏了捏叶倾城的脸，声音平静："回去之后不要贪玩，课余多花点时间看些美剧，能提高你的口语能力跟词汇量，最重要的是还能提高你的智商。"

"……"

这一本正经的样子不像是在开玩笑吧？

叶倾城坐直了身看成清恒，想象中，在说完那句话后接下来应该是听到无数电视剧跟电影里演绎的浪漫对话——

"好好照顾自己，如果有时间我会去美国看你。"

"今晚早点休息，明天我送你去机场。"

"想你。"

……

她扁着嘴，拿脚背踢了踢成清恒的大腿："你能不能照着剧本来，说会想我不行吗？"

还没等到成清恒的回答，茶几上放着的手机就响了起来，叶倾城哀号了一声，身子往后倒在沙发上，分明没有准备接吻，怎么电话还卡得这么准。

成清恒拍了拍叶倾城的脑袋，伸手将她双腿掰起来放在一边，起身拿着手机朝阳台走去，不过是接个电话还要走那么远。

其实早就知道撩拨成清恒这个男人是件不容易的事情，可叶倾城没想到撩而不得、心痒难耐原来是这么折磨人的事情。

"妈。"

来电是成清恒的母亲黄施，这段时间成清恒工作很忙，不是值班就是连着几台手术，基本没有休息的时间更别说回家吃顿饭了。

黄施以前是第一医院妇产科主任，退休后就一直在家当家庭主妇，但医院的人脉关系还在，所以成清恒一轮休，她立马就知道。

"好不容易休息，怎么都不回家来？"

"早上还有点事情，刚回住处。"

问了一些工作上的情况后，黄施很自然地把话题引到了相亲这个点上，自从上一次成清恒答应跟叶家相亲，把老太太乐得连良辰吉日都选好了以为事情能成。结果叶家委婉表示不太合适，成清恒这边接连几个大手术，忙得连抽空回趟家解释一下情况都没时间。

这不，老太太再三叮嘱，好不容易等到成清恒轮休，说什么都要让黄施打通电话来问问。如果叶家那个丫头实在不合适，那她也好安排另外的女孩子来见面啊。

现如今，老太太生活中最重要的两件事除了广场舞以外，就是成清恒的婚姻大事了。

"妈，告诉奶奶以后不用帮我看什么好姑娘了。"

他单手抄着裤袋，微侧身，视线落在客厅沙发上某个身影上，嗓音微哑。

"你这话是……"

黄施幡然顿悟，压低了嗓音却仍旧能听出一丝欣喜："有喜欢的女孩子了？"

以黄施对成清恒的了解，这些年就没见过他带哪个女孩子回家或者出席什么重要场合。在国外留学那些年，黄施就曾对他旁敲侧击过，不要只专注学习，多留心周围有没有合适的女孩子。能去英国留学的，不是家里有一定背景身家，就是本身才华横溢。

成清恒倒好，一头扎进学业中，半点谈恋爱的风声都没有，弄得黄施都有些担心，他是不是在取向这方面有异于常人……

"还没有定下来，只是暂时不想脚踏两条船。"

成清恒不打算跟黄施说太多，以他对父母的了解，关于叶倾城的信息如果多说半分，次日可能全部资料都会被调查出来。

眼下叶倾城还要回美国，有些事情也还没将清楚，成清恒本就是稳重之人，处事自有他的态度。

"能不能跟妈妈说一下，她家里是做什么的啊？她自己又是做什么的？"

黄施这好奇心一旦被激起来，怎么都按捺不住，这可是成清恒第一次表露有可发展的对象，以至于此时的心情，要比他答应跟叶家那位相亲来得激动。

成清恒摁了摁眉骨处，不紧不慢地开口："秘密。"

等成清恒接完电话出来的时候，叶倾城已经歪在沙发上睡着了，脸对着沙发靠背，一只脚搭在把手上，整个人像极了一只壁虎贴紧沙发。

成清恒看了一眼墙壁上的挂钟，某人的生物钟还真是准得很，错过了午餐，午睡时间倒是分秒必争。

他慢慢走过去，坐在沙发上，压低了身子伸手轻轻将她散落在脸颊上的头发往一旁拨，露出白皙的脸蛋。即便没有灯光照着，这么近的距离，也能将她脸上细小的绒毛看得一清二楚。

叶倾城睡得很沉，连成清恒靠近都不知道，只在他拦腰准备将她抱起的时候，惊醒了。她迷迷糊糊睁着眼睛看他，喊了一声，似乎不太确定面前的人是谁。

成清恒捏了捏叶倾城的鼻子："抱你进屋里睡？"

她揉了揉脑袋，双手抱住成清恒的脖子往他怀里靠："你陪我睡？"

还没等听到回答，叶倾城又睡了过去。将她抱到主卧的床上，掖好被子后，成清恒就离开了房间，径直走向餐厅，打开冰箱看了眼，最终拿起车钥匙去了一趟超市。

叶倾城是被香味给熏醒的，扯着被子蒙住脸，屋子里本是安静得连根针掉在地面上都能听见，也就显得肚子咕噜噜的空城计唱得比任何时候都要响。

她皱着眉头又在床上滚了几圈，深呼吸，闻到了跟平日里不太一样的香气，顿时惊醒！

她居然睡着了！

而且睡在了成清恒的大床上！

怪不得闻见的都是男士香水味，似乎还夹杂着另一种，红烧排骨？

叶倾城霍地坐起身来，抓过床头的闹钟一看，差点尖叫出声，这一睡，把计划好的约会都给睡过去了。

叶倾城是真的有些生气，鞋子都没来得及穿，打开房门直接奔出去。她循着香味往餐厅跑，一眼就看见了背影忙碌的成清恒。

她似乎从未见过他这个样子，睡衣外套脱下来后，只剩下一件白色短袖，露出的小臂有着结实的线条。

翻炒，颠锅，娴熟得像极了五星级酒店里的大厨，瞬间就把叶倾城给俘虏了。怪不得都说这世界上有两种男人最迷人，一种是在事业上能力出众，另一种就是在厨房里烹饪美味佳肴。

而成清恒，居然把这两样都给占了。

"醒了？"

低沉的声音如价值连城的大提琴，他没回过头，却早已经透过明亮的瓷砖墙面看见了身后站着的叶倾城。

她鼓着腮帮，装作气嘟嘟的样子走上前："我睡觉你怎么不叫醒我？我就是在沙发上眯一会儿，明天就要回美国了，难得遇上你轮休，好好的约会计划都让我给睡过去了。"

关火，将炒好的蔬菜杂烩盛入盘中，放在料理台后洗干净手，做完这些，成清恒才转身，伸出手臂将叶倾城夹在胳膊处，压低头看她："所以怪我？"

"成清恒！"喊完这句，叶倾城又一秒变虚弱，双手紧紧抓着他的衣服，"我晚上就得回家了，我们剩下不到五个小时的时间了，怎么办？"

先前叶倾城把这段关系已经归为交往，可后来，面对成清恒那捉摸不透的态度，又觉得飘忽不定。她心里没有底，却还是贪恋着这样的相处，因为起码她能像现在这样近距离跟成清恒接触，或撒娇，或发脾气，做着只有女朋友才能做的事情。

死皮赖脸耍流氓怎么了，有本事，这一辈子靠耍流氓找对一个人也是能力的体现。

可眼下，难得腾出时间见面，昨晚还翻来覆去睡不着觉，满脑子都是各种约会的安排，唯独没计算出瞌睡时间来得这么快，且势头强劲地将她的理智火焰给盖过去了。

兴许是察觉到了叶倾城的情绪，成清恒并没有像之前一样装作没看见，伸手揉了揉她的脸蛋："错过了午餐，晚餐一定得吃。吃完饭我们再出门，一边走一边想要做什么。"

成清恒说得很认真，语气里还夹杂着一丝难辨的温柔，这样的态度让叶倾城愣了好久，只知道呆呆地瞪大眼睛，生怕一眨眼，这面前的场景就变成梦境。

"做什么都可以？"

沉默了数秒，成清恒松开夹着叶倾城脑袋的手，端着料理台上的盘子往餐桌走去，轻飘飘地丢下一句："不允许想儿童不宜的事。"

留下叶倾城一个人，在厨房涨红了脸。

最佳女演员

　　醒来的时候黄昏早已取代明媚的阳光，等到吃完饭，变成夜色繁星来做伴。叶倾城自告奋勇负责收拾餐桌跟洗碗，成清恒也没跟她抢，拿着手机就回书房去。

　　时瑜打电话来的时候，叶倾城刚脱下手套，擦了擦额头上的汗，长舒一口气。

　　"你在干吗啊，声音听上去很累的样子。"

　　叶倾城把今天发生的事情跟时瑜说完，后者的声音立马变得有气无力，到底还是重色轻友。

　　"所以，腾出来见我的时间，就剩明天早上了？"

　　叶倾城笑得明媚："这说明你在我心目中很重要啊，陪着我直到上飞机，这必须是感情深厚的人才有的待遇呢。"

　　电话另一头的时瑜仰头饮了口柠檬水，配合着呵呵几声："要是成清恒主动提出说送你上飞机，我肯定又会被你丢在边上。"

　　"不会的，不会的，我不会为了爱情迷失理智，你一定要相信我。"

　　叶倾城就差对着明月并立三指发誓了，她的确不敢让成清恒送她去机场。明天回美国，叶老爷子不放心，肯定会跟着去机场，到时候撞见，要怎么解释。

　　"行了，在成清恒这个事情上，你的理智只剩几分我还是有把握的。

明天出发的时候给我电话，到时候机场见。"

"好。"

挂断电话，叶倾城跑出厨房，站在客厅的茶几旁，一边倒水喝一边嚷嚷着成清恒快出发，望着墙壁上挂着的时钟，她只差没有跺脚抱怨时间过得太快。

很快，成清恒从书房出来，居家服已被休闲装所取代，印象中他穿这种衣服的次数极少，事实上，两人本来见面的机会就不多，多数时候还是他西装革履的模样。

像现在，一件浅色长袖针织衫搭配白色七分裤，露出骨节好看的脚踝，简直帅得不想带出门。

叶倾城三步并作两步跑上前，挽住成清恒的胳膊，装作很为难的样子："商量一下，不要穿这么帅出门？"

成清恒眉心轻蹙："很帅？"

某人把头点得跟小鸡啄米似的积极。

"那可能很难办了，这是我衣柜里最难看的一套衣服。"

"……"

承认吧，人长得帅再加上身材比例好，就算披着破被子出门，也会被称之为时尚。叶倾城想，只要她一路上把成清恒的胳膊挽紧，应该就没有什么可担忧的。

饭后的缘故，出门时成清恒主动提出用步行的方式取代开车，叶倾城当然答应。她恨不得有多点时间跟成清恒相处，而且这种挽着手沿着大路慢慢走的画面，也是她期待了很多年的。

三十六计攻略上，提到次数最多的愿望，就是跟成清恒手牵手散步，虽然现在并没有牵着手，但挽着胳膊区别也不大啊！

"有没有什么地方想去，或者想做什么。"

"看电影？"

脱口而出后，叶倾城就后悔了，一场电影下来接近两个小时，等到散场，也差不多该回家了。可看电影又是情侣间必做的一件事，她不想错过。

成清恒低头就看见某人那一脸纠结的表情，不禁抿唇笑："可供选择的活动其实也不多，除了看电影就是逛商场或者喝咖啡，相较于后两者，我觉得看电影也不错。"

"真的？"

叶倾城半信半疑地看着成清恒，生怕他不喜欢，毕竟在知识层面上他们有巨大的差距，兴许挑选电影的口味也不一样，万一近期上映的都是青春言情，那岂不是委屈了成大医生。

再三犹豫，他们还是选了电影院。

一场电影下来，叶倾城趴在成清恒身旁窃窃私语的时间要比认真看电影的时间多得多，庆幸的是他们选了最后一排最靠边的角落，没有影响到其他人。因为是好莱坞大片，面对全英文观影模式，叶倾城也始终专注不了。

所以从电影院走出来后，她几乎是精疲力竭地拖着成清恒。

这个时间点，她只想要来杯咖啡满血复活，没想到出国前的最后一次约会，竟是这般。

"时间不早了，我送你回去？"

成清恒看了下腕表后开口，毕竟没有开车，所以这时候散步走回去也不早。叶倾城当然不可能让成清恒送她回家，眨了眨眼睛往四周一看，随手指向费城市中心的喷泉广场。

"你陪我到广场走一圈吧，我家离那里不远，到时候我自己走回去，五分钟路程而已，五分钟。"

刻意提醒时间的长短，好让成清恒放心，说完，叶倾城就径直往前走，并不知道身后落下的目光意味深长。

费城的夜晚总是令人迷醉，路边华灯璀璨，隐约还能听见音乐声。逢年过节，广场会有盛大的喷泉表演，每天晚上八点整，也有小型的喷泉展。

叶倾城跟成清恒来得比较晚，早已经错过了表演，只看得见地面上湿漉漉的水。旁边还有许多小孩，在大人的陪伴下奔跑、欢笑、玩耍。

"以前我很少晚上出来玩。"

叶倾城倒退着走，跟成清恒面对面，看着他的眼睛，轻描淡写地说起她的童年。事实上，在出国之前，很少人知道她的家庭背景。

的确，在学校她就是普通得不能再普通的学生，没有专车接送，也没有名牌加身。再加上成绩并不是很优秀，所以更加不出众。

提起叶家，别人只知道叶家大小姐叶汐念，并不清楚还有一个叶倾城。

"家里管得严，晚上九点半前就要回去，上高中前，我甚至没去过同学家吃饭。"叶倾城摊开手，"所以我朋友并不多。"

成清恒不疾不徐地跟着叶倾城走，难得在她表露出这么低沉情绪的时候，没有说出一两句煞风景的话，而是看着她，扬唇："正巧，我朋友也不多。"

叶倾城语塞，成清恒是什么人，成家继承人，长得又高又帅，关键是智商高、脑子好。她虽说没在圈子里沉浮太长时间，但怎么也听说过成少受欢迎的程度，这年头办个签名会，估计队伍也可以从市政府排到喷泉广场吧。

这样的人，他说他朋友不多？

心头泛酸，眼眶差点儿就红了，暖心到这种程度，叶倾城只差整个人像考拉一样往他身上挂，哭着喊着求他不要用这种方式来安慰她，太虚假了！

在广场上待了不到半小时，叶汐念的电话就追来了。叶倾城一大早就出门，到现在还没有回家，余雅芳碎了几句嘴后没再管，倒是叶老爷子时不时追问怎么还不回。

眼看着明天就要回美国，老人家这是舍不得，嘴上责怪叶倾城偷偷跑回来，可见到她的这几天，就没见笑容在脸上消失过。

"我要回去了。"叶倾城扬了扬手机，故作自然，可心里千万个舍不得，恨不得一把扑进成清恒的怀里，将他紧紧抱住怎么也不松开。

实际上，她也这么做了。

"行李都收拾好了没？"

"嗯。"

"今晚早点睡，不要玩手机。"

"嗯。"

面对成清恒的叮嘱，叶倾城都回应得很淡，她不喜欢这种即将分开的感觉，就好像把所有话都说完后，再也不见面一样。

她不愿意。

"我到了美国后，给你发短信打电话，语音视频，你会接吗？"

问得委屈又很小心翼翼，叶倾城的小心思，成清恒从没琢磨错。周围的人来来往往，不少年轻人都投来艳羡的目光，环着她肩膀的手也慢慢收紧。

"只要你能算对时差，掐准我有空的时候打来，我会接。"

成清恒的声音很轻，却字字清晰。

叶倾城从他怀里抬起头来，眨了眨眼，似乎在考虑接下来的话说出口会不会被嫌弃，不过不说，她又不甘心，总觉得这种气氛要好好把握。

"成清恒，你背着我走到那个路口好吗？"

顺着叶倾城手指指的地方看过去，大约三百米的距离，晚风扑面而来，成清恒伸手捂了捂眉骨的位置，生怕自己是听错了。

他明明带叶倾城去的是电影院，怎么有种喝醉酒说胡话的感觉。

"你没说错？"

横竖都把话给说出来了，泼出去的水收不回，叶倾城咬咬牙，挺直了腰板看成清恒，模样装得可怜兮兮的："我明天就要走了，对你就这一个小小要求，你就不能满足我一下吗？"

指尖还残留着成清恒胸膛上的热度，目光落在他那双深邃得从来无法猜透情绪的眼睛上，等待回答的时间里，沉默像极了一双无形的手放在脖颈间慢慢收紧。

就在叶倾城心灰意冷，尴尬得想着要找什么话圆过去的时候，成清恒叹了口气，背对她慢慢俯下身。

"上来吧。"

叶倾城真的愣住了，对上成清恒的背影，她没有笑出声尖叫着扑上去，而是红着眼眶，嘴角的弧线慢慢往下压。

她忽然就后悔了，早知道当初盛传成清恒订婚的消息是假的，早知道他要相亲的对象是叶汐念，她就不这么冲动地跑回来了。

这一趟，她总算是把心稳稳地栽在成清恒身上了，半点本都没捞回来。不敢想象明天以后，没有他的日子，见不到他的分秒，要怎么过。

等了半天都没等到人，伸出的手都要僵得抽筋了，成清恒侧过头看向叶倾城："我数三秒，错过就没有了。三、二……"

二的尾音还没收回，叶倾城就已经蹦到了成清恒的背上，双手紧紧环住他的脖颈，生怕下一秒就被拽开一样。

成清恒从没背过人，这还是第一次，所以动作格外小心翼翼。耳边是叶倾城的碎碎念，他根本无法分神去仔细听她都在说些什么，偶尔给个简单的回应，就当作是听了。

街上人来人往，不少人把目光落在成清恒他们身上，连线条都是温柔的。夜晚的长街，这样的画面着实是一道暖心的风景，就连叶倾城都安静下来，乖巧地靠在成清恒的背上，感受着这刻的甜蜜。

左不过三百米的距离，其实也很快，到了斑马线路口，成清恒侧头问叶倾城："继续背着你回家？"

叶倾城收紧了搂着成清恒的手，摇摇头，脸颊在他宽阔的脊背上蹭了蹭。舍不得，真是这个世界上最难受的三个字，恨不得让成清恒放慢脚步，这样就能够靠在他背上久一点儿。

"就停在这里吧，你再让我靠一会儿，就一会儿。"

叶倾城的声音听上去闷闷不乐，成清恒倒是笑了，轻轻颠一下背，将她往上托了托，不至于像个吊车尾一样。

"成清恒。"

"嗯？"

"成清恒。"

"嗯。"

叶倾城喊了多少次，成清恒就耐心地应了多少次，斑马线上的红灯变成绿灯，又变成红灯，再重复了有三四遍后，才听到背上传来沮丧的声音："你放我下来吧。"

黑夜总会被白天所取代，时间不能静止，说再见那都是早晚的事。

叶倾城垂着头从成清恒背上跳下来，还帮他拍了拍后背，抚平被蹭皱了的衣服。双手背在身后，踮了踮脚，支支吾吾好半天才把"路上小心"这四个字说出来。

成清恒好笑地看着她，路灯昏黄的光线打在她脸上，更衬得她皮肤吹弹可破，长而卷翘的眼睫毛在脸颊落下一扇阴影。

这时候的叶倾城，成清恒不得不承认，她是美的。

"我明天一早还有台手术，现在时间也不早了，我看着你走到路口我再走。"

"嗯。"

叶倾城踌躇了好半天，心里头闷闷的，总觉得女孩子不该太主动，可都到这种时刻了，传说中的吻别都还没出现！

眼看着成清恒已经走到路口了，她叹了口气，时候未到不能强求，可能得抱着这个遗憾度过毕业季，回国再讨要了。

回到叶家，老爷子见叶倾城眼眶红红、闷闷不乐，也心疼她小小年纪总是孤身一人去国外生活学习。他拍了拍小孙女的脸颊，叮嘱她早点休息后也回了自己房间。

这夜，叶倾城是抱着大公仔翻了无数个身才迷迷糊糊睡过去的，梦里并没有成清恒的身影。

第二天早上，时瑜很早就开车过来叶家帮叶倾城提行李。先前是偷偷回来，轻装上阵，结果回去的时候，变成拉着大箱子，叶汐念心疼宝贝妹妹，买了许多零食，装着装着就变成现在这样了。

叶京涛例行吩咐了些不痛不痒的话就去了公司，余雅芳则一早约了朋友去做 SPA。叶汐念本来也想陪着去机场，但今天公司有个重要的项目要签约，她必须到场，所以没办法送叶倾城。

"没什么，有爷爷跟小时瑜陪着我呢。"叶倾城抱着叶汐念，悄悄在她耳边说了句话，惹得叶汐念连瞪她好几眼。

"我不在的时候，帮忙看住我家成医生，现在的女孩子太可怕了。"

叶汐念真想说，你其实就是那群可怕女孩子中的一员。

"小时瑜，成清恒没来，我还是难过得想哭。"

办好登机手续，到了该分别的时候，叶倾城抱着时瑜呢喃了一句，声音很轻，离她们几步之外的叶老爷子听不到，但时瑜却听得一清二楚。

换作平日，时瑜肯定酸不溜秋地嘲讽叶倾城一下，问她平日里嚷嚷着花高价都不卖的满身骨气，这时候怎么没有了。

可现在，她忽然就跟着难过了，毕竟见多了叶倾城在成清恒身上栽跟头，恐怕这劫难，说是一生，就是注定的了。

爱情，果然是折磨人的小妖精。

时瑜拥着叶倾城，安抚地拍了拍她后背："你家成医生是大忙人，相信我，等你到了美国下飞机后，手机一打开肯定有无数个未接来电。作为路人我还是有眼睛看得出来的，成清恒对你要是没意思，肯定避而远之了。"

"但愿如此吧。"

排队入关检查还需要时间，叶老爷子嘱咐叶倾城这一次一定要把毕业证拿到手后，挥着手让她赶紧进去。老人家见不得这种场面，让时瑜扶着他先走，等到身影消失在送机的人群中，叶倾城这才咬咬牙转身。

"倾城。"

还没走几步路，就听见有人喊自己的名字，叶倾城缓缓转过头，望着来来往往的人群，人头攒动，一时间目光显得迷茫。

将她的表情收入眼底，淡漠的双眸中染着柔和的光晕，成清恒双手抄着裤袋从转角朝她一步步走过来。

衬衫的袖口挽了几下，露出结实的小臂，西装九分裤，露出性感的脚踝，搭配一双休闲皮鞋，倒是把韩式绅士风格驾驭得淋漓尽致。

他本就是出众的，所以当视线中出现了他的身影时，周围的一切仿佛都变成了黑白色，自动同他身上的光划出分明的界限。

他朝自己走来的每一步，叶倾城都不敢眨眼，生怕是看错了，或者，是她思念过度产生了幻觉。

直到他宽厚的掌心落在她的头顶，像往日见面那般，轻轻揉了揉："回神了。"

嗓音清淡中带着笑意。

"你怎么来了？"

"不希望我来？"

叶倾城拼命摇头，她哪敢，问过成清恒会不会去美国看她，问过会不会想她，唯独太紧张，漏掉了会不会来机场送她。

那些藏在心底的小心翼翼，不敢轻易拿出来被人看见。

直到现在，成清恒出现在她面前，忽而不争气地红了眼眶，如果他说这是个惊喜，那么她简直是爱惨了这种惊喜。

"早上只安排了一个手术，做完之后就赶过来了，身上还有消毒水的味道，你如果不介意。"成清恒张开双臂，"我倒可以抱抱你，当作是离别礼物。"

叶倾城哪里会介意！

她"噢呜"一声扑了过去，把头埋在成清恒的怀里，蹭了蹭，径直将眼泪往他衬衫上擦。

成清恒扬唇笑了，一只手抚着叶倾城的头，另一只手抱着她的肩膀："回到学校不要把时间花在别的事情上，学习最忌讳分心。如果有什么不懂的问题，积极一点儿，问教授或者周围的同学，别偷懒。"

"这些话，我听得都快出茧子了。"

明明是这么好的氛围，不知怎么，叶倾城硬是听出了一种，你进去之后，要好好改造的感觉。

她苦着脸松开抱着成清恒的手，后退几步仰起头来看他："我要是有不懂的问题，问你可以吗？"

学生时代没谈一场校园恋情简直就是叶倾城心头一道伤，别人家都有学霸男友带着，她这一路披荆斩棘艰难困苦都是孤身一人，着实想尝尝有男朋友辅导功课有多么幸福。

成清恒好笑地看着她，漫不经心地提醒，她是学艺术的，他是学医的。两个专业相差甚远，他能帮到的估计也只有帮忙看论文写出来有没有错别字。

机场广播又开始提醒航班登机信息，叶倾城跺了跺脚，极不情愿地跟成清恒分别，拉着行李箱一步三回头，揣在口袋里的手摸到一颗榛子太妃糖。

那是在车上，叶老爷子塞给她的。

转身趁着成清恒不注意，叶倾城剥开糖纸把太妃糖一口塞进嘴里，然后回头噔噔噔地往他跑去。

某人的欺身靠近让成清恒始料未及，他还没反应过来，已被她一把拉下。

叶倾城吻得有些吃力，偏偏她今天穿的是平底帆布鞋，被搂在怀里能听到心跳声是最萌情侣姿势，但如果要接吻，那简直有种把脖子扭断的感觉。

察觉到她的吃力，成清恒弯下身，一只手托住叶倾城的腰，将重量往他身上移了移，另一只手覆在她的后颈上，有一下没一下地揉着。

他从没在叶倾城清醒的时候吻过她，距离上一次酒醉后那个吻，已经过去了太长时间，长到他差点就忘了是什么滋味。

把主动权掌握在自己手里，只是两秒钟的事。

叶倾城不再没规律地胡乱咬，逐渐温顺地跟从成清恒，在他的把控下，感受着这个绵长而又温柔的吻。

她没忘了自己做的小动作，松开贝齿，舌尖卷着太妃糖递到成清恒嘴里，察觉到某人怔住，笑嘻嘻地推开。

心跳加速，感觉就快从嗓子眼蹦出来了，一吻过后，叶倾城红唇微肿，脸颊发烫，眉眼间带着羞涩。

"成清恒，记住这个味道，等我回来！"

这一次，叶倾城跑得飞快，等到她的身影消失在视线中，成清恒才慢慢勾着舌头，尝着嘴里那颗太妃糖的味道。

嗯，榛子味的，以后可以买同款。

回到美国的日子，叶倾城觉得能力有所提高的不是英语，反倒是加减算术，笔记本上多了很多数字，无非是想成清恒的时候，置换出来的国内时间。

她咬着笔帽趴在书桌上叹气，原来这个世界上最可怕的不是距离，而是时差。起床的时候想他，睡觉的时候想他，发条短信有时候要等上好几个小时才收到回应，心痒得做什么事都提不起力气。

咖啡厅里，面前摆放的笔记本电脑已进入休眠状态，还没完成的剧本如今是一点思路都没有。

曲盛闻走过来看见的就是这样一幕，摘下墨镜往桌上一丢，直接把叶倾城吓了个激灵，慌乱地坐直身来。

"盛闻姐，你把我给吓死了。"

在时瑜毕业回国后，曲盛闻就是叶倾城在美国唯一交好的华人小伙伴，同住一个地方，只不过别人来美国是念博士，她却只是个普通大学生。

"魂不守舍，连我进来都不知道。"曲盛闻坐在叶倾城对面，目光落在她摊开的笔记本上，一眼就看见了上面写满的时间。

"这是什么？"

"算时差。"叶倾城下巴枕着手臂，好奇地看着曲盛闻，"姐，你就不想念国内的日子吗？这些年你是怎么做到稳扎在美国清心寡欲的。"

曲盛闻敛眸，红唇轻扬："我从小就在美国长大，已经熟悉了这里的环境，再说了我不像你，国内没有惦记的人。"涂着抢眼大红色指甲油的手指在叶倾城手机屏幕上点了点，"还有，手机可以设置双时钟，定个纽约时间跟北京时间随时就可以看，用不着花时间这样换算，因为……"

曲盛闻压低了声音，跟叶倾城解释了一下，她纸上算的时间，都错了。

整个桌子都颤抖起来，叶倾城涨红了脸，抱紧双臂把头藏起来，没脸见人了啊！她一直都是这样换算的，以防万一还上百度查了一下，就这样熬了快一个月，居然才有人告诉自己她一直算错了。

难怪上一次，她跟成清恒视频的时候假装有文化地报了一下北京时间，结果对方沉默了很久。

看着叶倾城这样，曲盛闻忍俊不禁。

回想起最初见面的时候，叶倾城就给她留下了很深的印象，在美国待了太多年，什么人精都见识过了，突然有天蹦出个天然呆来，而且是呆到极致，时常被逗得生怕下巴笑脱臼。

"言归正传，你叫我过来帮忙看剧本，到底写得怎么样了？"

叶倾城趴在桌面上，把手支起来挥了挥："文档打开了，你看吧，我实在是挤不出来了。就这样，我都不知道能不能顺利毕业。"

去年栽在了拍摄上，今年拍摄好不容易飘过，轮到写剧本，又捂着心口难受。叶倾城想，如果用中文让她写个剧本，肯定能写出一段可歌可泣的暗恋故事，可换成英语，她后悔平日里没有多背几句浪漫的对话，脑海里蹦出来的只有《复仇者联盟》《美国队长》里那些热血对话。

"我帮你看看吧。"

曲盛闻怎么说也是自小在美国生活，语言这方面要比叶倾城强太多，尽管剧本这方面她从未涉及，但一杯咖啡的时间，笔记本电脑键盘敲得飞快，等到叶倾城一觉醒来，人家已经在做自己的研究报告了。

挪着凳子坐到曲盛闻身旁，看着屏幕上红绿两色的股市走向，叶倾城润了润喉咙："姐，我听说你已经跳槽到 KPCB 了？"

"嗯。"

"CFO 的位置？"

"暂时还没这个能力。"曲盛闻回答得很自然，视线也没从屏幕上移开，修长的手指在键盘上飞速移动，叶倾城都没看仔细到底摁了那些键，屏幕上的数据就开始飞快变化。

叶倾城定定地看了几眼后，回到自己的位置上，稳下心神来专心看改后的剧本，表情看上去是很淡定，但内心，早已泪流成河。

当精英的感觉好像特别好呢。

夕阳下山，天空中布满晚霞，叶倾城终于完成了毕业剧本的修改，伸了个懒腰后看了眼见杯底的咖啡杯。

"盛闻姐，我们去吃晚餐吧。"

"剧本都完成了？"答应叶倾城特意抽出时间来帮忙，曲盛闻当然要好好完成任务，捧过电脑又检查了一遍先前她标出来的批注。

"果然你这种人就得有动力才行，国内有心心念念的男朋友，真是恨不得下一秒就把毕业证书给领了订机票飞奔回国吧？"

面对曲盛闻的打趣，叶倾城有些不好意思地低下头，摸了摸键盘，看着文档上标注好的完稿两字，心里头压抑不住的雀跃恨不得立马跟成清恒分享。

这个时间点，他又在做些什么呢？

曲盛闻收拾好文件跟电脑，抬起头来就见叶倾城在发呆，忍不住笑起来："你啊，跟我在一起还分分钟出神，好歹我为了你抽出了一下午的时间，你居然还有心思想你的成大医生。"

叶倾城懒洋洋地摇晃着身子，吐了吐舌头："盛闻姐，等你谈恋爱你就懂了，这一日不见如隔三秋，算算，我这都好几年了。"

"女孩子总归是要矜持一点儿，不要事事主动，要不然，男人就该不珍惜了。"

叶倾城若有所思地想了想，好像有点道理。

晚餐吃了五星级餐厅的 BBQ 烤肉，叶倾城把肚子撑圆了才从位置上站起来，曲盛闻去洗手间补完妆后出来，抿唇轻笑："担心吃太饱晚上睡不着。"

叶倾城一本正经地摇头，之所以吃这么多都是有理由的，昨天成清恒答应她今晚视频，等他做完手术腾出吃午餐的时间来视频的时候，她这边就是深夜十一点多十二点了。

不多吃点，怎么熬到那么晚？

"你确定他不会心疼你熬那么晚？"

曲盛闻忽然有些好奇这两个人的相处模式，毕竟在她看来，时差并不是什么大问题，国内清晨，美国这边也刚入夜，等到纽约新一天的太阳升起，国内的夜生活也才刚刚开始。在这个时间段，不论是视频还是聊天，都能应付得轻松自如，为什么非得熬夜呢。

叶倾城只跟曲盛闻说过对方是医生，并没有说具体职位，所以她也就不清楚成清恒忙起来没日没夜的状态。

"其实我熬夜是有私心的。"叶倾城费力地踮起脚尖来，凑到曲盛闻耳边眯着眼睛说了几句，逗得对方掩唇轻笑出声。

"你赢了，真的。"

曲盛闻怎么都想不到，叶倾城熬到这么晚，竟只是为了讨成清恒一句夸奖，装作很努力学习所以才挑灯夜战，只要他一句表扬，她这一晚都会睡得很香。

即便是前面几个小时，都用来发呆，等到最后那几分钟，她立马把书桌上所有写好的作业都摊开，看一遍记在心头不至于成清恒问起而露馅。

为此，她也是努力了，只不过这种小聪明，总没有用在正道上。

玫瑰只能是你送的

回到住处洗完澡写完作业已经十点多，距离跟成清恒约好的时间还有一个多小时，叶倾城时不时拿过手机看一眼微信，生怕成清恒提前结束手术给她发消息。

指尖在屏幕上滑动了几下，整个页面几乎都是她发的信息，有时候一两句话配一张图片，有时候一大段连着发。

偶尔成清恒会回复一两句，更多时候直接语音回答，忙起来甚至语音里就只有一个拉长了尾音的"嗯"。

为此，叶倾城也像个傻瓜一样托着腮帮子把这个"嗯"字重复听上好几遍，心里想的是，如果成清恒不当医生，入了翻唱圈唱歌，会不会也吸引一票粉丝号着喊他"大大"。

就在这个时候，一条短信蹦了进来，当看清楚内容写的是什么时，叶倾城觉得眼泪都要飙出来了。专业课里小组合作的研究课题，她花了几天几夜时间整理出来并且写了几万字的报告，居然被全盘否定了。

更可笑的是，组长给出的建议跟要求，跟上一次几乎完全不一样，等于那几万字就没有哪怕一千字能用得上的。

就知道会这样！

自从来美国念书，一遇上小组研究课题，叶倾城毫无疑问会栽跟头，有时候她不明白自己已经做了这么多，且这么努力了，为什么别人还要百般为难，锱铢必较。

一开始会很生气，总觉得他们不懂得照顾外国学生，心里想如果是国内大学，班里面出现一个外国学生，肯定恨不得当宝贝一样照顾起来。

后来想，这就是中国人跟外国人的差别，在他们美国人眼里，大家都是平等的，没有理由为了照顾谁而为难自己。

就连叶汐念，也会在电话里开导她，别人会的，她也可以，为什么要认输示弱呢？尽最大的努力去做，哪怕是做错，也是用心了。怎么都好过从一开始就说不会。

可现在是，她熬了几夜做出来的报告，说重来就重来。

委屈加倍涌上来，鼻尖都红了，她反复看那条短信生怕看错一个单词误会了一整个句子的意思，结果还是重重把手机反盖到桌面上，埋头小声啜泣起来。

晚上一定要跟成清恒哭诉这件事情，一定要！

做了这个决定后，叶倾城开始想到底要怎么说才可以，一定要重点强调前期她有多么努力，有必要的时候还得把报告发给成清恒看，如果他愿意给个什么意见跟建议就更好了。

就这样，叶倾城想了足足一小时，洗完脸出来正好听见手机响。

"来了。"

微信信息只有这两个字，却把叶倾城急得团团转，跑到冰箱里取出两个冰冻过的勺子往眼睛上贴，一边号叫一边原地蹦蹦跳，实在是太凉了！

可如果不敷的话被成清恒看出来她哭过，肯定背地里会嘲笑她到底还是个孩子。

做完一系列准备工作这才往电脑前冲，视频连接上，她就开始打招呼，然而另一边却没有任何回应。

传来窸窸窣窣的声音，画面有些模糊，过了有一会儿光线才转亮，屏幕上出现一双长腿，紧接着是白衬衫，成清恒解着领口的扣子，面无表情地看着她："听得到我的声音吗？"

"嗯嗯！"

叶倾城把头点得跟小鸡啄米似的，恨不得把脸直接往屏幕上凑，比起别的女孩子视频之前要化妆，要找准角度试图展现最美的自己，她的想法不要太简单——

只要成清恒能看她一眼，哪怕是一眼都行。

因为工作的缘故，再加上时差，成清恒嘴上没说什么，但很多次视频都把时间压得很短，如果是早上，他会迟那么十几分钟，能让叶倾城多睡一会儿。如果是晚上，他会在视频的时候抓紧做其他事，压缩时间这样叶倾城就可以早点睡。

只可惜，叶倾城并不明白成清恒的用心，还在计较短短的几分钟十几分钟里，他到底抬起头来认真看了她多少秒钟。

"你怎么回家了？不是说只有午休吃饭的时间可以视频吗？"

"下午的手术临时取消了，没事所以就回家。"成清恒把电脑放好，调准角度后开始在房间里四处走动，打开衣柜取衣服，换衣服，整理装脏衣服的篮筐准备待会儿放洗衣机里清洗。

本是已经打好草稿想跟成清恒说研究报告的事，可看见他的那一瞬间，叶倾城又改变了主意。开始讲她这几天都做了些什么，毕业视频短片已经拍好并且过审，在曲盛闻的帮助下完成了剧本编写，还有隔壁的克丽丝奶奶给她做了一个很好吃的慕斯蛋糕……

讲累了，叶倾城自己就停下来，跑去倒水喝才发现冰箱里的矿泉水没有了，无奈只能烧水，等的时间里，干脆翻出一包豆奶粉。即便晚餐很丰盛，但等到这个时间点还是有些饿，冲完豆奶粉慢吞吞回到座位上的时候，成清恒已经端正坐在电脑前。

"去哪儿了？"

叶倾城献宝似的扬了扬手里的玻璃杯："冲豆奶喝，我饿了。"

成清恒淡淡扫了一眼："不怕肚子撑，睡不着？"

"可是我已经冲了……"叶倾城一脸的追悔莫及，惦记着这豆奶喝完要站多久才能毫无愧疚感地躺上床睡觉。

"喝完贴着墙壁站一小会儿再去睡觉，喝三分之二就可以了。"

"嗯！"

成清恒摆弄着手机，状似无意地问起叶倾城毕业典礼的时间，结果才知道，小家伙根本没打算让父母亲戚过来参加。

"毕业典礼不就是听听校长讲话，穿个衣服拍个集体照然后就结束了吗？我觉得没有必要……"

叶倾城声音越来越小，头也越来越往下低，拨弄着手机上的吊坠，试图掩饰内心那份苦涩失落的情绪。

事实上，毕业典礼越临近，她的内心就越烦躁，越不想记起这件事，早就打定主意当天掐准了时间到棒球场，领完证书跟玫瑰，拍完照片就开溜，干脆利落也就不会被那气氛影响了心情。

早在去年，时瑜毕业的时候，她就见识过典礼的阵势，人山人海，校外广场停满了各种各样的豪车，父母们都把自己打扮得像是参加什么皇族盛宴一样生怕有一丝不足破坏了孩子们这么重要的日子。

时瑜的父母还有不少亲戚、包括好朋友都悉数到场，光是拍照就花了很长一段时间，后来直接组织去旅行，也不枉他们千里迢迢来一趟美国。

眼看着五月底就是毕业典礼，叶家没有人提起过要参加之类的，叶倾城也没胆子自己说，她太了解自己在那个家的地位。唯有时瑜，早就说好把时间腾出来，开玩笑说是要买特价机票，提前飞去见几个老朋友，在约上一起参加叶倾城这个学妹的毕业典礼。

一延迟毕业，她就成了学妹了。

"时间不早了，今晚早点休息，很快就熬过去了。"

视线落在桌前放置的电子日历上，上面有他前段时间无意设置的一个倒计时，嗯，还有二十三天，叶倾城就回国了。

"你待会儿要做什么啊？"叶倾城真是一点儿都不想要结束视频，很想问成清恒能不能聊到她睡着为止，毕竟难得他下午有时间。

可显然，成清恒并没有察觉某人心里的想法。

"想去洗个澡然后睡觉，昨晚值班没有怎么休息。"

"啊！"一听他说值班，叶倾城就心疼地眉头皱起，挥手赶着他赶紧拜拜，"别调闹钟了，睡久一点儿。"

"嗯，晚安。"

关视频的前一秒钟，叶倾城很着急地说了句"成清恒，我很想你"。

当事人似乎顿了顿，然后点头……

不是回复我也想你，而是点头！

挫败感层层叠叠涌上来，差点把叶倾城整个人盖住，实际上，她打算跟他哭诉，打算告诉他，没有他在身边的这段时间里真是孤独跟无助加倍袭来。可是听到他的声音，看到他那张脸后，她又舍不得了。

恨不得有时间，多说几句我很想你，而不是用来抱怨。

成清恒，我是真的很想你。

五月底的 Cornell 最是热闹，叶倾城游走在校道间都能感受到那股浓烈的毕业氛围，她就要走了，离开这座给了她几年光阴跟回忆的大学。

不管怎么说，抛却挂科跟艰难的专业之路，她还是深爱着这所学校，虽没能在国内大学谈一场小说跟电影里常有的让人心跳加速的校园恋情，可在 Cornell 她还是收获了不少别人所无法体会到的经历。

打回来的报告在第二天重燃鸡血，她泡了一整天图书馆，抱着电脑直接去请教同学，花了一天一夜的时间完成一篇新的万字报告，得到的是组长微笑的肯定。

组长说，冲着这份诚意满满的报告，毕业典礼上，他一定会送她一朵最美的玫瑰花。

玫瑰花吗？

叶倾城眯着眼睛思考，如果她人生中收到的第一朵红玫瑰能是成清恒送的就好了。不知是太过虔诚，还是太过幸运，当看着成清恒西装革履捧着一束玫瑰花朝她走过来的时候，叶倾城连眼睛都不敢眨。

他所走过的路，都变成光晕然后逐渐模糊，直到背后一切成为黑白，只有越来越靠近的时候，光线越来越明亮。

跟在成清恒身后的时瑜自动自发地跑到曲盛闻旁边，挽住她的手，笑嘻嘻地问道："盛闻姐，小倾城的男朋友你觉得怎么样？"

"很帅。"

曲盛闻很干脆地给出这个回答，墨镜下眉眼弯弯。

"你……我……那个……"

直到成清恒站在面前，叶倾城都还没将直自己的舌头，不安地看着他，又看着不远处站着的时瑜，头脑一片空白，学士帽戴歪了都不知道。

"毕业快乐。"

成清恒凑近，薄唇在叶倾城的额间印上一枚轻吻，怀里捧着的红玫瑰直接挤到她鼻尖，浓郁的香味令她分不出心神去体会刚才那个蜻蜓点水般的亲吻。

早在知道叶倾城毕业典礼时间的时候，成清恒就预订了机票，提前休年假，空出几天时间飞过来，也是凑巧，跟时瑜同一个航班。

他没有告诉叶倾城这件事，就是打定了主意要给她一个惊喜，果然，小家伙的反应没有出乎他的意料，呆滞是最真实的反应。

起码没有像时瑜说的那样，一激动，整个人往上挂。

在听到叶倾城有这个往人家身上扑的小毛病时，成清恒在来的车上，闭着眼睛在脑海里默默演练了数遍，做足了心理准备，万一要真的有，他一定会托稳不至于在众人面前齐齐栽倒。

庆幸的是，叶倾城没有这么做。

她的意识还有些蒙，只知道一只手捧住红玫瑰，另一只手紧紧挽着成清恒，生怕松开，他人就不见了。

时瑜拉着曲盛闻给成清恒介绍，两人简短地交流一下就听见广播的声音。

"倾城，Bio-reception！"时瑜指了指礼堂的大门示意她赶紧进去。

叶倾城不依不舍地跟成清恒分开，抱着鲜花一步三回头地往里走，作为 Cornell 优秀毕业生，时瑜很熟练地引着成清恒跟曲盛闻往观众席走去。坐到位置上，曲盛闻才想起，叶倾城的父母跟姐姐好像没有来。

时瑜没忘记叶倾城在成清恒面前是伪装成小平民的身份，所以解释之前还特意看了他一眼，确定对方注意力集中在讲台上之后，才凑到曲盛闻耳边小声说道："叶家长辈都不知道毕业典礼的事，汐念姐倒是想来，但抽不开身，最近分公司有大项目在推广，她夜以继日跟进，都有好多天睡在公司了。"

这点，时瑜没有说谎，来之前叶汐念还特意找过她，给叶倾城挑了一份礼物让帮忙带上，不能参加妹妹人生最重要的毕业典礼，她也是满脸愧疚跟遗憾。

"不过成大医生来，也就够了。"

曲盛闻扫了一眼身旁这个男人，不论从举止谈吐还是衣着气质，都可以看出是个很优秀的男人，就算没有深入了解过也大抵能猜到家庭背景定是不凡。

她见过无数人，有小市井，也有商业精英，也有律政高官。不同层次的人，所带出来的那种气场都是不同的，而从一开始，她就没觉得成清恒是个普通人。

这样看，他倒是跟叶倾城匹配得很。

在 Cornell，Bio-reception 是属于每个毕业生的狂欢节，按照院系的顺序排队进场找准位置坐下后。Faculty 会站在台上，大声念着每个毕业生的名字，微笑地看着他们走上前，接收纪念章跟奖牌，每一个名字响起，伴随着的就是欢呼跟尖叫。

叶倾城上台的时候，时瑜迫不及待地拿出相机，一连拍了好几张照片，其中有一张还有成清恒的侧颜——

观众席上，他双眸专注地凝视着台上那个身影。

后来这张照片被叶倾城洗出好多种尺寸，放在钱包夹层里的，装裱在相框里放在书桌上跟办公桌上的，放大来挂在楼梯墙壁上的……

那时候的成清恒头疼地看着她，明明有那么多好看的照片，为什么偏偏执着于这一张，论技术，时瑜也谈不上是专业摄影师，连角度跟曝光度都没有调好。

叶倾城给出的答案是，那是你第一次那么温柔专注地看着我。

一句话，让成清恒不由得反思起来，他以前是不是真的表现很差。

本是打定主意，毕业典礼一结束就冲回住处拿行李，坐最早的一班飞机回国，连机票都已经提前订好了。

结果成清恒一来，叶倾城又舍不得那么快走，十几个小时的飞机，他飞来已经很累，再这么着急忙慌赶回去，想想她就心疼，转身就去改签机票。

听说时间延后的原因里没有一个是因为自己，时瑜黑着脸，质问叶倾城说好的永远不会重色轻友，怎么分分钟就变质了。

果然在跟成清恒有关的话题上，叶倾城的一切决定都是可以不作数。

当晚，曲盛闻请叶倾城、成清恒还有时瑜一起吃自助餐，尽一下地主之谊。听说她是白城人，成清恒难得抬眼打量了一下，白城曲家，可是位居四大家族之二，再加上盛字辈，原来她就是传闻中那个很优秀的曲家大小姐。

对她，靳北寒可没少八卦。

只是没想到世界这么小，她居然跟叶倾城相处得这么好，回想起毕业典礼结束时，他接过叶倾城递来的毕业证书，随手翻开扫了一眼，深眸中掠过一抹笑意。

有时候，叶倾城也迷糊得可以。

"小倾城，你不能再吃了。"

看着某人面前那堆得高高的碟子，时瑜皱着眉头凑过来低声提醒，这丫头脑子里装的都是花生干果吗？除了吃还是吃，跟心爱的男人一起吃饭，哪个女人不是故作优雅，装着小胃口，什么菜上来都是点到即止。

哪有叶倾城这种，遇见喜欢的，就吃个不停。

"不要紧吧……"

叶倾城含混不清地开口，看着时瑜，压根没有意识到有什么不妥。成清恒注意到她喜欢吃什么，还亲自动筷子夹到她碗里呢，就冲着这种温柔，再撑她也要吃完。

等到要离开，叶倾城这才认真地扫了一眼桌上的盘子，看完，她就紧张了，下意识看向成清恒，有些慌乱地解释："我平日里饭量不是这样的，就是最近因为忙，你也知道毕业之前事情很多，所以我都没好好吃饭……"

"嗯。"

成清恒若有所思地看了一眼后，表情恢复如常："这点量，还没有超出我的认知范围。"

时瑜苦着脸抱住曲盛闻的手，不说话，但她知道对方一定懂。曲盛闻也的确忍着笑，伸出手来安慰式地摸了摸时瑜的头发。

曲盛闻在美国的房子是自己买的，带庭院的别墅，三层楼。叶倾城住在她隔壁的别墅，房东是一个美国老太太，老头儿去世了，孩子们都在洛杉矶，一个人住着这么大的屋子怪寂寞，养了只猫后把楼上两层的屋子都出租出去。

以前时瑜在的时候，住第三层，她走了之后，那一层还没租出去。叶倾城住在第二层，时瑜本是打好了算盘一过来就跟她住，结果成清恒在，时瑜想都没想，一下车就把行李往曲盛闻家门口推。

"盛闻姐，收留我几晚，我有些问题想要请教你，关于股票的。"

"没问题。"

曲盛闻笑吟吟地从车上下来，把车钥匙丢进包里，转身跟成清恒还有叶倾城说晚安。

"你可以玩多少天啊？"

几个小时过去，叶倾城整个人都还处于兴奋状态，压根没能好好消化成清恒来美国找她这件事。

"三天。"

成清恒只从年假中抽出三天时间来，因为医院有多忙他是清楚的，理智告诉他，这个假期最放纵也只能有三天。

叶倾城对着手指头捉摸，三天啊，已经很多了，就是有些小紧张，不知道该怎么合理利用这三天时间。

房东老太太睡得早，叶倾城领着成清恒上楼，像个小女生一样眼睛亮晶晶地给他介绍一楼的房间——

"这是阳台，我晚上很喜欢跑来这里看星星，以前时瑜在的时候，我们还会点外卖在这里聊天，一窝就是一整夜，也不觉得冷。"

成清恒目光落在阳台上放着的两个躺椅上，年纪轻轻倒还真是会享受。

"这是书房，房东的儿子是大学教授，所以家里的藏书很多，不过都是跟哲学经济学这方面有关的，所以我很少跑来。"

"哦？不是看不懂所以干脆不来？"

成清恒看着叶倾城，深眸里没有任何情绪起伏。

叶倾城却从他嗓音里听出了一丝戏谑，只感觉脑中"轰"的一声气血翻涌："人家那都是价值不菲的藏书，我万一弄坏了卖身都还不起。"

还真是会给自己找借口，不打算拆穿某人，成清恒直接往走廊尽头走，结果叶倾城着急了，张开双手一把拦住。

"那个那个，你等我一下，就等一下下。"

她并不知道成清恒会突然出现，这几天忙着整理东西，房间有些乱，总不能让他看见她把内衣什么的到处丢。

"我出去抽根烟。"捏了捏叶倾城的脸蛋后，成清恒转身朝楼下走去。

推开房间门，叶倾城像是安装了小马达一样迅速开始收东西，其实她的房间并不乱，东西也不多，只是前些天断断续续收拾行李，腾出了很多想丢掉的衣服，就随便乱扔了。

目光落在窗边那张大床上，叶倾城收拾东西的动作一顿，整个人保持着弯腰捡衣服的姿势，眼睛一眨不眨。

这个时间点，她住的第二层没有多余的房间，成清恒今晚……

要跟她睡在一张床上！

这样的认知让叶倾城瞬间凌乱，她开始绕着屋子跑，找着手机打电话给时瑜，问她曲盛闻那里还有没有多余的空房，如果没有，大不了今晚过去挤在一起睡。

"你跟你们家成医生不是睡过了吗？这时候你还在乎这些？"时瑜咬着苹果坐在沙发上，跷着二郎腿警告叶倾城，"你可别做戏做过度了。"

被时瑜一提醒，叶倾城转念一想，她好像的确有些担心过度，可心里的紧张又是掩盖不住的。

瞥着大床看了好久，脑海里萌生了一个主意。

成清恒在庭院里待了很久，直到晚风把他身上的烟味都吹散之后，这才缓缓走回屋里。叶倾城已经整理完房间，坐在楼梯口晃动两条腿，托着下巴，在看见成清恒的那一刹那，双眼明亮，快速站起身来招手："我等你很久了。"

"等我？"

成清恒走近，注意到叶倾城换了身衣服，空气中也多了淡淡的沐浴露香气，心想，难不成他在外面一站就很久？

事实上，他并不知道叶倾城在收拾完房间后，无力面对镜子中有些狼狈的自己，迅速洗了个战斗澡，还用了久违的沐浴露，恨不得把浑身上下的皮都搓一遍，干干净净一个角落都不放过。

擦了乳液，喷了点香水，她围着衣柜打量了许久才挑好现在穿的这件棉质睡衣。

"我想给你看看我毕业剧本，先前本来想给你看的，但又怕你太忙，回家的时候太累。"

长夜漫漫，两个人在一个房间里相处如果不找点事情做的话很容易尴尬，叶倾城脸皮再厚，在男女相处这方面经验还是太少，最怕无话可说面对成清恒那张脸，肯定一秒钟脸颊就烧起来，煮颗鸡蛋都是轻而易举的小事情。

所以找来毕业剧本，一方面有事情做，另一方面还能听一听成清恒的夸奖，毕竟，她最拿得出手的好像也只有这个毕业剧本了。

跟随她走在后面的成清恒抬手看了眼腕表上的时间，十点半接近十一点，也不早了。

门推开，不经意抬头就看见大床中央那摆了一排很整齐的公仔，瞬间将整张床一分为二。成清恒不傻，几乎是一秒就明白了叶倾城的用意，嘴角抽搐，强忍住笑。

眼看着房间那么大，成清恒进来第一眼就看向床，叶倾城也是紧张得攥着手指微微踮着脚尖。

公仔是她翻了很久才凑齐的，差点就想打电话给曲盛闻，从她那里借来几只用。这么摆，等于形成一条楚汉界限，晚上睡觉的时候也有安全感，也不会让成清恒觉得她是个太随便的女孩。

叶倾城做了那么久的心理建设，本是自我感觉良好，可看到成清恒那似笑非笑的表情，心里又隐隐不安起来，哪里做得不对了？

难不成他误会了什么，会生气？

"时间也不早了，剧本就留着下次看，来之前我已经订了酒店，送你回来是想看看你居住的环境如何。"

他状似无意地扫了眼公仔们，眉心蹙成一个川字："只是不知道，原来你对米奇米妮还有这么强烈的执着。"

"……"

叶倾城要怎么跟他解释那是去迪斯尼游乐园的时候玩游戏赢的礼物，也就四五个却还是在那一列公仔里占据了很重要的位置，以至于一眼过去，会误会其他陪衬也是迪斯尼主题的公仔。

就在叶倾城微愣的时候，成清恒抬手，修长的指尖穿过她散落在肩膀上的头发，轻轻触碰她的脸颊，在变成揉捏的动作之前，温柔得让她不敢有一丝小动作来打断。

"晚安。"

只留下这两个字，成清恒就走了，楼梯上的脚步声在深夜里显得尤其清晰，尽管他已经放轻了动作。回过神来时，他高大颀长的身影已经消失在了大门口，叶倾城咬着唇，脸蛋嫣红，在门口站了好久，才兴奋地跑回房间。

从包包里翻出手机来，她用最快的速度给叶汐念发了条短信："成清恒来参加我的毕业典礼了！"

姐姐回消息的速度也很快，一个恭喜，还有一个笑脸。

YIYEQINGCHENG
第九章

我是成先生请来的钟点工

这一夜，叶倾城翻来覆去都没有睡着，怀里抱着一大堆公仔，可脑海里想的却是成清恒身上那干净清爽的薄荷香气，不知道什么时候睡着的，只知道第二天迎接她的不是明媚的朝阳，而是灰蒙蒙的雨天。

成清恒来的三天，三天都下着雨，时瑜都忍不住笑着揶揄，他跟纽约的气场合不来。

曲盛闻有工作，不可能每天都陪着，但雨天没有搅乱叶倾城的兴致，只是想带成清恒去的地方被缩小到手指数得过来的范围内，不用再头疼到底路线要怎么计划才好。

成清恒是第三天下午的飞机回费城的，叶倾城陪他到机场的时候还有些依依不舍："早知道我就跟你订同一班飞机了。"

以前每个学期的初始跟结束，在脚步踏进机场大厅的那一刻，叶倾城就恨不得走快点，因为只有她一个人，也正因为是一个人所以不想有多余的心思去将孤独失落的情绪翻出来。十几个小时的飞行，旁边座位上永远是陌生人，脑海里不知想象过多少次，如果能是成清恒该多好。

哪怕是硬座，她守着十几个小时也是心甘情愿。

而现在，好不容易有这个机会，她却没能好好把握住，陪着成清恒换登机牌的时候，她揣着包包里的护照，差点想冲上前问工作人员这个航班还有没有空余的位置，万一有呢。

可她清楚，还是不要丢人的好，早在来时的路上，她又偷偷刷了一遍页面，发现还是没有位置。

"你是后天跟时瑜一起的飞机？"

"嗯。"

白色帆布鞋在地面上无意识地戳了戳，双手背在身后，低着头不去看成清恒，直到被他扣着肩膀往一旁走去。

"别挡路。"

这是叶倾城在还没来得及回味这个似搂非搂的动作前听到的最煞风景的话。

离飞机起飞还有一个多小时，成清恒不着急进去，陪着叶倾城在免税店门口徘徊了好一阵。

"不给国内的朋友买点礼物回去吗？你难得来一趟美国。"

"他们经常来，要什么会自己带。"

叶倾城扯了扯嘴角，要知道前一天她还在对成清恒没有送她毕业礼物这点上耿耿于怀，现在又觉得这么没有人间烟火气的样子才像他。

等哪天，成清恒忽然惦记着要给谁买礼物的时候，叶倾城想，她一定要哭了。

"回国后有什么打算？投好简历了吗？"

这个困扰了许久的问题几乎很长一段时间都在叶倾城的生活里蹦跶，很多人都来问，很多人都喜欢帮她指点迷津，就好像不在她的生活里帮忙插上一脚，不像是曾经来过一样。太多人过问，反而让叶倾城有些烦躁，尽管她一次又一次不厌其烦地说着自己的看法，到最后都怀疑说的是不是她剧本里写的某段台词。

唯有现在，同样的问题从成清恒口中问出来的时候，叶倾城觉得很有新鲜感。

"你有什么建议吗？"

"这是你自己的人生。"

叶倾城失望地撇嘴，她想要听的不是这样的回答。

"那你还问我……"

"我只是想听一听，你对你的未来有没有个系统的规划。费城的传媒行业并不出众，如果你想在这一行发展得好，北京跟上海都是很大的平台。"

这算是成清恒的建议？叶倾城摇头，笃定道："我绝对不会离开费城去其他城市发展的。"

也许是因为她的态度少有的坚定跟强烈，成清恒侧过头来看，深邃的双眸打量了她好一会儿，时间长得让叶倾城觉得脸颊有些发烫，忍不住伸出手来捂住脸，然后低下头喃喃自语："你别看了，你就是再失望，我也还是这样的答案。"

相思情缠。

这四个字说来有些肉麻跟浮夸，但叶倾城的确很深刻地体会过身处异地思念一个人是怎样的一种感觉。

她这辈子恨透了距离，也就不想再离开，哪怕在费城她找不到一家出众的传媒企业，能够离成清恒近一点儿，像普通热恋中的情侣一样时不时提出约会，也是满足的。

如果这样的小心思被叶汐念跟时瑜知道，她们一定又会说她没志气，可她不怕。

"你自己有主意就行。"

成清恒收回目光，站起身，时间差不多，他必须进去了。叶倾城抱着他的腰，把头紧紧埋在他的胸膛上，什么话都没说，只是在心里默数了三十秒然后松开。

"我回国那天，你去机场接我好不好？"

"嗯。"

成清恒答应得很快，叶倾城笑得眉眼弯弯，直到他的身影消失在了关口，她还不舍得离开，守着大屏幕上的时间直到航班起飞，才揉了揉发酸的脖子回头往大门口走。

叶倾城陪着时瑜在纽约又玩了两天，回国的时候，时瑜献宝似的从包包里拿出相机来，挑出几张照片来给叶倾城看："你家成大医生，看你的目光简直温柔到要溢出水来了。叶倾城，这时候我不得不夸你有本事啊。"

原本以为这么长时间过去，还是叶倾城自己剃头担子一头热，结果经过这么多天的相处，时瑜觉得这两个人倒还真的像极了小情侣。

她嚷嚷着让时瑜帮忙把照片洗出来，当宝贝似的一字列摊开在床上，双手托着腮帮子，趴着有一下没一下地晃着腿，欣赏到连细节的小动作都要深深研究上好一会儿。

时瑜说，哎呀叶倾城，你真是无药可救了。

叶倾城想，她人生也就在这一件事情上表现得有勇气了。

叶倾城回国当天下着大雨，离跟成清恒约好的时间还有十分钟，取完行李后步伐轻快地往出站口走。

叶汐念打来电话时，她还语气轻俏，直到听见对方说的话，惊得整个人顿住。

"你说爷爷跟妈妈都来了？"

因为之前跟成清恒说好了来接机，所以再三叮嘱叶汐念不要告诉家里人她具体落机时间，可怎么还是兴师动众地过来了呢？

余雅芳居然也在，这才是让叶倾城最匪夷所思的地方。

眼看着她头疼得团团转，时瑜想了想："要不然，你就老实告诉成清恒你被家里人接走了，已经不在机场了？"

"你说他会生气吗？而且万一他还是来了怎么办，就站在外面，我一走出去一眼就看见了。"

虽说机场很大，人海茫茫，遇见的概率其实并不高，但叶倾城这人生来运气就不太好，万一这两个字，几乎已经是她的代表标签了。

后来，为了以防万一，叶倾城先给成清恒发短信，很快就收到一个"嗯"字的回复。时瑜看着一脸哭意的某人，难以置信地开口："你平日里，就是照着这种单字自己在那里揣摩语气？"

见叶倾城点头，时瑜笑岔气。

最后还是时瑜先出发打探情况，再三确定大厅里没有成清恒的身影后才给叶倾城打电话。叶倾城戴着墨镜压低帽檐，比起身旁那些笑脸盈盈昂首挺胸的人群，这样的她像极了避狗仔队偷偷潜回国的小明星。

老爷子身体不好，在车上等着，叶汐念陪着余雅芳进来大厅等，很快就看见了叶倾城跟时瑜。

"名门淑女走路就得昂首挺胸有朝气，鬼鬼祟祟的真不像话。"

余雅芳一脸不满，如果不是因为老爷子发话，她才不会特意赶过来上演一场母女情深，叶汐念站在身旁，努了努嘴不说话。

"妈妈、姐。"

叶倾城走上前，本是热情地想给个拥抱，但看见余雅芳那张脸，墨镜都掩盖不住她的不悦，只得颤颤地收回动作。

注意到这个细节的叶汐念有些心疼，她主动上前抱住妹妹："欢迎你回来，终于脱离美国了。"

到了停车处，叶倾城还回头望了望机场大厅方向，直到老爷子催促她，这才弯腰上车。车轮卷着尘土消失在机场大道，大理石柱后走出来一道身影，墨镜下，深眸毫无情绪。

回国后的日子，过得比想象中要忙碌，叶老爷子的意思是让叶倾城跟叶汐念一样在自家公司实习一段时间，女孩子不要抛头露脸去做什么编剧之类的，娱乐圈在老人家看来就是个避之不及的脏池子。

苦了叶倾城，这些天就跟抗战一样，每天睡前满脑子负担，醒来绞尽脑汁想着今天要用怎样的说辞来说服老爷子。

根本抽不出时间来跟成清恒见面，反倒是跟阮明淮的不期而遇，让叶倾城有些堂皇无措。

回国前老爷子就给叶倾城准备了一份大礼，一辆新款的兰博基尼跑车，白色系，很衬女孩子。叶京涛把车型杂志拿过来后，老爷子戴着老花镜挑了一下午，就选中了这辆车，还让叶汐念做了参考。

原本以为叶倾城会很开心，结果看见车的那一刹那，她心疼得不行，捂着胸口无助地看向叶汐念："这车钱，都可以容我买好几套 Tiffany 了吧？"

"你的品位还能不能有些提升？这么多年过去了怎么还是 Tiffany，我给你订了一年的奢侈品杂志，你倒是看了没？"

"那些没用。"

叶倾城挥了挥手，手指抵着下巴思考着把这辆显眼的兰博基尼换成大众迷你跑车的概率有多高。

"爷爷要给我买车的时候你怎么不拦着，就这辆车开出去，我得天天上微博头条吧？"

成清恒估计也无法相信开着这车的人父母是做普通生意的。

"倾城，你跟成清恒的事到底打算怎么办，你总不能想着回国后在费城工作还能瞒得住你的身份吧？"

"你让我想想……"

叶倾城抱着脑袋有些头疼，当夜，她拿了车钥匙开着兰博基尼去远郊练车，结果就华丽丽地上演了一场撞车事故。

后车尾直接撞在了花圃上，一块漆都擦花了。

叶倾城抓着方向盘，脑袋重重磕了一下，有人敲车门，她抬起头来都还觉得眼冒金星，结果推开车门就看见阮明淮，那一刻，叶倾城觉得还不如彻底晕过去来得舒服。

"倾城？"

阮明淮估计也没料到会在这里碰见叶倾城，还发生这么乌龙的事情，距离上次在酒吧碰见，也过去了几个月，算一算，他竟错过了她的毕业典礼。

"你回国了？"阮明淮的声音在黑夜中显得尤其清晰，还带着丝沙哑。

叶倾城苦笑："你能先扶我一把吗？我脚麻了。"

估计是撞车的时候被震到了，踩刹车的脚麻到动弹不得，阮明淮很是小心地把叶倾城扶下车，再看一眼撞到的地方。

"你这是新车，不会是刚上手吧？"

"这你都能看出来。"

叶倾城没好气地开口，大半夜来郊区练车就是图个地方宽敞，谁知道还能遇见阮明淮，若不是他大半夜飙车令她措手不及，也不至于把油门当刹车来踩。

"我说你这人真是，年纪轻轻风华正茂什么正经事不去干非要大半夜来这里飙车，你这是越活越堕落吗？"

阮明淮一边察看车的情况，一边笑："你为什么每次见到我都火药味十足，倾城，我没得罪你吧？"

"我不管，我的修车钱，你出！"

叶倾城这么说，阮明淮当然乐呵呵地答应，他本是心情不好绕着山路兜风，没想到会在这里遇见。

阮明淮打了个电话让人过来开车，等的时间里，陪着叶倾城坐在路边花圃："车算不上撞得严重，但你这样也开不回去。我让人过来开，顺便送去保修，过几天打电话给你取车？"

"嗯。"

叶倾城把车钥匙丢给阮明淮，不动声色地往旁边靠了靠，拉开彼此的距离。

气氛陷入了尴尬的状态，沉默着不知开口说些什么，抬头有繁星明月做伴，身旁还听得见风声跟草丛里的虫鸣声，可最让叶倾城坐立不安的是阮明淮深深浅浅的呼吸声。

等听到他的声音时，叶倾城下意识咬了咬嘴唇，该来的还是来了。

"高考结束后那段时间，你拉黑了我所有联系方式，真的是想老死不相往来？"

"拉黑了？是吗？我忘了……"

叶倾城的故作失忆既没有让阮明淮觉得难堪，也没有让他觉得生气，反倒是笑了起来，就因为她的反应，还跟记忆中的她一模一样。

"我一直欠你一个解释。"

阮明淮刚一开口，叶倾城就霍地站起身来，咋咋呼呼："陈年烂谷子的旧事不要跟我提，上次遇见我没听，这次我也不想听。你在这里等车子，我先走了。"

脚虽然还麻着，可勉强也能走路，叶倾城情愿崴着走，也不想坐在这里跟阮明淮单独待在一起。上一次有成清恒从天而降帮她解决麻烦，可这次……

环视了一眼僻静的远郊，打消了心头荒唐的想法，她不敢奢望前面突然打过来一束灯光，然后是成清恒华丽丽登场。

阮明淮拉住叶倾城的手："来时你应该很清楚，这条路你要是这样深一脚浅一脚走回去，可能等天亮才能到路口。"

实力拆穿！

叶倾城仰起头来朝夜空翻了个白眼，难过得不行："我出门肯定是没看皇历，要不然就不会这么倒霉。阮明淮，遇见你我就知道没什么好事。"

"这不能怪我吧，这样，我请你吃夜宵。"

叶倾城一听这话，不开心了，敢情一顿夜宵就能把她收服？说好的骨气呢！她挺直了腰板，转过身来，本是把我们不熟这类的话在脑海里过了一遍，想好了用什么语气来说，万万没想到阮明淮当着她的面背起了菜单。

"鲍鱼煲鸡？沙姜猪肚？牛肉火锅？上海灌汤包？"

"阮明淮你给我闭嘴！"

二十分钟后，叶倾城在阮明淮的带领下不情不愿地来到一家上海菜馆，脸上的表情是不开心，可眼角的余光分明在往店内的菜牌上瞟。

要不是因为晚上没吃饭，她也不会这么容易屈服！

找了个靠窗的位置坐下后，阮明淮熟练地点起菜来，说是夜宵，可丰盛得就像是晚餐。叶倾城数次想要打断，可每听到一个菜名，她就心动一下，到最后，根本没有开过口。

"以前就知道你喜欢上海菜，这家菜馆我来过很多次，他家老板娘是上海人所以做得都很地道。"

阮明淮一边说，一边拿着热水帮叶倾城烫碗筷，抽过一张湿纸巾垫在桌上后，才把筷子跟勺子放在上面。

看着他这般小心翼翼，叶倾城小声咕哝："我早就没有洁癖这种傲娇病了。"

声音虽小，但阮明淮还是听到了，动作明显顿住，但嘴角的笑容却没有散去："那不是傲娇病。"

会跟阮明淮同桌吃饭，叶倾城是怎么都想不到的。菜一上来，她就把所有注意力都集中在筷子上，做到一夹一个准，避免了阮明淮给她夹菜的尴尬。

事实上，他们认识很多年了，幼儿园是隔壁班，小学开始做同桌一直到上初中，后来中考结束。叶倾城虽然考不上重点，但叶家人还是托了关系把她塞进去，反倒是阮明淮，在一所普通高中读了两年后，果断去美国留学。

此后就断了联系，直到叶倾城也去了美国。

"倾城，上一次那个男的，真的是你的男朋友？"

叶倾城抬起头来，嘴里的肉还没嚼完，好半天才开口："你问这个干什么？跟你也没有什么关系。"

阮明淮莞尔，把身子往后靠在了椅背上，搭在桌沿的右手灵活地转着手机："如果我没有记错，那个人是成少，成家成清恒。前段时间，传出跟你姐姐有婚约的男人。"

食不知味。

叶倾城忽然觉得一桌子的美味佳肴顿时没了诱惑力，就连嘴里的，都嚼不动，强迫着吞下去后喝了口温水，叶倾城用筷子扒着碗里的米饭。

"你这是在变相提醒我什么？没道德？"

乌黑的眼珠子滴溜溜转，声音里还带着些许无赖感，这倒是像极了他认识的叶倾城，总是闯祸，过后就把他拉去垫背，撒起谎来面不改色心不跳，阮明淮都快忘了自己背了多少次黑锅。

明明青梅竹马的是他们，明明两小无猜的是他们，怎么突然就闯出来一个成清恒。

"倾城，你跟他不合适，他年岁比你大那么多，成家家境显赫复杂，一开始看中的就是你姐姐，万一你们的事传出去，吃亏的还是你。"

叶倾城"嘭"的一声站起来，把筷子重重往桌上拍，动静不小，引来了邻桌好些人看着，可她却丝毫不管，皱着眉头："阮明淮，你撞了我的车是要赔我钱，不是来给我说教，我的事情还轮不到你来管。"

"我只是想要提醒你，成家背景复杂，你的身份……"

叶倾城彻底怒了："你这人简直不可理喻。"

叶倾城拎着包包，快步离开，也不管阮明淮在后面喊她，随手拦了辆出租车就弯腰钻进去。

"师傅快开车快开车。"

老司机见叶倾城这样，乐了："小姑娘，你也得告诉我你要去哪里啊。"

叶倾城抓着包包想了半天，把医院名报给司机。

兴许真的是运气好，叶倾城刚下出租车，就碰见了从医院大门走出来的成清恒，他正低着头看手机，并没有看见她。

"成清恒！"

叶倾城喊了一声，快步冲过去，脚底舒适的帆布鞋给了她不少助力，几百米的距离她发挥了全部实力，一把挂在成清恒身上的时候，还笑嘻嘻地问他，跑得快不快？

成清恒哭笑不得，单手托着她的身子："这里是医院门口，人来人往你能不能注意着点。"

"哎，当医生还真的好忙，这都几点了你才刚下班。"

从成清恒身上下来，屁颠屁颠跟他后面到停车场，叶倾城琢磨着以后的约会到底要怎么办。

上车后，成清恒问起这些天叶倾城找工作的情况："你爸妈没有给你提什么建议？"

"没有。"

叶老爷子提出让她也去分公司帮忙的时候，余雅芳都吓得瞳孔放大，哪还敢给什么建议，巴不得她坚持己见往娱乐圈方向发展。

只是这么长的时间下来，她还没能成功说服老爷子。叶倾城把问题抛向成清恒，想从他这里得到一些建议，又或者他会有什么好主意。

"我还是那句话，费城影视企业这一块资源相对薄弱，唯一能跟北上广那些地方的影视公司争夺资源的也只有盛世一家，你可以试一试。"

盛世？

叶倾城听过这个名字，先前叶汐念也是建议她去盛世试试看，只不过还没得到老爷子的同意，她连迈出第一步都小心翼翼。

费城盛夏的雨，说来就来，距离别墅还有十几分钟的车程，忽然就下起了阵雨。叶倾城趴在车窗上看着大街上那些匆忙奔跑着避雨的路人，努了努嘴巴："我最不喜欢下雨天。"

成清恒侧眸看了她一眼："夏天阵雨后空气会清爽很多，冲去炎热，很舒服不是吗？"

叶倾城摇了摇头，她不想告诉成清恒，她的一切不好回忆里，背景都是下雨天。

别墅里的鞋柜上已经多了一双女式软拖，叶倾城换好新鞋子哒哒哒地往屋里跑，成清恒从冰箱里取出一瓶果汁递给她后，直接回房洗澡。

他有洁癖，从医院回家的第一件事，一定是洗澡。

房间的隔音效果很好，叶倾城在客厅看电视，根本听不到水声，躺在沙发上晃荡着长腿，像是想起什么，一溜烟往厨房跑去。

成清恒这么晚才从医院离开，肯定又没吃晚饭，先前总在视频里叮嘱她学习再忙，一日三餐也不能忘，他倒好，自己都没顾上。

冰箱里的食材并不多，叶倾城会做的菜色五根手指头都数得过来，尝过成清恒做的菜，她深感自己在这条路上要奔跑的速度还得加快。

她叹了一口气，取出几个鸡蛋跟西红柿，最基本的蛋炒饭她总得努力做得像样点。

淘米煮饭的时间里，叶倾城慢悠悠地洗着番茄，放在案板上切成一小块一小块，专注得连成清恒洗完澡出来了都不知道。

"你在做什么？"

手一抖，刀差点儿就切到了手指头，叶倾城吓得脊背出汗："你走路能不能出点声，我在用刀啊……"

见她虚弱的样子，成清恒笑了笑："我来。"

"不行，不行！"

叶倾城努力用身子顶着成清恒不让他靠近，还把刀举得高高的，可她忘记了一个事实，就算是她踮着脚尖，以成清恒的身高，还是能轻而易举从她手里夺过东西。

"做饭这种事情，哪有中途换人的，你去外面坐着看电视，要不然就下楼去倒垃圾。"

叶倾城指了指未满的垃圾桶，随即往里面扔了几块西红柿蒂跟鸡蛋壳，纯粹是给成清恒找事做。

等他离开，她才呼着气继续投身于厨艺事业。

黄施每隔一段时间都会过来成清恒这里，带些新鲜的水果，或者是朋友送给成俊业的茶叶跟红酒。本是一早就准备好过来，遇上了阵雨，就耽误了些时间，停车后走到门口就发现大门是虚掩的。

"怎么这么不小心？"

黄施念叨着进门，刚把茶叶跟水果放到玄关的架子上，低头准备换鞋子就注意到了那双白色的帆布鞋。回想起先前电话里成清恒说的话，顿时捂住嘴。

客厅静悄悄的，黄施屏住呼吸把目光放在楼上，正做着思想斗争，想着到底要不要去敲卧室的门，就听到了厨房乒乒乓乓的动静。

"哎？你的锅铲放哪里去了啊？家里只有平底锅，炒菜用的那种锅呢？"

听到脚步声，叶倾城以为是成清恒，头也不回地问了一句。黄施一边打量女孩子的背影，一边帮她从另一边的柜子里取出一个炒菜锅。

对于成清恒厨房用具的放置位置，黄施还是很清楚的。

"谢谢。"

叶倾城接过锅，就拿着碗去盛电饭煲里的米饭："你去外面看电视吧，饭做好了我叫你。"

这就是他们之间的相处方式？

黄施一脸好奇，不敢出声地后退离开厨房，开了电视之后，人却跑到了餐厅坐着，隔着个酒柜就能看见叶倾城。

细细打量女孩子的容颜，看上去也不过二十来岁，很清秀干净的一个孩子，只不过总觉得很眼熟，像是在哪里遇见过一样。

成清恒回来的时候，本是虚掩的门被关上了，他没带钥匙，只得摁门铃。

这么晚了，居然还有人过来，叶倾城手忙脚乱地关火，锅铲都还拿在手里，扭头就朝客厅喊："你先偷偷看一眼是谁再开门啊。"

黄施强忍着笑意，猫着身子往门口走。当大门打开，发现面前出现的人跟想象中不同时，再淡定的成清恒，表情也发生了变化。

"妈，你怎么来了？"

"嘘！"黄施伸出手指头在唇边比画了一下，示意他屋里的叶倾城并不知道。得知了来龙去脉后，成清恒皱了皱眉头，这丫头的警惕性这么低，得好好教育下。

"你们这是同居了？妈告诉你，这可不行。"

黄施还在教训成清恒，厨房里的叶倾城早已经炒完蛋炒饭，围裙都没摘就噔噔噔跑出来，想要看看是谁这么晚过来。结果，刚看到玄关处站着的那个身影，她就呆住了。

越过黄施的肩膀，成清恒刚打算做介绍，就看见叶倾城一溜烟飞快地往楼上跑，速度快得就像踩了风火轮一样。

"这？"

黄施茫然地看向儿子，后者耸了耸肩膀："被你吓到了。"

成清恒进房间的时候，就看见叶倾城穿着围裙跪坐在地上，那样子怎么看怎么觉得好笑。

"那是我妈，出于礼貌不是应该出去打声招呼吗？"

叶倾城苦着脸抬头看："你应该暗示我一下的，这样我就不会冲出去而是找个地方躲起来了。"

成清恒靠着门框，迟疑着思考该不该告诉叶倾城真实的情况，但如果说出来，可能陪着她呆滞几秒钟后，他就会听到一场高分贝的尖叫？

深思熟虑了好一会儿，成清恒指了指叶倾城身上的围裙："脱下来吧，我先送你回去。"

叶倾城抿着唇，慢悠悠地站起身来，似懂非懂："送我回去？那不还是要经过客厅还是要见到你妈妈，还是得打招呼吗？"

"你有两个选择，第一是假装来帮我做饭的钟点工，弯腰打招呼后就赶紧出去。第二就是老老实实走到我妈面前做自我介绍，然后坐下聊天喝茶。"

假扮成钟点工？

这样的话从成清恒嘴里说出来，再配上他那一本正经的脸，换作是别人，叶倾城肯定一条围裙砸过去，质问他是不是在开玩笑。

最终，叶倾城还是被成清恒糊弄地走出了卧室，同一时间，黄施正拿着筷子在餐厅品尝刚做好的蛋炒饭。

虽然是很简单的料理，但小姑娘还是做得很认真，光是看西红柿切成小丁状就看出来了。

"阿姨您好，我是成先生请来的钟点工，刚才想起楼上洗好的衣服还没有瞧所以着急跑上去，时间不早我就先走了。"

叶倾城一口气不带喘地说完准备了半天的台词，连头都不敢抬更别说明晃晃地看着黄施，撒开丫子就往门口跑，快速换完帆布鞋就冲出去。

成清恒跟在她后面，拿着车钥匙："我送你回去。"

"你脑子坏掉了？"叶倾城抱着自己的包包，警惕地往身后看，再三确定黄施没有跟着出来，猜想着自己刚才的演技有几分过关。

"你见过谁家钟点工做完家务，主人还送她回去的？快进去，我自己打车，别让你妈妈看出什么来。"

"到家的时候给我短信。"

"好。"

眼看着叶倾城小跑离开，成清恒心里有些放心不下，毕竟这个时间点还有这个路段，要拦一辆出租车并不是件容易的事。

从口袋里掏出手机，想了想，打了个电话。

"成少有何贵干？"

"在家？"

"嗯。"

"帮个忙。"

当叶倾城站在大路口数了第九百九十九只绵羊的时候，视线中出现了熟悉的车子，时瑜摇下车窗对她吹了声口哨："傻呀，国内那么多叫车软件，你怎么都不知道下载一款以备万一。"

"你怎么会在这里？"

叶倾城一边往时瑜车上钻，一边很是好奇，毕竟这里是远郊，离时瑜家也有段距离。

"当然是你家成大医生打电话给我，通知江湖救急了。"时瑜可没打算告诉叶倾城她从成清恒手里拿到的好处，到底是费城呼风唤雨的成少，在时尚这块，出手就有好资源。

一听是成清恒给时瑜打的电话，叶倾城顿时觉得心窝暖暖的。

事实上，从别墅出来，她整个人都还是神情恍惚，沿着大道走了好久，吹着冷风望着一望无际的街道，满脑子空白，根本没想到可以给谁打电话，就那样在路口站了半天，并不知道自己那拙劣的演技能不能瞒得过黄施。

"这个时间点，我是送你回家还是去我家睡？"

"去你那里吧，我给家里打个电话，就说明天再回去。"

离开叶家的时候可是开了新跑车，回去却变成时瑜送，叶倾城暂时智商下限，根本想不出能有什么借口来解释这个问题，索性先在时瑜家躲一夜，明天去取车。

路上，时瑜见叶倾城一脸疲惫也就没有多聊天，等回到家，洗完澡都爬上床的时候，这才抱着公仔拉她进行盘问。

"为什么成清恒不送你回去啊？既然把你带到他家了。"

经过几个小时的沉淀，叶倾城的脑海里依旧只回放两个画面，一是初遇黄施的时候，二就是离开的时候，怎么想怎么觉得演技太逊，满脸写着"生无可恋"这四个字。

时瑜用手指戳着她的脸蛋，难得看叶倾城犯蒙，实在是很好奇发生了什么事。等到听完全过程，时瑜笑趴在床上，半天都起不来。

"钟点工……"

这样的借口，时瑜不敢相信是从成清恒嘴里说出来的，重点是叶倾城居然也照着做了。

"怎么说你也是留洋归来，喝过洋墨水的，怎么就不稍微动点脑经思考一下啊。兴许你家成清恒是在逗你玩，结果你老老实实往坑里跳。"时瑜一想到那个画面就笑个不停，"这下……你在你未来婆婆面前可留下了个很深的印象……"

指不定人家会说，这个姑娘太傻，能不能打包退货？

YIYEQINGCHENG
第十章

妈妈什么都知道

事实上，黄施也的确被惊到了。

成清恒送走叶倾城后回屋，就看见自家妈妈拿着勺子的手在颤抖，嘴角那抽搐的笑容怎么都掩饰不住。

"想笑你就笑吧。"

成清恒将车钥匙丢到置物架上，转身走到餐厅，看着叶倾城给他炒好的蛋炒饭瞬间没了一半，表情有些不开心："在家里不是吃过晚饭了吗？还要跟我抢。"

黄施笑出声来："钟点工的主意，是她想的？"

成清恒把剩下的蛋炒饭盛到另一个碗里，放到微波炉加热，等的时间里，双手环抱在胸前好整以暇地靠着料理台。

"我也就是随口说一说，没想到她把剧情丰富到晒衣服这种细节。"

"哈哈哈哈……"

黄施笑得差点直不起腰来，自从成清恒上次暗示过后，她就一直在猜想对方是怎样的女孩子，脑海里浮现出各种各样的可能，唯独没有今天初见的这种蠢萌感。

"她家里是做什么的？"

成清恒吃饭的动作一顿，目光中藏着些许笑意："做生意？"

黄施若有所思，冷静下来想想还是觉得小姑娘很面熟，可就是记不起在哪里看见过，再多问，成清恒已经不予回答，开口就反问这么晚了到底还回不回去。

"记得跟人家小姑娘解释下，就说我已经见过她了，改天约个时间，出来见个面喝个早茶也行。"离开前，黄施还嘱咐成清恒。

虽说小姑娘有些冒冒失失但不乏可爱，作为成家的儿媳妇，在这个圈子里也见多了名媛，突然出现一个活宝，多少感觉很不一样。

此时的叶倾城并不知道，黄施私底下已经对她开展了三百六十度无死角调查。

第二天早上，叶汐念打电话来的时候叶倾城还在赖床，梳妆台前的时瑜已经化完妆，拿着桌上的手机朝床边走过去，抬脚踢了踢某人的屁股。

"起床啦！汐念姐打电话来了！"

叶倾城哼唧了两声，翻身把被子卷得更紧，传来闷闷的含糊的声音："你帮我接……"

时瑜瞪了叶倾城一眼，接了电话："汐念姐，我是时瑜，叶倾城还睡着呢。"

电话另一头似乎有些嘈杂，还能听见叶汐念的脚步声："时瑜，你跟倾城说一声中午有个聚餐她必须参加，地点定在了明珠大酒店。"

开了免提的缘故，被子里的叶倾城也听到了，翻身坐起来，闭着眼睛打了个哈欠："什么聚餐啊？跟谁啊？"

"爸爸的老朋友，盛世的董事长。爷爷松口了，所以中午的聚餐说什么你也得打扮得漂漂亮亮参加。"

"盛世……盛世！"

叶倾城一个激灵，瞪大了眼看着时瑜，急需要后者帮她确认听到的这个消息并不是幻听。时瑜伸出手指头戳了戳她的脑门儿："清醒了没？不是梦，说的就是你心心念念的盛世集团。"

电话里叶汐念告诉叶倾城几个注意事项，包括衣着打扮，嘴上跟她说不要紧张，可还是叮嘱好几次要重视不能迟到。

挂断电话后，叶倾城抱着被子就在房间里奔跑，顶着一脑袋乱七八糟的头发尖叫着："我爷爷同意了！他居然同意了！小时瑜，守得云开见月明啊！"

时瑜心疼自己在地板上拖着的被子："叶倾城！你放下我的被子！"

因为起得晚，回家再换衣服跟梳妆打扮已经来不及了，自家闺蜜是服装设计师，那衣帽间琳琅满目的新衣服，叶倾城觉得有必要好好利用利用。

时瑜也尽责尽职给叶倾城挑了一套简单大方的白色连衣裙，搭配黑色尖头高跟鞋，看上去优雅又贵气。

"所以说,你真的得多花点钱好好打扮下自己,破牛仔、帆布鞋、白T恤,下次就不要穿了好吗？"

时瑜推着叶倾城站在穿衣镜前仔细打量，很是嫌弃被她换下来的那套休闲装。

"我才二十出头，青春少女的花样年纪干吗总要穿得那么死气沉沉，一套正装下来，起码老了十岁，我才不要。"

"那是你不懂搭配，你看看你姐，怎么就不知道学着点！"

嘴上满是嫌弃，但时瑜还是很认真地帮叶倾城化了个淡妆，延迟了去工作室的时间，先开车送她去明珠大酒店。

"好好表现，可别浪费了这个机会。"

"知道了。"

离约定好的时间还有半个多小时，叶倾城在酒店对面的咖啡厅坐下，拿手机出来百度盛世的信息。事实上，她只知道在传媒行业并不发达的费城，盛世一枝独秀却也在国内颇有盛名，具体的情况，她并没有仔细去了解。

为此，第一天老爷子还训斥她，口口声声说非盛世不去，却一点儿功课都不做。

叶汐念来的时候，还带了一个文件袋，里面装的是这些年盛世在传媒行业的主导发展项目归纳，还有市场数据。

"姐，你简直就是我的救星，我还以为你没回我的短信，是没看到。"叶倾城举着手里头的手机晃了晃，"网页上有的信息实在是太少。"

"其实只是一个聚餐，就是见面聊聊天认识一下，并不是正式面试，为什么要这么着急？"

"第一印象也很重要。"

临时抱佛脚地看了些资料，时间差不多的时候，叶倾城拎着包包跟在叶汐念身后进酒店。在电梯里，叶汐念透过镜子仔细打量了妹妹身上的着装："时瑜帮你搭配的？"

叶汐念一眼就看出来，叶倾城也没底气地笑了笑。

"我听爸爸说，盛世集团的副总跟你年纪相仿，兴许你们认识？"

叶倾城蹙了蹙眉头："副总？我身边可没有这么有能耐的朋友，再说了盛世集团不是家族企业吗？我不认识姓盛的。"

叶汐念刚想说话，电梯门"叮"的一声打开，下意识地拉着叶倾城后退两步。

黄施今天来明珠是约了几个好朋友喝下午茶，一直聊天聊到现在，兴致颇高也就订了在顶楼的西餐厅吃晚餐，怎么都没想到会在这里遇见叶倾城。

比起她的一眼认出，叶倾城昨天根本没有胆子抬起头来看，以至于根本不知道如今这个跟她待在同一个电梯间里的人，就是成清恒的妈妈。

目光落在叶倾城身上，发现她今日的着装跟昨天大不一样，明显稳重大方许多，嘴角不经意地扬起一丝淡淡的笑容，随即看向另一旁跟她一起的那个女孩子。

这一眼过去，黄施嘴角的笑容略僵。

"叮"的一声，顶楼楼层到了，电梯门缓缓朝两边打开，叶倾城挽着叶汐念的手走了出去。

"怎么了？不走？"朋友催促，黄施连忙提步走出去。

难怪那天看见叶倾城总觉得很熟悉，像是在哪里见过，刚才在她身边的那个女孩子，分明是前段时间介绍给成清恒相亲认识的叶家大小姐叶汐念。

小姑娘，是叶家人？

叶倾城跟叶汐念到的时候，叶老爷子跟叶京涛夫妇也到了，圆桌旁的长沙发上还坐着个打扮雍容华贵的女人。

叶汐念在叶倾城耳边小声提醒道："那就是盛世集团的董事长盛小茹。"

宴席的氛围没有叶倾城原先想的那么紧张，盛小茹给她的感觉一直都是平易近人，谈吐间那种气质不是能用一两个词语来概括的。就连叶汐念，时不时也停下手中的动作，听得很认真。

"我听叶老说过，二小姐是在美国念书的？不知是哪所大学？"

问题落在自己身上，叶倾城连忙放下手中的筷子，用着很认真的语气回答，表情还有些紧绷："康奈尔大学的戏剧专业。"

一听说是传媒类的，盛小茹的脸上倒是浮现出惊讶的表情，似乎从一开始并不知道叶倾城是读这个专业一样。

"打算回来费城工作？怎么样，有没有心仪的公司？"

叶倾城交握着放在膝盖间的手指有些凉，心里隐约有什么情绪蹦出来，势头太快，根本来不及抓住。

老爷子的盛装出席，盛小茹有意无意落在她身上的眸光，还有这些并不知根知底的提问……

叶倾城抿了抿嘴唇，告诉自己千万不要紧张，来时已经做了准备，既然对方并不知道她想要进入盛世的决心，那么她就更要好好表现。

谁知道，叶倾城刚说到重点，就被余雅芳给打断了，只见她浅笑盈盈地看着盛小茹："小孩子刚从国外回来，空有雄心壮志，没有什么实习经验，让您看笑话了。"

"哪里，我倒是真喜欢这个小姑娘。"盛小茹拿着手机看了眼时间，低声斥责，"这都什么时候了，人还没来，真不懂规矩。"

神色一滞，心跳忽然慢下来，叶倾城迟钝地转过头去看叶汐念，发现后者也蹙着眉头，显然对这场聚餐的意义有了新的考虑。

果不其然，很快就有人敲门走了进来。

"妈。"

一道明朗的男声从背后传来，叶倾城执筷子的手一顿，目光直直落在老爷子身上，对方明显在人进来之后，表情变化了许多，那嘴角上扬的弧度，都快挂到耳朵上了。

"你这孩子，约好的时间怎么来得这么迟，又是开会去了？"

"很抱歉，叶爷爷，叔叔阿姨，我来晚了。临时有个会议，耽误了点时间，初次见面，我是阮明淮。"

这一次，叶倾城彻底蒙了。

她听力不好分辨不清那到底是不是阮明淮的声音，等到人家报上大名，都还没能反应过来这家伙居然就是盛世的少主人。

他姓阮，不是吗？

旁边空着的位置终于有人落座，阮明淮解开西装上的衣扣，拂着坐下，侧过脸，眸色深深地看着一进门就没有给他任何回应的叶倾城，嘴角扬起好看的弧度。

"抱歉，来晚了。"

叶倾城僵笑着点了点头，根本不知道阮明淮葫芦里到底卖的什么药，全程她就不想撇过头去看他一眼，也努力想要忽略这像极了相亲的聚餐。

偏偏，长辈们不愿意放过她……

"倾城，我听明淮说你们之前是同学对吧？老爷子，你看这巧不巧，我就觉得这两个孩子有缘分，现在是越看越觉得相配。我说倾城怎么固执地要读传媒呢，原来……"

余雅芳拉长了尾音，显得语气暧昧，随着她跟盛小茹那先后呼应的笑声，叶倾城如坐针毡，沉默了大半天，她总得给自己说句话，要不然真被卖了也只有帮人数钱的份儿。

"妈，我其实跟阮……"

"你不用假装我们不认识。"阮明淮夹起一块酱排骨放到叶倾城碗里，黑漆漆的双眸带着些许笑意，"车已经修好了，知道今天要见你，我特意开过来了。"

"轰"的一声，叶倾城感觉脑子像是炸开来一样，顿时一片空白，什么思考能力都没有。桌上的长辈们都笑开来，心里想着原来都不用他们撮合，这两个小的就已经相谈甚欢了。

阮明淮的唇瓣张张合合都说了些什么，叶倾城完全听不见，直到后来，阮明淮把手覆在她握着筷子的手背上，她惊得站起身，把餐巾胡乱折叠一通丢到椅子上。

"不好意思，我去一趟洗手间。"

叶倾城狼狈地跑离包厢，沿着长廊拼命往尽头处跑，直到拐进洗手间，把门重重关上，这才松了口气。

天啊，她这是变相被人骗到酒店来相亲了？

她手忙脚乱地翻着包里的手机，试图给时瑜打个电话让她过来江湖救急，就在这时传来敲门声。

"倾城，是我。"

叶汐念的声音。

叶倾城连忙打开门让姐姐进来，哭丧着脸问道："你怎么也跟着他们一起骗我？"

"好妹妹，我发誓我这次真的不知道。"

叶汐念也是很尴尬，方才在餐桌上注意到氛围有些不对下意识看向叶倾城，后者的表情已经陷入慌乱跟迷茫中，再加上阮明淮那些让人故意听起来模棱两可又很暧昧的话，分明是想表达对这场相亲的安排并不排斥。

"你跟阮明淮真的认识？他喜欢你？"

"这不是重点吧。"叶倾城双手抱着脑袋，"我不喜欢他，这才是重点。"

"可怎么办，爷爷对他印象是真的不错，你走的时候，句句不离阮明淮，我看，这一次不单单是要把你送进盛世，还要送进阮家啊。"

叶倾城倒吸一口凉气。

"我才刚毕业，就安排相亲？你不是还没嫁出去吗……"

叶汐念总算知道什么叫搬起石头砸自己的脚了，前一秒钟还揶揄叶倾城，下一秒钟战火直接攻击到她身上。

她弯了弯嘴角："能不往我身上开大炮攻击吗？"

"不行，我得找个借口离开，不能坐以待毙。"叶倾城拿着手机调出成清恒的号码来，这个时间点，他应该下班了。

"其实，你可以直接跟家里人说你现在有谈恋爱的对象。"叶汐念伸手点了点叶倾城的手机屏幕，"成清恒可以救你。"

盛夏夜晚的风里总是带着些许燥热，回到包厢里的叶倾城显然没了任何心情，面对桌上丰盛的菜肴也就寥寥几筷。

"老爷子、叶先生、叶夫人，我晚上还有个视频会议要开，就先走了。年轻人夜生活比较丰富多彩，我就不干扰他们接下来的安排了。"

盛小茹站起身来，还给阮明淮使了个眼色。

叶老爷子看在眼里，乐呵呵地拄着拐杖站起身："我年纪也大了，这时间点回去看会儿新闻也该睡觉了。倾城，跟小淮去看场电影多玩一会儿，老同学见面，多聊会儿也是好的。"

眼看着后面的时间都被帮忙安排好，叶倾城急得眼眶都红了，走的时候叶汐念捏了捏她的手示意她不要意气用事，有什么话回家再说。

等到大人们都走了，阮明淮抱着手臂好整以暇地看着叶倾城："怎么样，一起去看电影？"

"看你个大头鬼！"叶倾城恨不得抬起穿着高跟鞋的脚狠狠踩阮明淮一下，"你明知道是来干吗的，为什么不拒绝？"

"为什么要拒绝？"

阮明淮笑得一脸无害，让叶倾城忍无可忍，压低了声音强调——

"我有男朋友。"

葱白的手指头因为用力的缘故泛红，叶倾城站在包厢门口，足足比阮明淮矮了一个头却在气势上不输半分。

她今天就想把事情说明白，吞吞吐吐本就不是她的风格，即便是从前对阮明淮有过暧昧不明的情绪，那也在成清恒出现之后，迅速划清界限。

什么是喜欢，什么是一时冲动，她还是分得清楚的。

"我本来以为聚餐是家里人要介绍我给盛世董事长认识，没想到是间接撮合我们两个，如果一早我就知道，肯定不会过来。"叶倾城看着阮明淮，比起她的严肃，他嘴角那抹怎么都消散不去的笑容甚是碍眼。

"所以，我希望你跟你妈妈说清楚，我们之间不可能。"

"那你觉得你跟成清恒就有可能？"

在听到阮明淮这句话后，白色的套裙衬得叶倾城的脸色有些苍白，贝齿死死咬住嘴唇。

他附身凑近，在她耳边说了这样的一句话——

"你可能不清楚成家，门当户对这四个字不要太注重，一旦他们知道你的真实身份，你觉得你跟成清恒还能在一起吗？"

不经意间抬头，察觉到不远处投来阴冷的目光，阮明淮脑海里一闪而过的想法随即付之于行动，原本垂在身侧的手缓缓抬起，虚放在叶倾城的肩膀上。

远距离看的话，就是极其亲密搂着的姿势。

"你没有跟成清恒说过你的身份吧？就像当初在学校一样，如果不是被曝光，你也不至于转学。"

叶倾城嗓子一紧，骤然睁大了双眸看向阮明淮。

"走吧，我送你回家，今晚就不看电影了。"

半强制地把叶倾城往电梯处带，经过拐角的时候，阮明淮似一个胜利者般抬头朝远处那个人扬起一抹淡笑。

成清恒，你们不是一路人。

"你没有告诉我，你谈的对象是叶家人。"

身后传来清冷的嗓音，不用回头，成清恒就知道来人是谁。母亲在明珠设宴，请的都是熟悉的朋友，他得空过来一起吃饭，谁曾想过会见到这样有趣的画面。

如果没有记错，那个男人是阮明淮，数月前，在四风馆有过一面之缘的那个男人。

明珠的宴会大厅每晚都会有交响乐团来演奏，站在楼道上，隐约能听见悠扬的琴声，来往的侍应生在经过成清恒跟黄施身边的时候都会停下脚步来优雅地颔首打招呼。

"我不知道。"成清恒的话多少令黄施有些惊讶，深邃的瞳眸里没有任何异色，还想再说什么的时候，就被他打断，"离席太久不太礼貌，妈，我们先回去。"

"清恒……"

面对黄施的种种疑惑跟不解，成清恒没有打算做出任何回答，对于叶倾城，他始终保持最初的态度，她不承认，他也就装作什么都不知道。

深夜，叶家出现了第一次大规模的争吵。

叶倾城回来的时候就看见客厅茶几上放着好几本日历还有一把放大镜，小本子上写了好几个时间，余雅芳正跟叶老爷子说着什么，老爷子听得乐呵呵直点头。

这样的氛围，在叶家是少有的，因为余雅芳从不掩饰对叶倾城的不满，所以跟宠叶倾城的老爷子偶尔也会有矛盾，可是今天，他们却像是父女一样亲密地坐在一起说说笑笑。

叶倾城不由得紧张起来，身处这个浮华的圈子，只要是能利用的，在利益面前什么都变得不重要。

今夜的聚餐让叶倾城感受到余雅芳前所未有的积极性，会这么做的原因无非只有一个，那就是把她彻底踢出叶家。

"城城，回来了，快过来快过来。"

余雅芳抬头看见叶倾城站在玄关口，热情地招呼她赶紧过来。

老爷子也摘下老花镜，问她今晚的约会怎么样。

沉默了数秒钟，叶倾城缓缓走过去，被余雅芳一把拽到沙发上坐下，随即丢过来好几个请柬的样式。

"你说你这孩子运气怎么就这么好，盛世集团少夫人的位置很快就是你的了。盛董事长对你可是赞不绝口，巧的是你跟明淮还是同学，这说起来就是青梅竹马的感情，摊上这样的好事，你是不是做梦都笑得合不拢嘴啊。"

余雅芳随手点了好几个图样："这些个都是你爷爷亲自帮你选的，怎么样，作为订婚请柬的样式很不错吧？"

"谁说我要订婚了。"

叶倾城随手扫开，腾地站起身来："爷爷，我跟阮明淮不可能在一起的，才见一次面回来就迫不及待讨论订婚的事情，不觉得太荒谬了吗？我才刚毕业，您就这么着急着把我嫁出去？"

这最后一句话，显然是对着余雅芳说的。

兴许是想不到当着老爷子的面，叶倾城的情绪还能这般激动，以至于一开始，余雅芳还没反应过来。

"婚姻是需要感情做基础的，没有爱情的婚姻就是一座坟墓一个牢笼，我是绝对不会接受这种商业联姻的。您要是真舍不得盛家这个香饽饽，你怎么不介绍给你女儿啊！"

刚说完这句话，猛地瞥见楼梯口站着的叶汐念，叶倾城瞬间蒙了，不知道该如何跟姐姐解释，急得拼命使眼神，不是故意的，对不起，原谅我……

叶汐念站在楼梯口，头疼地看着叶倾城，怎么发脾气也要把她拖下水呢。

"丫头！"

余雅芳气得刚想开口就被老爷子打断，拐杖在地面上重重敲了几下，白眉微拧，神情严肃："都这么大了，说话怎么还这样颠三倒四不合规矩。"

"总之，我是不会同意这次相亲的！"

丢下这句话，叶倾城抱着包噔噔噔跑上楼，经过叶汐念身边的时候还一个劲给她使眼色，而后在房间里大约来回走了半小时左右，才传来带有暗号节奏的敲门声。

"怎么，还发起小脾气来了？阮明淮怎么说也是在费城八卦杂志上名列前茅的男神精英，你居然嫌弃成那样。"一进门，叶汐念就开始调侃叶倾城，"还想把他丢给我，你是不知道我最排斥姐弟恋呢，还是不知道我是有夫之妇？"

"我真不明白爷爷跟妈是怎么想的，我才刚回国，凭什么这么快给我安排相亲对象，而且这一次还这么积极。"

叶倾城抱着自己的脑袋，怎么努力都想不出个所以然来，难为她一直有颗想要成为精英的心，却困于那有限的智商。

不要说是叶倾城了，其实今天的场面，叶汐念都觉得有些匪夷所思，说好的引荐叶倾城给盛世董事长，是为了她回国后的第一份工作。

可去到之后，却生生变了个主题，本是打算提前回家问问余雅芳到底怎么回事，结果刚上楼换个衣服出来，就听见了叶倾城的质问。

额角一抽一抽地疼，如果余雅芳能够接受明家，她跟明靖尧这条路也不用走得这般艰难了。

"阮明淮再好，我也高攀不上，从头到尾我就喜欢成清恒一人，我必须跟爷爷还有妈妈说清楚，要不然这样尴尬的聚餐还有下一次。"

开车回家的路上，叶倾城其实已经想了很多，结果情绪一上来，还是有很多表达不彻底不清楚的地方，看着叶汐念，迅速换上一张官方脸："叶汐念女士，我希望你在这件事情上能端正你的态度，跟我站在同一个立场，否则以后你跟明靖尧先生的事情，我就绝对不帮忙了。"

"威胁我？"叶汐念都不知道该说害怕呢还是该笑，捏了捏叶倾城的脸，无奈地看着她，"你之前要是不隐瞒，直接告诉成清恒你的身份，公开交往就不会有今天了。这样吧，我去帮你问清楚，到底为什么突然给你安排相亲。"

"谢谢叶汐念女士！你是我的英雄！"

主卧有个小隔间，从叶汐念敲门进屋就发现余雅芳站在隔间的窗台边打电话，比画了个手势后，走到床边的软榻坐下。

这段时间叶京涛似乎很忙，每晚都有应酬，回来得也很晚，眼看着时针指到十一点半，叶汐念打着呵欠才等来余雅芳结束通话走出来。

"都这么晚了，明天还要上班，来找我做什么？"

余雅芳把手机随手放在梳妆台上，然后折回浴室，洗干净手再回来涂涂抹抹，越是上了年纪，越是注重保养。看着那些化妆品，数量上都是自己桌上的两倍，叶汐念收回目光，柔声问道："妈，我想就今天的事情问问你的态度，到底是怎么想的，要把倾城介绍给盛家。"

透过梳妆镜，余雅芳看向叶汐念，脸上还挂着淡淡的笑意："怎么，我关心你妹妹，你觉得哪里不对吗？还是你真的想开了，觉得这场相亲宴的主角应该是你？"

伴随着这句话，余雅芳把乳液瓶子放在桌上时刻意加重了力度，"嘭"的一声像是砸在叶汐念的心口上那般，令她身躯随之一震。

"你以为你跟明靖尧那点事能瞒得住我？叶汐念，你是我的女儿，你应该知道我对你抱有多大的期望，成家那么优秀的背景你不要，让叶倾城捷足先登，你以为这样做，到最后我就无可奈何只能同意你跟明靖尧的事？"

叶汐念怎么都没想到母亲余雅芳竟然对所有的事情都了如指掌，甚至包括成清恒跟叶倾城的事，只差没有一沓照片甩在她面前告诉她，这一切都逃不过自己的眼！

她头疼得厉害，只觉得事情忽然朝着不可控的方向发展，假若这一刻她没能把自己的想法说出来，连叶倾城也会被连累到。

"妈，就算没有明靖尧，我跟成清恒也不可能在一起，您又何必因为我而拉扯无辜的倾城下水。从小到大，您对她就一直有意见，处处针对，倾城不过个孩子，这些年对您的态度也始终恭敬尊重，为什么您就不能对她好点，哪怕不是亲生的，她也还是叶家人啊……"

"你懂什么！"叶汐念的话就像持着一根银针狠狠刺向余雅芳的痛处，不由得厉声呵斥，"叶汐念！我是怎么教你的，什么话该说什么话不该说，这件事情你最好保持沉默，要是再敢多嘴一句，信不信我直接把你的婚事给定了！"

"妈……"

"吵什么吵。"叶京涛推门进来就看见这样的画面，应酬了一整夜本来就已经够累了，刚走到卧室门口就听见争吵声。

"你都多大的人了，还跟你妈嚷嚷，时间不早了赶紧回去睡觉，明天一早来总公司开会。至于倾城的事情，你不要插手，大人们心里有数。"

就这样，叶汐念直接辜负了叶倾城对她的期望，被推出了主卧，看着紧闭的房门，无奈地跺了跺脚。

与她一样无助的还有房间里待着的叶倾城，一屏幕的已拨电话，却没有任何一个接听，发出去的短信也像是石沉大海，乱糟糟的心情因为成清恒的不回应变得更加彷徨迷茫。

YIYEQINGCHENG
第十一章

小心翼翼的爱情

第二天一早，叶倾城不敢赖床，闹钟只响了一次她就迅速起身冲去浴室里刷牙洗脸，结果看着镜中那面色苍白黑眼圈耷拉着的面容，瞬间腿软。

昨晚抱着手机，把音量开到最大声，还特意调了个震耳欲聋的铃声，结果时不时惊醒抓着手机看一眼，还是没有任何来电跟短信显示。这样反反复复根本睡不好，再加上有心事，黑眼圈便马不停蹄地赶过来……

毛巾浸着冰水敷了大半天都不见得有什么效果，无奈，叶倾城只得从柜子里翻出一副陈年黑框眼镜，模仿那些素颜出街的明星，戴上后在镜子前打量了好几眼，确定有那么点点效果后才收拾包包出发。

跑车是不敢再开的，公交卡里还有余额，叶倾城很是兴奋地挤着公交车，找到最后排靠窗的位置坐下，望着窗外那不停倒退的风景，设想着会不会在某个红绿灯口，公交车停下时，旁边并排着的正好就是成清恒的车。

有小心思的女孩子是不是都会这样想象，在某个路口某个街道停下来的时候，总是盼望着能够出现某个熟悉的身影。人来人往的街道上，目光越过憧憧肩膀最后落在那张思念已久、期待已久的容颜上……

不经意，是最美好的相遇。

直到到站，叶倾城都沉浸在自己的幻想中，司机喊了她一声，她这才匆忙拎起包包跑下车。因为没有成清恒的值班表，她并不知道他一周中有几天是在医院上班，一进医院就先往挂号区跑，眼睛盯着大屏幕，站了半天才看完所有滚动的信息，结果证明，她真的没有运气——

周三，成清恒休假。

怕自己眼拙看错，叶倾城还特意跑去成清恒的办公室，门是锁上的，这一下，她彻底蒙了，最近是不是忘了看星座，遇见水逆期所以事事不顺？

兴致缺缺地离开医院，叶倾城随手拦了辆出租车，报上别墅的地址后就开始打电话发短信，待遇还是跟昨天一样，石沉大海，连一个逗号都没回。

几次来成清恒这里都是有他带着，自己根本没钥匙，走进大门的时候脑海里还回想起上一次装作钟点工狼狈逃跑的画面，也不知道那么蹩脚的借口，成清恒的妈妈会不会信。

因为没有钥匙，叶倾城趴在门板上望着密码锁发呆了好半天，摁了门铃敲了门都没有用后，干脆从包里拿出手机开着手电筒研究数字键上的指纹。

侦探电影里就是这么演的不是吗？

密码锁上十二个按键，其中有十个数字，经常摁的话，磨损肯定相对于其他无关数字来说要严重一些。

电影里，侦探咬着一个手电筒，凑近了观察，猜中密码数字的概率高达百分之九十，剩下的就是组合数字的能力。四个数字有二十四种组合可能，叶倾城后悔没有随身携带笔记本电脑的习惯。

她把头凑近了密码锁，眼睛都看花了都没觉得哪个数字被磨损得厉害，时不时觉得是这个，下一秒又觉得另一个也差不多。

就这样在门口徘徊了三十分钟，叶倾城头昏眼花地瘫坐在门边，再不济，就试试生日年月这些？

凭借着这些年对成清恒私下打探所积累的数据，生日年月、幸运数字、入职时间，这些都难不倒叶倾城，难得她这个迷糊蛋也能在这种时候将这些数字，硬气地脱口而出。

可结果还是失败，再这么试下去，叶倾城都怕系统直接锁定，到时候门打不开，成清恒回来肯定不会给她好脸色……

高跟鞋往台阶上踢了几下算是发泄，无奈之下，叶倾城只好拂着裙摆干脆坐在台阶上，双手托着脸，目光直视前方。

事实上，成清恒人是在别墅的，只不过叶倾城摁门铃、敲门、打电话的时候，他正在浴室里洗澡。

等到她放弃挣扎坐在门口，成清恒就刚好从浴室里出来，穿着浴袍，带子还没有系好。领口敞开来时，水珠顺着肌理线条滑落，隐没在白色的浴袍里。

他今天休假，昨天很晚才从成家回来，喝了点酒以至于早上睡过头，运动完洗个澡，眼看着时针指向十一点半，他的早餐还没有着落。

他打开冰箱随手拿出几样食材往料理台上丢，走出去准备煮杯咖啡，目光无意间一扫，就看到监控视频上显示的身影。

他拿着毛巾擦头发的手一顿，长腿迈开大步走过去，盯着视频看了好几秒钟。

"也是够笨。"

云淡风轻地丢下这四个字后，成清恒将毛巾随手搁在沙发上，开门时故意放慢动作尽可能不发出任何声音，果不其然，某人坐在台阶上耷拉着脑袋就如同睡着了一样。

这时候要是有人站在身后给她一棍，估计没任何反应直接就倒了。

"你记不住我家的密码？"

突然，头上传来一道清冷的男音，叶倾城吓了一跳，猛地回头时，幅度太大差点重心不稳往后栽，若不是眼疾手快撑住台阶，恐怕下一秒钟就要在成清恒面前上演一场狗啃泥。

"你在家啊！"

叶倾城的脸上满是掩饰不住的欣喜，一跃起身，双手拍了拍裙摆上的尘土，手比画着打电话的姿势在耳边晃了晃："从昨晚开始我就给你打了好多电话，你为什么不接？"

成清恒低头看着叶倾城，淡淡说了句："没听见。"

对于这样没有任何技术含量的借口，叶倾城也是怔住了，眼看着成清恒走回屋，她连忙小碎步跟上。

"那既然你在家，我刚才摁门铃、敲门，你怎么都没听见？"

没料到成清恒会忽然停下来，走得很着急的叶倾城几乎是整个人往前撞，鼻尖重重磕在了他的后背上，即便是有柔软的睡袍减弱了一些阻力，可仍旧疼得她直发颤。

"你怎么……突然停下来啊……"

"刚才在洗澡，水声盖住了门铃声跟敲门声，如果不是看见监控，估计等我出去捡你，你已经睡着了。"

他单手托着叶倾城的下巴，一边解释一边凑近了，黑漆漆的双眼盯着她发红的鼻梁看："给你点冰自己敷一敷？这本来就不挺的鼻子，再这么横冲直撞几次，估计就得花钱去趟韩国修一修了。"

"你……"

叶倾城的脸都涨成猪肝色了，捂着鼻子，一脸委屈："有你这么嫌弃人的嘛！"

成清恒盯着她看半天，最终放弃理论，实在是饿得慌，指挥着叶倾城去煮咖啡后，转身进了厨房。

"我肚子也饿了，加上我的份，我的我的！"

叶倾城踮着脚尖嚷嚷了好几句，结果成清恒直接把厨房的玻璃门给关上了……

后来的午餐还是做了两人份，只不过食材不够，成清恒又打电话在四风馆订了几样粤式小吃送过来。

"你这几天很忙吗？我经常联系不上你……"

叶倾城咬着下嘴唇，说这句话的时候语气小心翼翼，筷子就抵在唇边，长发垂在肩膀两侧，眼睛一眨一眨的模样如同羽毛在成清恒的心头撩拨。

很多年后，他仍旧忘不了这样的画面，常常记起的都是叶倾城小心的表情，她的示弱、她的紧张，一笔一画都刻在他心头，经久不灭。

他不是因为她的爱卑微而可怜她，余生，他是想捧着她的爱告诉她，大可以挺直了腰板告诉全世界，这么优秀的男人，只爱她。

不卑微，不可怜，亦不用小心翼翼。

她的嚣张跋扈、她的鬼灵精怪，他照单全收。

成清恒将盘中最后一块蔬菜吃完，抽过餐巾擦了擦嘴角，淡声回答："你呢，工作找好了没有？"

"还没着落……"

说起这个，叶倾城就觉得很难堪，设想的未来蓝图如今连一笔都未曾实现，比起成清恒在事业上的成功，她似乎离得太远。

早前不知道盛世集团是阮明淮家的，还一心想要去试试。现在，巴不得离得远远的，不要跟他扯上任何关系。

"安分过日子，更适合你。"

"哎？"

叶倾城还没听明白，成清恒就已经站起身施施然离开了，留下这一桌子的碗碟，自然要某人来收拾。

回到书房的时候，成清恒看了一眼邮箱里的邮件，靳北寒的办事能力他向来欣赏，阮明淮的资料从出生到留学归来在费城的发展，几乎没有一个时间点落下，时间轴完完整整地呈现在他面前。

他本是不在意这种小人物，可那晚在明珠看见的一幕始终在脑海里挥之不去，阮明淮眼里的挑衅，实在是太碍眼。

如果不是因为某人头脑太简单，他才不想出手掺和，事情演变到这一步，从黄施语重心长告诉他叶倾城不合适开始，成清恒就想，这次，得他亲自出面了。

像叶倾城那种级别的，怎么对付得了。

叶倾城洗完碗筷擦好桌子蹦蹦跳跳跑来书房找成清恒时，发现偌大的房间空无一人。沿着走廊走到尽头的健身房，隐约能听见台球撞击砰砰的声音。

也只有这种大土豪，会在自家打台球，叶倾城撇了撇嘴，蹑手蹑脚地趴在门边，透过虚掩的门缝，目不转睛地看着成清恒俯身打球的样子。

似乎只要离开了医院，他就变得完全不一样。费城人多数称他为成少，似乎早就认定了在未来，他还是会弃医从商继承成家事业。可他们忘了，在医院，在手术台上，成清恒也不过是个普通的主任医师，执手术刀，救死扶伤。

"站在门口鬼鬼祟祟干什么？"

午后阳光透过薄薄的窗纱照进了健身房，成清恒背对着窗户，俯身的时候，连细碎的头发都染上了金光。察觉到叶倾城站在门口的时候，他手里的杆子微微有些偏移，球没打中，撞击着边缘滚了好几个圈。

"打过台球没有？"

叶倾城摇了摇头，小跑进来站在台球桌旁边，双手背在身后一副虚心求教的模样。说实话，她对球类运动基本是一窍不通，唯独接触过篮球，还是在上初中的时候，个子太矮，一到假期就被叶老爷子赶去运动场打篮球。

恰好那时候叶汐念参加了班级篮球赛，练球的时候就带上她，也亏得那个暑假蹦跶着跳跃投篮，才不至于让她的个子迟迟停留在一米五多。

"我教你，你要仔细听，认真学。"

难得成清恒来了兴致，主动邀请，叶倾城连忙把头发用皮筋扎起来，睁大了眼睛点头。

从握杆的方式，到俯身的姿势，最后到瞄准球的轨迹，成清恒讲得很详细，他每一次瞄准球的眼神，都专注得令叶倾城沉迷。仿佛看见了他在手术台上，执手术刀专注做手术的样子，男人，果然认真起来最有魅力。

"看懂了没有。"直起身来才发现叶倾城又出神了，成清恒挑眉，立着手中的球杆好整以暇地开口，"你就是把我看穿了，不会照旧是不会，没有用。"

"……"

尴尬五秒钟！

叶倾城红着耳根别开脸，每一次都被成清恒抓包的感觉真是微妙得说不清楚："我刚才是在回想技巧。"

这种没水准的狡辩，成清恒也就是听听而已，伸手把球杆递给叶倾城，然后绕到她身后去，手把手地教她。

俯身的时候，他整个人几乎是趴在她的背上，胸膛的温度透过薄薄的衬衫，仿佛一团火在她的背上滚过，叶倾城下意识地咽了咽口水，努力控制着如擂鼓般的心跳。

"目光放低来，每个球滚动都有一定的轨迹，像这样。"

耳边是他低沉的嗓音，每一句讲解中，每一个字都像被清晰地放大开来，在叶倾城的耳边徘徊，双手被他抓着，木然地移动，瞄准，击打。

一连串动作直到球撞击，最终进入洞中，叶倾城才回过身来，缓缓扭头看着成清恒："我刚才那人生第一球，是进了？"

成清恒挑眉："有意见？"

"那岂不是说明了我在这方面很有天赋？"

叶倾城兴奋地踮起脚尖来，抓着手里的杆子挥舞。

成清恒快速闪躲到一个比较安全的区域，身子靠着墙壁看她："明明是我手把手带你打球，你好意思说这是你的天赋？"

"那也有控制力度大小、瞄准角度准确这方面的问题啊，你只是带动我的角色，关键还在我自己身上。"

叶倾城说起歪理来简直是一套一套的，在她看来，那颗打进的球就是她天赋的证明。她欢呼雀跃地捡起球来满屋子跑："笔呢？健身房里怎么一支笔都没有？"

"你也知道这里是健身房？"

要笔，应该去书房找。

脑子开窍的叶倾城在围着屋子跑了两圈后果断奔去书房，等到她回来时，手里的红球发生了些细微的变化。

见她得意地把球举高，成清恒眯了眯眼细看——

球上多了"叶倾城"三个大字！

深眸中闪过深意，成清恒伸出手来虚虚地环着叶倾城的腰肢，温热的唇瓣覆在她的耳侧低声说道："如果我没有认错，这第一个字，是叶？"

脊背一阵凉意窜过，叶倾城吓得连忙把球藏到身后，还在衣服上蹭了蹭，试图蹭掉上面还没干的笔记，看着成清恒，笑得很是牵强："你一定是看错了，嘿嘿，我字丑，你看错了。"

"哦？是吗？"

他眼神淡淡掠过她背在身后的手，唇瓣在她发热的耳垂摩擦而过："那你的字，是真的无药可救了……"

"……"

从上小学开始，不论是谁见到叶倾城的字都会赞叹不已，比起叶汐念天天被余雅芳困在家里练字帖，叶倾城就连老师布置的抄写作业都懒得做。叶倾城写得一手好字，不论是中文还是英文，甚至有过一段时间对韩文感兴趣，字上面的圈圈都画得有模有样。

可现在！

面对成清恒的嘲笑，她却无力申诉……

谁让她一时大意，把真名给写上了，她偷偷侧头瞥了一眼手上的球，看着那模糊不清的黑印迹，她又心疼起了今天刚穿的新衬衫。

"这样，这样，我们来比赛好吧？你让着我，就算进球了也不要继续打。"叶倾城着急于转移话题，都没仔细想清楚就提出了这样的建议。

成清恒一脸怀疑地看着她："你确定要比？"

生怕自己输得太惨，叶倾城露出如狐狸般狡黠的表情，继续把不公平条约进行到底："然后你还得再给我三次机会，就是我每次有三杆。"

"既然是比赛，输赢都得赏罚分明，赌注呢？"

眼看着"赌注"这两个字都出来了，显然成清恒是答应了自己的提议，叶倾城数学不好，没算清楚概率以前总觉得是对自己有利的。所以这个时候也是想尽一切办法琢磨着到底提出什么条件来，而最有利的——

"如果我做错了什么事，哪怕很严重，你都不能生气。"

成清恒淡淡地扫了叶倾城一眼："你不觉得你是浪费了机会？"

叶倾城摇头，经过刚才一吓，她很清楚地意识到要给自己留一条后路，谎言总有被拆穿的时候，眼看着跟成清恒的关系越来越好，她排除万难才走到今天这一步绝对不能够被当初一时糊住了脑子的想法给耽误了。

"那好，至于我赢了想要什么，暂时还没想好，以后再告诉你。"

就这样，桌球比赛正式开始，即便是叶倾城把规矩定得乱七八糟毫无公平二字可言，成清恒仍旧很有耐心，气定神闲地观察着台球桌上各个颜色球的位置。

他懂些花式桌球的打法，虽并不精通，但在叶倾城这种菜鸟面前也算得上是高手了。让了叶倾城三球后，成清恒执杆俯身，面对散落的台球，脑海里大致有了模糊的轨迹，一杆下去，直接撞进了两个球。

叶倾城瞠目结舌地看着，一桌子球本是被她打得毫无章法很是散乱，可成清恒居然能一杆进俩。

这样比下去，虽让她五个球，赢的概率都相当低啊！

"不信，你必须一个一个球打，哪有跟菜鸟比还打花式台球的。"叶倾城噘着嘴，有些不服气，握紧了手中的球杆，"这样我只会输得很难看。"

成清恒淡笑。

"现在才来定规矩，晚了。"

叶倾城难过得不行，最终还是乖乖集中注意力看桌上剩下的球，俯低了身子，眯着眼睛瞄准球，球杆在指间来回伸缩。

球击不中，姿势倒是摆得很专业。

成清恒站在不远处观看，目光不经意间落在了叶倾城胸口的位置，俯身的缘故，衬衫领口敞开来，从这个角度看过去，什么都清清楚楚。

他握紧手中的球杆，轻咳了一声有些不自然地撇开头。

一局下来，成清恒挥杆三次就击进了全部球，反倒是叶倾城，手握数次机会，仍旧一颗未进。结果不能再明显，败下阵来的她难过地耷拉着脑袋从成清恒身边走过，将球杆塞进他怀里——

"你来擦，我出去冷静冷静。"

成清恒不紧不慢地接过球杆，看着那落寞无力的身影，摇头笑了笑。等他收拾完台球桌出去的时候，叶倾城已经躺在沙发上自如地看起了狗血豪门电视剧。从面部表情上分析，台球桌上的失利，显然已被抛掷脑后。

"起来，手机响了。"

叶倾城的手机丢在桌上，不知什么时候关的静音，如果不是成清恒看见，恐怕就要错过这通电话了。

"人在哪儿呢？"

"成清恒这里。"叶倾城的如实告知，让电话另一头的时瑜连连咂舌。

反倒是沙发另一头坐着的男人，余光一顿，薄唇扬起一丝不易察觉的弧度。

"我说你能不能争一点儿气，不要一回国就总是往你男人那里跑，工作呢？到现在你工作都还没落实好，你哪来那么大一张脸贴在人家成少身边？"

犹如机关枪扫射般的训斥，让叶倾城有些惊慌地捂住听筒，生怕被成清恒听见，她连忙跳下沙发随手指着阳台方向。

"电视声音太吵，我去阳台接电话。"

小跑着到阳台，她捏紧了手机气吁吁地喊了句："时瑜，你还在听吗？"

"在呢，想象着你在成清恒面前小鸡胆儿那样，叶倾城，你能不能稍微有点儿骨气？我这边房子都给你找好了，你工作怎么还不上心？"

"这不是去不了盛世，暂时失去了就业方向嘛。"

叶倾城心虚地狡辩，事实上她也是着急的，费城这么大，怎么就没有一个适合她的容身之处。莫不是眼光太高，总想着工作起点也要差不多，起码不能跟成清恒相差太远，现在，她倒有些后悔读了个不讨喜的专业了。

"越是这样，你越是不能老赖在成清恒身边，他不问，要是问起来，你得多尴尬。听我的话，乖，回家认认真真写简历去。"

"房子呢，你给我找的房子是在哪里的？价格跟位置怎么样？"

电话另一边的时瑜正坐在办公桌前翻阅设计稿，纸张的声音窸窸窣窣。

"你放心，位置在市中心，附近有太古汇，还靠近地铁站，交通便利。是个去年新开发的小区，两房一厅的格局，环境很不错，我去看过了。"

对于时瑜的办事能力，叶倾城从不敢持有怀疑的态度，眼下房子这方面落实了，她心里又开始打鼓。

"我回国这么久也就今天跟成清恒在一起，眼看着回家后又有一场战役要打，明儿你陪我去一趟健身房，我总要称一下是不是又瘦了好几斤。"

时瑜才不想理叶倾城，直接说很忙，就挂断了电话。

从阳台到客厅，叶倾城磨了好半天才走出来，双手背在身后，小碎步挪到成清恒坐的位置，讨好地坐下："我要回家了。"

"嗯。"

成清恒低头看手机，不咸不淡地应了一声。

"那个，接下来几天我可能会很忙，见面的机会恐怕不多，我给你打电话你会接吗？"

叶倾城只差把脸凑到成清恒面前，眨巴着眼睛等着回答。

"让开点，你挡着我的 WIFI 信号了。"

成清恒伸手，一把把叶倾城的脸推开，眼皮都没抬一下。

"……"

叶倾城捏了捏自己的脸，疼的，方才不是做梦，她是真的被成清恒攻击了一把，有些迷茫地看着他："我怎么可能挡信号……"

成清恒淡淡地瞥了她一眼："脸大。"

这一次，叶倾城没忍住，随手捞起沙发上的靠枕就往成清恒身上砸，任他单手紧紧扣住她的腰，都不停下手中的动作——

"成清恒！有你这么说话的吗！我脸哪里大了！啊！"

"你离我远点儿，我都看不全你整张脸了。"

"……"都这种时候了，成清恒还要再补一刀。

等到这场"战役"结束，叶倾城整个人无力地瘫倒在沙发上，双眼空洞地望着天花板，写着一脸生无可恋。

成清恒抬脚踢了踢她耷拉在沙发上的手："其实你这种叫作宽容懂吗？还不容易翻脸，性格好。"

"你再说下去，我都要怀疑你是不是我认识的成清恒了。"

叶倾城无力反驳，默默接受着某人对她这张脸的评价，等到回去的时候她还有些恋恋不舍，抱着成清恒的腰，把脸埋进他的怀里感受着柔软的棉织物触感，还有那淡淡的木调香。

YIYEQINGCHENG
第十二章

真实的人生

浮欢的深夜，人们卸去一天的浮躁跟疲惫，融入震耳欲聋的音乐声，抛去所有杂念，享受着这一刻的欢乐。暗色调下绚烂的灯光伴随着高涨的旋律，舞池中的男男女女表情上写满了迷醉。

成清恒一进到浮欢，不远处的沙发上就弹起一个人拼命对着他招手。他双手插进裤袋里，周身带着一股凛冽的寒气走过去："人呢，约到了？"

陈景川弯着眸子笑得妖孽十足："哥你吩咐的事，我什么时候办不好了，包厢号 2412。"

"嗯，谢了。"

成清恒从口袋里掏出一包烟来，递给陈景川，是他最爱的大卫杜夫，红色包装，还没开封。

"该改改你这小孩子口味了。"

陈景川笑嘻嘻地接过烟，拆开来抽出一根放在鼻尖猛吸一口："我喜欢巧克力味道。"

包厢的门被推开时，阮明淮还在研究手中的红酒，听脚步声以为是陈景川，也就没抬起头来："你小子可以啊，这么多年没见，请我用这样上档次的红酒，藏了有很多年了吧？"

"不多不少，刚好十年。"

低沉的嗓音并不熟悉，阮明淮猛抬眼，就对上了站在门口，目光清淡的成清恒，瞳孔漆黑深沉，让人一眼望去就不自觉扎进去，动弹不得。

"上次见面太匆忙，可能忘了做详细的自我介绍。阮少你好，我是成清恒，叶倾城的男朋友。"

包厢的隔音效果很好，门一掩上，几乎听不到外面震耳欲聋的音乐声。因此，成清恒的嗓音更显得清冷，话落间，他的嘴角似乎微微往上扬了扬。

对于自我介绍中的后半句，似乎尤为着重。

"成少在费城可是无人不知、无人不晓的大角色，我刚从国外回来，人际关系这方面还稍显薄弱，以后还请多指教。"

阮明淮抿抿唇，站起身来，伸出手，看上去一副很有礼貌很有修养的模样。

只是成清恒插在口袋里的手，从未抽出来过，就好像没看见一样掠过阮明淮，走到长桌的另一头坐下。

椅子摩擦地板发出刺耳的声音，好像在嘲笑着阮明淮那停在半空中的手。

"指教两个字谈不上，毕竟上一次在明珠，阮少的态度已经证明了一切。"

空气中浮动着森冷且诡异的气息，阮明淮缓缓收紧手指，指尖抵着掌心，只要用力，仿佛指甲就能嵌入肉里一样。他喉结上下滚动，转过身来看着成清恒："不如开门见山吧。"

很好。

修长的手指在桌面上轻轻点了点，成清恒眉目宛然，他也不习惯这种绕来绕去的说法。他虽是成家人，但也不过是个医生，若论口技，自然是比不上商场上游刃有余、执刀枪论条例的商业新贵。

"我只有一句话，离叶倾城远一点儿。"

清冽的声音，不带半点情绪，若仔细打量，棱角分明的俊颜毫无任何波动，这种与生俱来的强大气场，还是让阮明淮有些缩手缩脚。

阮明淮回到位置，拿过面前的烟盒敲了敲："介意吗？"

"随意。"

人抽烟只有两种可能：第一，情绪不稳定；第二，上瘾。

很显然在这个时候，阮明淮的情况是属于前者，他连打火的动作都有些不利索，连着两三次，才将烟点燃。

"成清恒，倾城她不适合你。"

徐徐烟雾从唇间缓缓吐出，视线有些模糊的时候，隐约是给了阮明淮不少的勇气，起码这句话，他本该在士气最盛的时候说出来才对。

空气中有着说不清道不明的波涛暗潮，成清恒没开口，阮明淮点了点指尖的烟头。

"成家在费城的地位，说第二，没有人敢说第一。而你，是成家的继承人，这样的背景下，人都是骄傲且持有高不可攀的自尊心。相反，你了解过倾城的身世吗？"

成清恒表情冷峻，也没拦着阮明淮的话，仿佛他只是在陈述一个尽人皆知的事实罢了，只是这个庸俗的事实，他从一开始就没在意过。

"她不适合成家，你父母也一定不会接受她。成清恒，以倾城的城府，她斗不过你们这些上流圈里最顶尖的人群。"

烟灰落地，气氛顿时有些剑拔弩张，面对成清恒那始终如一的清冷表情，阮明淮有一种重重挥拳过去却砸在了棉花上的感觉。

"她适不适合，不是你说了算的。但最起码，她不喜欢你，这是你强迫不来的。"成清恒扫了眼腕表上的时间，站起身来，松松理了理衬衫上的褶皱。

"以后，请你，还有你们盛家，跟她保持一定的距离，我的人，你还没资格碰。"

丢下这句话，成清恒头也不回地离开了包厢，大门"嘭"的一声关上。烟头燃尽，高温烫伤指尖，阮明淮倒吸一口冷气将烟头丢在了地上。

陈景川推门进来，手指虚握成拳抵在唇边，尴尬地咳了几声："明淮，你那时候明明说过的，你不喜欢倾城，现在又跟恒哥抢什么。"

"所以，他成清恒想要的，就势在必得，谁都不能抢？"

阮明淮饶有兴趣地看着陈景川，他就不明白了，难不成成清恒在费城，还有着说一不二的本事？

"咳咳……"

陈景川很是为难地陈述了一个事实："但起码，倾城喜欢的是他，不是你。"

所以，这才是事件最核心的地方。

一击致命。

阮明淮失了兴趣，站起身来走到陈景川身旁，目光笔直地盯着门口，表情冷漠："那我们拭目以待，看叶家最后会选择谁。"

离开了浮欢，城市灯火通明，阮明淮把车开得飞快，打下车窗，风灌进来吹乱他的头发，墨镜下的双眸冰冷无波。

他倒要看看，在苍白的现实面前，叶家会怎么选。

陈景川连着在舞池附近的座位找了好几圈都没看见成清恒的身影，等到靳北寒走出来朝他招手，这才反应过来——

以成清恒的性子，即便是来了这种地方都恨不得找个最安静的角落，从一开始，他就得直接往楼上固定的包厢冲才对。

"阮明淮走了？"

陈景川点头，有些尴尬地看着成清恒："所以，你从一开始就知道倾城是叶家人？"

"你以为呢。"

敢情只剩下叶倾城一个人沉浸在这场假面游戏里无法自拔，别人早就脱身了，陈景川笑得很是牵强，心里有一半情绪都是在可怜叶倾城。

"你不要跟她说。"

成清恒叮嘱了一句，接过靳北寒递来的高脚杯，摇晃了几下这才仰头抿了一口。

"哥，我能再多问一句吗？你到底是什么时候知道倾城真实身份的？"

靳北寒瞥了陈景川一眼，摇头："你是不了解你清恒哥，他过目不忘的本事，可是从小就有了。"

所以，并不是因为叶倾城那拙劣不堪的演技，而是从一开始，那张脸就已经暴露了一切。陈景川不由得赞叹，毕竟数年前，叶倾城还是个小胖子，怎么说现在容貌也变了许多，可成清恒依旧能一眼认出来，果然不愧是成少。

他其实并不清楚，在成清恒心里，这张容颜藏了有多久。

叶家岸山湾。

叶倾城一回来，就被叶京涛叫去了书房，从小到大，只有在大考时，需要做出人生规划的时候会被叫去谈话。

所以一路到书房，心脏扑通扑通跳得仿佛要跃出喉咙口那般，叶倾城闭上眼深呼吸，捂着左心房的位置做好了心理准备，这才敲门进去。

"爸爸，是我。"

空气中飘浮着淡淡的茶香，书桌前，叶京涛正在翻阅手中的文件，听见叶倾城的声音，抬起头来："晚饭在哪里吃的？"

"在时瑜工作室，跟她一起吃的。"

叶倾城没有说谎，从成清恒家离开后，她就直接去了时瑜工作室，一方面是跟她谈心，另一方面就是了解新房子的情况。结果一回来就被叫来书房，心里忐忑地想，莫非叶京涛还有千里眼顺风耳的本事，她前脚刚找好房子，他后脚就知道了。

叶京涛合上手中的文件，拉开柜子从里面取出一份文件袋走到叶倾城面前，指了指她身后的沙发。

"坐下吧，爸爸想跟你聊一聊。"

"嗯。"

叶倾城坐在沙发上，就跟小学生上课一样规规矩矩，挺直了腰板，双手服帖地放在膝盖上，偷偷瞟了眼放着的那份文件袋，又赶紧端正姿势。

"倾城，你跟成家成清恒在交往，对不对？"

心咯噔一下，脊背忽然僵直，叶倾城的唇瓣动了动，想好的解释到了嘴边猛地对上叶京涛那敏锐的目光，顿时又缩了回去。

"那么你又知不知道，成清恒是你姐姐原先的相亲对象？"

叶倾城连忙摇头，在跟成清恒交往，喜欢成清恒，这两个事实她都可以承认，唯独事先知道成清恒是跟姐姐叶汐念相亲，这个锅不能背。

"爸爸，我发誓，一开始我真的不知道。"

叶京涛的眼神很是犀利，似是不允许叶倾城在他眼皮底下撒谎那般，他拆开那份纸袋，从里面抖落几份订好的文件还有几张照片。

叶倾城率先看见了最上面那几张照片，是成清恒来美国参加她毕业典礼的场景，原来叶京涛人没到现场，并不是真的把她毕业典礼这件事给忘了，而是选择了另外一种方式。

托成清恒的福，她第一次受到了叶京涛的重视。

"您派人跟踪我？"

"如果你让我省点心，我也用不着派人跟着你。"叶京涛眉头微皱，从那几份文件中抽出一份，推到了叶倾城面前，"小时候你总是对你亲生父亲的事很好奇，家里人瞒着你也都是有原因的。现在你已经是成年人，大学毕业，也有了属于你自己的思维，有些事情我也就不再瞒着你。"

叶倾城心里翻涌而出说不清道不明的感觉，目光紧盯着面前那份文件，叶京涛的话在她耳边像是放大了无数倍。

是，自从她回到这个家后，许多次想方设法要打听亲生父亲的事，却从来没有人肯告诉她，也没有人敢告诉她。

仿佛这是一个忌讳，提不得，说不得。

所有知情的人像是咬紧了牙关，到死，也要把这个秘密带进棺材里。

就在叶倾城以为这辈子都不会得到答案的时候，叶京涛却主动要把往事在她面前摊开，可这些，又跟成清恒有什么关系？

脑海里开始浮现着各种各样乱七八糟的猜想，从最狗血的，到最荒谬的，一帧连着一帧上演，直到她匆匆看完那份文件，手指冰冷僵直。

纸张从指间滑落，掉在了地板上。

叶京涛眸色如常，端起沏好的清茶，浅抿了一口："爷爷宠你，是因为你是我弟弟叶京伟留下的唯一血脉。但如果没有你那自私的母亲，他就不会跟黄施闹翻，选择离开，最后死在那场灾难中，尸骨无存。你知道黄施是谁吧？"

尾音带着一股压迫性的力量席卷而来，脑海里涌现出一个在叶倾城看来荒谬大胆的猜想，正想要跟自己说不可能的时候，叶京涛的话，如同压死骆驼的最后一根稻草那般，将她最后一丝希望捏碎——

"她就是成清恒的母亲。"

几个人名串在一起，在叶倾城的脑海中编织出了一个又一个复杂而又狗血的故事。她离这些人太远，对于她来说，他们太陌生。她甚至不能好好地理出一个时间轴来，把前因后果，先来后到的顺序整理清楚。

文件上的白纸黑字，就像一个人物的人生履历，把最辉煌的，跟最狼狈的悉数清晰地反映出来。

叶倾城没有见过她的亲生父亲，但她一直以为，她的父亲跟母亲是相爱的，她是他们爱情的结晶，是他们婚姻的证明。

可为什么到头来，在别人眼里，她的母亲是自私的，而这些年，她也处处被非议。

喉头是苦涩的，有许多问题想问，有许多话想说，可到了喉间，像被拉锯过一样疼痛跟刺耳，脱口而出的仅有几个字——

"这到底……是怎么一回事？"

头痛欲裂，仅有的脑细胞都快烧掉了，叶倾城看着叶京涛，双眼泛酸，鼻尖泛红，恨不得听他说一句，这白纸黑字上写的都是假的。

接下来的一个多小时，对于叶倾城来说漫长得像是一个世纪。上一辈人在他们那个年代里，轰轰烈烈的爱情最终在现实跟利益面前低头伏诛，爱，变成了藏在心底最深处的秘密。

她甚至无法设身处地去想象，那段感情的纠葛有多深。

她的父亲叶京伟，生前是费城刑警队的神枪手，在无数案件中屡屡建功；而她的母亲靳惠子不过是一名小小的实习法医。一个案件将本是没有联系的两个陌生人牵扯到一起，最庸俗的一见钟情，就这样发生了。

靳惠子爱着叶京伟，爱得卑微又深刻。

但她知道，叶京伟有个青梅竹马的女朋友，叫作黄施，是黄家大小姐。

跟黄施相比，她的身份太过卑微，以至于，她不得不把这样的爱情偷偷藏起来。

直到有一次聚餐，是为了庆祝成功告破一桩大案，作为最大功臣的叶京伟喝醉了酒，误把照顾他的靳惠子当成了黄施。

那一夜，雨声淅沥，靳惠子狼狈逃出房间，却一不小心撞上了楼道口站着的黄施。

一眼，即明了。

花前月下许过的承诺，在现实面前，一一溃败。在幻想着携手步入婚姻的殿堂，度过细水流长的数十年，一起奔赴苍老后，胸口炽烈的温度却被一盆冷水彻底浇灭。

黄施嫁给了成俊业，叶京伟心灰意冷远赴西北，在后来的岁月里同靳惠子相遇。

"都是因为你母亲，京伟跟黄施才会分开。可在后来，她却又不珍惜了，如果不是因为她，京伟也不会死！她根本就不再爱京伟，是她毁了京伟一生！"

"你又知道？"

叶倾城扯了扯唇瓣，把手里那张关于靳惠子资料的纸张捏成纸团，对于她的亲生母亲，既不觉得熟悉，也从未有过想念。

只是在这个时候，听叶京涛一口一个否定，一口一个没爱过，仍旧觉得很是刺耳。不是当事人，哪来这种斩钉截铁的觉悟？

"那次大地震，京伟是为了救她才死的，而她又做了什么？把你丢下，转身离开，这些年不闻不问，就跟人间消失了一样。"

不闻不问？

消失？

叶倾城攥紧了手指，长久未动。

"我父亲在西北的那些年，您去找过他多少次？成清恒大我十岁，也就是说，长达十年的时间，我父亲给予上一段感情最深刻的缅怀。而我的母亲，虽然一开始犯了错，可后来她选择离开了不是吗？她再次出现，是在父亲跟黄阿姨分手很长一段时间后，何德何能扣上第三者这顶帽子，太重，即便是我对她没有了任何印象，我也不觉得她能承受得起这重量。"

视线是模糊的，眼前的一切是恍惚的，在叶京涛面前，叶倾城从未有过像现在这般沉稳、伶牙俐齿的模样。

甚至在她眼睛一眨不眨地说出这些话的时候，叶京涛的表情发生了微妙的变化，仿佛从她眼里，看见了那个熟悉的身影。

原来，她也有叶京伟身上的那股偏执。

"还有，她不是不闻不问……"叶倾城屏着呼吸，控制着情绪，努力让自己的声音听上去更平缓，"是因为，她早就死了。"

叶京涛眼皮一跳，动了动嘴唇："你……你……"

"我看过爷爷抽屉里的报告，她早就死了。一个女人在她得知自己身患重病无法抚养女儿的时候，把她交还给叶家，这有什么错？就因为她卑微的出身，跟我父亲之间的事，让你们觉得蒙羞了，传出去不好听了，才……"

那时候，她尚且不知道自己的身世，不知道靳惠子这个人是谁，但今天，叶京涛将那些文件摆放在她面前时，才令她回想起从前所看见的。

热流涌上眼眶处，叶倾城猛地闭上眼睛，死死咬住嘴唇，再也说不下去。

叶京涛捏了捏发酸的眼窝，叹了口气。

"今天我把这件事告诉你，不是让你去追究上一辈的恩恩怨怨，是想要让你明白，你跟成清恒不可能在一起。难不成你想让他为了你一个人，放弃整个成家？还是你很自信你自己这个身份，成家那样的背景，能伸出双手来欢迎你？"

从十一岁到二十一岁，在偶然间知晓自己的身份到如今彻底明白所有事情的来龙去脉，叶倾城第一次感觉到被人用双手扼住喉咙无法呼吸是怎样的一种感觉。

在这个家，她没能感受多少亲情的温暖，那时候的她安慰自己，是因为不够优秀，所以不配被喜欢。

但现在她知道了，有些是生来就注定的。

从前，她只因为自己本身能力不足而觉得配不上成清恒，现如今，叶京涛戳着她的身份，很清楚地告诉她，不再是能力不足，而是出生卑微，注定跟成清恒是云泥之别。

"所以，你才给我安排了跟阮明淮的相亲，起码在商业利益面前，我不是一文不值的？"

破碎沙哑的声音宛若从牙根蹦出来那般，喉头腥甜的味道挥之不散，叶倾城攥紧了放在膝盖上的手指，难过地看着叶京涛——

"叶家留我，所以我也要给叶家回报，是不是？"

叶汐念从公司回来，一进门就听说叶倾城被叶京涛叫去书房，整个家里的氛围都很奇怪，就连老爷子的房门都是紧闭的。一打听才知道，这些天，老爷子去云城避暑养生去了。

老爷子前脚刚走，叶倾城后脚就被叫去了书房。

叶汐念来不及换衣服，回房间把包包放下后就准备去敲书房的门，只是，余雅芳比她快了一步，直接把房门从身后掩上。

"你不能去。"

余雅芳低头抚了抚衣摆上的褶皱，表情冷漠："你爸正在跟倾城说话，你横冲直撞什么，难不成你爸还会把她吃了不成？"

"跟美国那边的合作谈崩了，短时间内资金周转出现问题，恰好盛世在这个时候提出合作，您告诉我，这一切是不是偶然？"

这些天，叶汐念一直在分公司加班，对于总公司最看重的项目谈崩了这个消息，传到她耳朵里居然慢了那么多，不是刻意瞒着她，还能有什么解释。难怪上一次会宴请盛世董事长，本以为是为了叶倾城的工作铺路，如今看来，醉翁之意不在酒。

"爸爸是想要利用倾城来捆绑叶、盛两家的关系，从而缓解叶氏资金困难，对不对？"

叶汐念垂在身侧的双手都在颤抖，她怎么都想不到有一天，父母为了利益也会把叶倾城给推出去。

"你们怎么能够这样，她到底也是我们叶家人，这些年来你们对她那么不好，可她说过什么吗？她依旧把你们看作亲人，可现在，你们转身就能为利益出卖她。"

"这怎么叫出卖！"余雅芳低斥一声，"我们是给她介绍了什么不堪的家庭吗？什么二婚的对象还是比她大十几二十岁的老男人？对方是盛世，她盛小茹在费城还算是说得上话的人物，阮明淮跟倾城以前还是同学，年纪相仿，我甚至听说倾城还喜欢过阮明淮。"

在叶倾城的事情上，余雅芳难得这么有耐心地分析着各种各样的优势跟条件给叶汐念听，为的就是要让她明白，这桩婚姻对叶倾城来说，只有好处，没有坏处。

"难不成你真的以为，以倾城的身份能嫁入成家？别痴心妄想了。"

到如今，余雅芳还是觉得叶倾城跟成清恒在一起，就是一个笑话。难以想象黄施要是知道跟自己儿子谈恋爱的对象，是初恋情人的女儿，心里会有多膈应。

"这都什么年代了，你们怎么还是这种陈旧的想法。公司资金出现了问题，盛世抛来橄榄枝，有能耐的话就想尽办法用各种优秀的方案去打动对方促成合作，没能耐的才要用婚姻来挽救。"

叶汐念始终觉得无法接受这样的安排，叶倾城这些年在家里受到的轻视跟委屈，她都看在眼里，眼看着好不容易毕业回国，工作都还没找好，就先被联姻捆绑住。

她是叶家的孩子，不是叶家的商品。

还想再说什么，余雅芳已经烦躁地没了耐心："总之，这件事情你不准插手，你要是真有能耐，就取代你妹妹跟盛世联姻。要是没这个胆子，就别说什么风凉话！"

门"嘭"的一声关上，叶汐念一只手叉着腰，另一只手揪着头发，闭上眼的时候，额角的青筋都在颤抖。

她不能眼睁睁地看着叶倾城被逼着跟盛世联姻，她必须联系成清恒，他是叶倾城的男朋友，有权利知道这件事。

如果成清恒出面，叶倾城就不至于陷入这么被动的局面。

叶汐念着急地在包里翻手机，通讯录里并没有成清恒的联系方式，她只得打电话去问明靖尧。结果平日里不超过五秒钟的反应时间，这次足足打了五个电话都没有一个能接通。

就在这个时候，门外传来重重的摔门声，紧接着就是叶倾城的叫喊跟拍门声，叶汐念惊慌地丢下手机往外跑。

"爸！你这是干什么？"

只见叶京涛手里多了一把钥匙，显然是把房门给反锁了。叶家门锁有些不同，都是往外锁，并不是由里面反锁，所以这时候叶倾城除了拍门以外根本没有任何办法。

就连备用钥匙，都是由余雅芳管着的。

"你看着点你妹妹，手机我都收起来了，别想着联系成清恒，我们叶家的事还轮不到外人来管，千万不要给我丢脸。"

叶京涛是真的生气了，原本以为话都说到那个份儿上，叶倾城应该能明白他的意思。要真是懂得知恩图报，这些年叶家对她也不薄，在这种时候就该分清楚利弊，尽一份作为叶家人的责任。

可叶倾城居然说，她可以不要叶这个姓氏！

　　叶京涛气得差点没把茶杯往她额头上砸，直接没收了她的手机跟电脑，反锁进卧室："没有我的同意，谁都不许找钥匙给她开门！特别是你！"

　　警告完叶汐念，叶京涛冷哼了一声，扭头就往楼下走，这一夜，叶家的气氛如同坠入冰窟。

　　所有人走路说话都变得小心翼翼，叶汐念哪儿也没去，就坐在走廊边上，后背靠着叶倾城卧室的门板，一边回工作邮件，一边小声地跟她说话。

　　其实，就连叶倾城自己都不清楚哪儿来的胆子，怎么就敢跟叶京涛反抗。只是在那一刹那觉得，自己努力了这么多年，喜欢了这么多年，怎么就要为了这个对她并不怎样的家，去牺牲未来。

　　可冷静下来，她又想了许多，人这一生没有多少时间可以停下来回想过去的一切，过得怎么样，有多少朋友，人生的理想又实现了多少。

　　这一次，叶京涛把她关在房间里，靠着墙壁，她不言不语整整三个多小时，脑海里把这些年在费城、在美国生活的琐碎统统回想了一遍。

　　有多琐碎呢？

　　举个例子，就连上小学偷偷写小字条嫁祸给同学这种事情都没能忘记。

　　眼角的泪痕都干了，往事麻痹了叶倾城的中枢神经，双目空洞地望着墙壁上那张全家福，她想的是，到底叶家对她还是恩多过于其他。

　　如果不是因为这个姓氏，以她平凡的资质又怎么能够一路直升重点，即便是高考失利，最后也能收拾包裹连犹豫都没有就被送去人人艳羡的大美帝国。那个时候，叶倾城只要在朋友圈发图片，不管有没有定位，底下总会涌出一大堆人来点赞评论，但只要是她的无病呻吟往往都被当作没看见一样，直接刷过去……

　　现在，叶氏有难，用叶京涛的话说，作为叶家的一分子，就应该出点力。在得知黄施跟自己父母之间的关系后，对于跟成清恒的那段感情，叶倾城忽然也觉得很是缥缈，就像伸手无法触及一样无力。

　　诗集，她读得不多，唯独能记得泰戈尔诗集里的一句——

　　世界上最遥远的距离，是鱼与飞鸟的距离。

如果说成清恒是那只能在蔚蓝无际天空上翱翔的飞鸟，那么她就是那尾深潜海底的银鱼。即便深爱，她也没能化出一双翅膀，肆无忌惮地飞到他身边。

深夜，整座大宅变得寂静无声，屏幕右下方的时间也跳到了第二天凌晨，叶汐念揉了揉疲惫的眼角，试探性地喊了叶倾城一声，没有得到任何回应，想着会不会睡着了。

"晚安。"

轻轻说完这两个字，她抱着笔记本电脑起身回了房间。

YIYEQINGCHENG

第十三章

男神的怀抱很烫

第二天、第三天，叶汐念都没能如愿见到叶倾城，不管她在叶京涛面前说了多少好话，都没能把钥匙弄到手。

一日三餐，叶京涛倒是很准时让管家给叶倾城送饭，但也仅仅是送饭，其他时间，门照旧是反锁的。

叶京涛说了，叶倾城没想通之前，不能出来。

最让叶汐念头疼的是，这两天怎么都联系不上明靖尧，好不容易抽出时间去了一趟高翻院，才得知他去法国出差了。

临时顶替另一个翻译官，走得比较匆忙都没能来得及跟她联系。

面对主任的解释，叶汐念也只得苦笑着说没事，她只是像无头苍蝇一样四处乱窜，不知道要怎样才能联系上成清恒。

叶汐念回到家，叶京涛应酬还没回，余雅芳又跟朋友出去听音乐剧，管家阿姨有些为难地走上前来告诉她，叶倾城已经连着两餐没有吃了，送进去的食物原封不动，晚餐热了好几遍，也是一口没吃。

叶汐念叹了一口气，想把钥匙要过来，亲自送饭上去，管家又迟疑着不肯给，到最后还说得跟叶京涛请示一下。

叶汐念是不想再听见叶京涛的声音，摆了摆手快步上楼，经过叶倾城的房门，敲了敲："倾城，能来一趟阳台吗？我有话想要跟你说。"

等到叶汐念回房，把包跟文件往桌上一丢，连换衣服都来不及就匆匆往阳台赶时，叶倾城已经靠在阳台的角落坐着了。

叶倾城那失魂落魄的模样看上去令叶汐念很是心疼，原以为她是在屋里躺着，这才让她过来阳台说会儿话，现在看来，她应该是在阳台角落坐很久了。

叶汐念的卧室就在叶倾城隔壁，两个房间的阳台也挨得很近，栏杆与栏杆之间的距离大约十米左右，靠着讲话还是能听得很清楚的。

"阿姨说你午饭跟晚饭都没有吃，这样身体会吃不消的，听姐的话，先吃饭，然后等爸爸回来，我再跟他谈一谈。"

傍晚的天空很美，布满晚霞，人一旦专注地盯着即将落山的太阳看，等到移开目光，全世界的颜色都跟着改变。

叶倾城缓缓伸出手来，似乎想要接住这明晃晃的光，可是手指握紧，再颤抖着松开，都没能感觉得到阳光的温度。

这些天，过得可真慢。

邮箱里可能躺着好几份应聘回复邮件，手机里可能有好几个未接来电，她是这么想的，时瑜帮忙把房子找到，她就得抓紧时间先找一份工作。哪怕有好几天忙得不可开交不能跟成清恒见面，她也得把工作落实下来，为的就是能轻轻松松地跟成清恒炫耀："为庆祝我顺利找到工作，请你吃饭！"

可现在，她被困在房间里，过得混沌不堪，分不清楚白天跟黑夜，只知道心里头对成清恒的思念被无限放大。

书桌上的笔记本写了满满几页名字，写到手指握笔的地方一碰就疼。翻遍了整个屋子没找到一件成清恒送的礼物，只得数着罐子里的榛子味太妃糖，心想，以后是不是就该换个味道吃了。

不习惯的，总会在时间的磨炼下慢慢变成习惯。

而习惯的，也只能靠漫长的岁月来磨平它的存在感。

"倾城，你想不想跟成清恒说话？我帮你打电话好不好？"

提及成清恒，叶倾城的表情终于有了那么一丝丝变化，叶汐念抓紧栏杆，凑近了说服她："本来那天我想给他打电话，让他来家里一趟，可是我联系不上靖尧，我没有成清恒的电话。你能不能背出他的电话号码，你等我一下，我回屋拿手机。"

叶汐念慌忙起身往屋里跑去，拿完手机还特意开门确认了一下叶京涛跟余雅芳有没有回来。

隔着两道栏杆，叶倾城缩在阳台的角落，长裙覆住了她的双脚，背号码的时候，她紧张得不停用手攥着裙摆。

揉成团，再松开，再揉成团。

重复了好几遍，她才哆哆嗦嗦把号码背出来，只是在等待接通的这个过程中，眼眶红了。她不敢去想联系成清恒，在这几天，她本是有机会喊叶汐念帮忙打电话给他，可是她不敢，是真的没有勇气。

生怕一听见那熟悉的声线，就泪流不止。

只可惜，她高估了自己。

仅仅是等待的这个过程，眼泪就已经顺着眼角流下来了。

"喂。"

晚风呼呼却盖不住成清恒那低沉充满磁性的嗓音，兴许是因为陌生号码，他的尾音微挑，带着一种不确定。

叶汐念把手机放在了阳台的软榻上，尽量靠近叶倾城坐着的位置，然后起身离开，留给他们一个空间。

"成清恒，是我。"生怕他听不清楚，叶倾城双手抓着栏杆，凑近着恨不得把头伸出来，提高了音量跟他讲话，"我的手机坏了，我借了姐姐的手机给你打电话……"

"嗯，吃过晚饭了吗？"

电话另一头还有翻阅纸张窸窸窣窣的声音，叶倾城捂着眼睛，努力调整自己的呼吸声试图掩饰情绪，生怕被成清恒听出什么来。

“我好想你。”

想问他这几天忙不忙，自己没有联系他，手机又关机了，他有没有找过她，找不到会很着急吗？

想问他一日三餐有没有按时吃，想告诉他，她又犯了错惹家里人不高兴……

可脱口而出的，却变成“我好想你”这四个字。

刚一说完，空气黏稠凝滞，指缝间的泪水越来越多，叶倾城掐紧大腿上的肉，疼痛感却毫无效果。

成清恒翻阅纸张的手一顿，似乎还未来得及反应在耳边划过的那四个字，深邃的双眸里情绪微微波动。

“倾城，发生什么事了？”

“我好想你。”

黄昏的阳光透过窗台洒落在桌上的纸张上，点点光斑在他指尖跳动，直到手中握着的笔“啪”的一声掉落在桌上，成清恒才意识到方才失神。

“最近天气很热，记得出门之前多喝点水不要中暑了，晚上睡觉的时候，如果开空调，记得要盖被子。”

“我好想你。”

叶倾城从不觉得这四个字有多露骨，心里明明有很多想说的话，有很多委屈，可听着空气中传来熟悉的嗓音，她只想表达这四个字。

她靠着墙壁，咬着唇瓣，连出血都不知道地重复着我好想你。

成清恒拿着手机站起身来，用脸颊跟肩膀夹着手机，迅速脱下白大褂，取下衣架上的西装外套后疾步离开办公室。

走廊上经过的同事朗声跟他打招呼，成清恒连回应都来不及，步伐飞快直接往医院大门口赶去，夕阳将他挺拔修长的身形拖拽出一条长长的暗影，只是未能修饰出他脸上那着急的表情。

“告诉我，你没事。”

他声线中带着刻意抑制的呼吸，叶倾城并没能听出来，她只是把身子侧了侧，尽最大的可能，靠近栏杆。

"倾城！"

这一次，成清恒的声调足足高了一个度，足见他是真的着急了。叶倾城忽然打来这通电话，除了我好想你以外什么都不说，这分明就是有事，他怎么可能听不出来。

他这些天比较忙，先前去外地参加一个医学研讨会，昨夜刚赶回来，本打算给叶倾城打电话，但时间太晚，他也就没联系。

所以，短短几天的时间，她是出了什么事吗？

身体发抖，掌心发烫，叶倾城努力挤出一丝笑容来，即便成清恒根本看不到："我说了这么多句我好想你，你为什么要生气？"

屋里，隔着一道阳台门，叶汐念靠着墙壁抱紧双手，眼眶泛红。

日落黄昏，夕阳的景象并不能维持很久就会被黑暗所取代，深色压下来之前，最后一缕日光罩在叶倾城身上。

她说不清维持这样的姿势靠在墙角已经有多久，眼看着日影在地板上随着时间而移动，她的目光也由浅变深，逐渐与夜色相互融合。

她眨了眨眼睛，茫然地望着四周，白天被黑夜所取代，说好的夏季昼长夜短，为什么今天黑夜来得这么快，嘴角扯出一抹难看的笑容，听不清楚电话另一头的成清恒在说些什么，张了张嘴，还没说出话来，大滴大滴的眼泪就已经开始往下掉。

"成清恒……我好想你。"

第五个我好想你说完，就在叶倾城以为成清恒会对她发脾气的时候，她听见了急促的呼吸下，那声淡淡的回应——

"我也想你。"

车钥匙就握在手掌心，发丝凌乱，喉结颤动，但语气却还是维持着平静，生怕叶倾城听不清，他又重复了一遍：

"我说，我也想你。"

一阵尖锐的酸涩涌上鼻端，死死咬住嘴唇仍旧控制不了溢出来的哽咽声，叶倾城双手撑着地板，跌跌撞撞地站起身来往屋里跑。

　　阳台门"嘭"的一声关上，声音震得叶汐念猛地睁开眼，她冲出阳台的时候，只剩下放在软榻上的手机，隔着长电波，成清恒的嗓音很是沙哑。

　　而叶倾城人已经不在了，隐约能听见她强忍的哭声，生怕被成清恒听见，叶汐念着急地结束通话，随手关机，站在阳台上喊着叶倾城的名字——

　　"倾城，倾城，没事吧倾城？别哭了……"

　　叶汐念抓着栏杆喊了好几声都没得到叶倾城的回应，听着哭声越来越大，她急得就像热锅上的蚂蚁团团转，冲出去要求阿姨不管怎样都要开门让她进去看一眼。

　　就在这时候，叶京涛应酬回来，一进门就看见叶汐念着急的模样，听说叶倾城午餐连着晚餐都没吃，这时候还在房间里哭。他脸上露出一丝不悦，拿过钥匙噔噔噔地上楼去，房门一关，直接把叶汐念堵在了门口。

　　庆幸的是屋里并没有发生争吵，等了大约十五分钟，叶京涛走出来，低头看了叶汐念一眼，堆满皱纹的眼角微微往下拉："我让阿姨重新做点吃的，你进去看看你妹妹。"

　　得知可以进去见叶倾城，叶汐念哪里管得了什么，直接推门冲进去："城城，城城你没事吧？"

　　叶京涛深深地看了床上那用被子裹住的一团，叹了一口气，如果不是不得已，他也不想要这样做。轻轻把房门掩上后，他走下楼去吩咐阿姨重新做晚餐，就做叶倾城最爱吃的。

　　"倾城，别哭了。"叶汐念抽过纸巾帮她擦干眼泪，"刚才在电话里，你为什么不告诉成清恒，爸爸想让你跟盛家联姻，如果成家出面的话，事情就可以迎刃而解了。"

　　叶倾城从被子里探出头来，头发凌乱，分不清是被汗水还是泪水黏在了脸上，样子狼狈得很。

　　她一边乖巧地任由叶汐念帮她整理头发，一边耷拉着脑袋看着天花板："你知道吗？他最后说也想我的时候，我真想从阳台跳下去，哪怕崴伤了脚，也要奔到他身边。"

原本以为这是一场漫无边际的暗恋，无处告白，无处回应。可就在那天，陈景川那不靠谱的小道消息直接点燃了她的小宇宙，行李收拾完，连给自己留条后路都没有就直接回来，勇闯酒吧。

即便是后来，成功赖在了成清恒身边，叶倾城仍旧会有不踏实的感觉，有时候站在壁橱旁的衣柜前，她都会发呆好一阵子。

她盯着镜子里头的身影看，想象着别人在知道她跟成清恒交往之后，会有什么反应，都会说些什么。

那时候虽是不安，脑海中多数都还是甜蜜美好的憧憬，而不像现在，是生怕别人知道她的真实身份后的恐慌跟眼神揣测。

"我现在很庆幸，我对他的感情不是痛不欲生，也不是爱而不得。我的勇敢说到底就是无知的莽撞，可他也给了我想要的回答。"

叶倾城不是没有想过，成清恒会拒绝她，甚至因为她这种行为而讨厌她，都是有可能的。回国之前做好了各种各样的心理准备，不在一起，不是不幸，不爱了，才是不幸。

只能说造化弄人，没有人能真正琢磨出命运的安排，伸开手，掌心的纹路盘根错节，若是相信了命理，那也可能会是一场梦。

就像现在的叶倾城，梦醒了，她也该回到现实。

成清恒亲口说出的那四个字，至今都在耳边徘徊，不会忘了每个字的声调跟语气，只会越来越清晰。

叶倾城拉着叶汐念的手倒在大床上，闭上眼睛长长舒了口气，她问："如果到最后余雅芳还是不同意你跟靖尧哥在一起，你敢私奔吗？"

叶汐念的目光紧锁在天花板上那盏晶莹剔透的水晶吊灯，想起明靖尧的时候，脸上不自觉地带着一丝微笑，可能连她自己都未曾察觉。

敢吗？

"敢吧，没有一腔孤勇，哪儿来守得白头偕老的资格。"

叶倾城的眼睫毛微微颤动，清澈的眸子里闪过羡慕，缓缓抬起手来摁在左心口的位置，感受着强有力的心跳声，由衷说着"真好"两个字。

她终于意识到，有些人，这一辈子都把勇敢挂在嘴边，可到紧要关头，还是不得不屈服于其他不定因素。

而有些事，努力了十几二十年，哪怕终其一生都在进行着，到最后仍旧没能得到好结局。

她开始羡慕那些被上帝眷顾的人，或许他们从一开始就是平凡的，但最后，人生都得以圆满。

不像她，好不容易等到了回应，却要做一个彻头彻尾的大骗子。

叶京涛有一句话戳中了叶倾城的心："你亲生母亲劣迹斑斑，你连你自己真实身份都不敢告诉成清恒，倾城，一旦开口说了谎，你就没有回头路了。"

因为电话里叶倾城情绪的不对劲，成清恒几乎是一丝犹豫都没有，捞起车钥匙就一路飞车，虽没闯红灯，但车速也比他平日里要快很多。

实际上，他只去过叶家一次，可凭借着超凡的记忆力还是记住了路线。只是在别墅区门口的第一道保安亭，遇见了意料之外的人。

印象中，盛氏在这一片并没有房产，这个时间点，阮明淮会出现在这里，成清恒的脑海里出现了一个猜想，扣在方向盘的手指也敲了敲。

他故意放慢车速，来到保安亭门口，例行询问取卡后，他问了一句："阮明淮先生，也住在这里？"

保安也是有眼力见的人，从远处就已经认出成清恒的车价值不菲，近处打量他的衣着，想必身份地位并不会比这片区的住户们差到哪里去，所以语气上也是相当恭敬——

"先生，阮先生并不住在这里，他是去叶家的，听说他是叶家未来的女婿。这都已经谈婚论嫁了，名门间强强联手的婚姻，可不容小觑，过段时间我们这儿肯定又要热热闹闹地办起喜事来了。"

在这种富人区上班的人，多少都八卦些，就连这些小保安也不例外，讲到这种话题，表情眉飞色舞，压根没有注意到成清恒眸色沉郁。

握着方向盘的手指攥紧来，成清恒摁了一声喇叭，脚踩着油门飞驰离开，车后卷起的尘土令小保安连连后退，掩着脸看着逐渐消失在视线中的车尾，摇头。

阮明淮是接到叶京涛的电话，来的叶家，也的确是商讨订婚的事情。他没想到叶家会这么快就把这场订婚提上日程，上一次跟叶倾城不欢而散后，一度以为这件事就此作罢。

直到回家听父母提起，叶京涛又主动给他打电话要求来一趟叶家，这一路，阮明淮几乎是哼着歌，情绪也十分愉快。

下车后，脚步轻松的他一边整理西装外套，一边往叶家大门走去，丝毫没有注意到跟在身后的车子。

车厢里的气氛无比沉室，成清恒打下车窗，冰冷的视线落在那幢灯火辉煌的大宅，隐约能看见有人影走过，只是辨别不出是不是叶倾城。

订婚？

强强联手的婚姻？

耳边回响起叶倾城那一声声我好想你，她声线里的颤意跟哽咽，她无数次的欲言又止，她到最后的情绪崩溃……

重新拨打叶倾城的电话，还是关机状态，叶汐念的电话也打不通。成清恒眉眼冷沉，隐隐透着逼仄暗芒，不知过了多久，他驱车离开叶家大宅，黑色卡宴如一尾鱼滑入这深色里，如同从未来过一样。

阮明淮原本以为来的时候能跟叶倾城见上一面，结果一进门就被告知，叶倾城跟姐姐叶汐念出门去了，至于去哪里，叶京涛也说不上来，只是很热情地招呼他，三盏茶不到，就把话题引到了订婚这件事上来。客厅里时不时传来谈笑声，足见在订婚这件事上，叶京涛是有多满意阮明淮这个未来的女婿。

而就在十分钟前，叶汐念见不得叶倾城在房间里那一副生无可恋的模样，连拖带拽帮她换好衣服直接拉出家门，驱车前往浮欢。看了眼门口那些喝醉了的男男女女，叶汐念皱了皱眉头打转方向盘，转而开往四风馆。

她想给叶倾城买场醉，但多少还得顾及一下成清恒，要是让成少知道自己把叶倾城带到浮欢来喝酒，指不定拿她家明靖尧开刀了。

下车后，叶汐念直接把叶倾城带到明靖尧的包厢，点了几瓶酒，就开始唱起歌来。叶倾城捂着耳朵窝在沙发角落，第一次听到姐姐的歌声，说实话，不要太震撼。

跑调，唱不上高音，甚至还有错过节拍的。

硬着头皮听完一首歌，叶倾城踢了踢面前的茶几："姐，你再这么唱下去我要报警了！"

"这个时间点把你带到这里，不喝酒不唱歌你还想跟我谈心啊？你来唱，来，发泄一下，别再想着那件事。"

叶汐念直接把话筒塞到叶倾城手里，实际上，她也被自己的歌声尴尬到了。

这些年，她很少开口唱歌，听过的歌倒是不少，但除了偶尔随便哼哼以外，并没有怎么拿过话筒。

她太了解自己的能力，当着外人的面要是唱成这样，她还在不在这个圈子里混了。

今天她是陪叶倾城，自家妹妹，她就算是唱得跟鬼哭狼嚎一样也不丢人。

接过话筒的叶倾城，清了好半天的嗓子，又是喝水，又是解扣子，真有种要干一大票的感觉。结果一出声，叶汐念就笑倒在了沙发上——

什么叫不是一家人，不进一家门。

要跑调要走音，姐妹都得手牵手来。

一首歌还没唱完，侍者就敲门进来送酒，叶倾城连忙捂着麦跑到沙发上去，心里琢磨着人家在门口到底有没有听见她的歌声。

"来喝酒吧，听说你酒量很差，眼看着就要步入社会工作了，姐姐今天就好好培养培养你。"

木塞子从瓶口"嘭"的一声拔出来，叶倾城吓了一跳，连忙把酒杯用双手捧着恭恭敬敬迎上去。

红酒撞击酒杯的声音清脆通灵，晃了几圈，叶倾城眯着眼睛打量那杯壁上漾开来的纹路："这是好酒吗？我可是只喝好酒的。"

"这可是明靖尧的珍藏品，如果他人不是出差去，这会儿，收到风肯定飙车赶过来拦我们。今天姐姐就带你品品好酒，我们不醉不归！"

"不醉不归！"

干杯后豪爽地一饮而尽，红酒的甘甜在舌尖萦绕不散，叶倾城贪恋上了这种微醺的感觉，一杯又一杯，耳边是震耳欲聋的音乐声，思维跟视线都开始变得模糊。

事实上，从叶汐念跟叶倾城踏入四风馆那一刻起，明靖尧就收到了消息，本是不在意，可手机里传来她们点的红酒单，眉眼一沉。

两个人，居然点了四瓶红酒。

这样的做法实在不符合叶汐念的性格，担心会出什么事，明靖尧还是给陈景川打了电话。巧的是陈景川人不在费城，他得知是叶汐念带着叶倾城买醉，琢磨了一下，直接通知成清恒。

彼时的成清恒刚从叶家离开，一颗心，绷得紧紧的，仿佛有巨石压在心头，险些喘不过气来。

他得知叶倾城人在四风馆，原本紧绷阴沉的情绪，松缓了一些。

驱车赶过去花了不少时间，成清恒走到包厢门口的时候，后背已经出了层冷汗。他推开门进去，一眼就看见了桌上倒着的两个空酒瓶，叶倾城窝在沙发一角，手里还握着个高脚杯。

倒是叶汐念，正唱着歌，结果就有人推门进来，来人还是成清恒，差点没把她吓得把手里的话筒砸过去。

"你……你……成……"

叶汐念怎么说也是叶氏分公司的总经理，平日里踩着小高跟，做事雷厉风行，可今天，在成清恒面前活生生变成了大舌头。她下意识瞥了眼角落里那个喝得醉醺醺的人，恨不得一嗓子吼过去让她清醒点，快看看谁来了。

比起叶汐念的不淡定，成清恒没有太多的话，从一进门，他的目光就只落在叶倾城身上。包厢里的灯光很暗，音乐声很响，只要把门打开来，就能听到外面嘈杂的声音，可这一切，似乎都跟她没有关系。

"心情不好来买醉？"

叶倾城抬眼，逆着光的缘故，她使劲眨了眨眼才看清楚来人是谁，手里抓着的酒杯倏然掉下，砸在地毯上，没摔碎，只是滚了几圈发出闷响。

这声音明明是熟悉的，可这人，怎么就突然出现在她面前了呢？叶倾城捂着自己的脸，走神地想着，她肯定是喝醉了。

都说喝醉了的话，心里想着谁，眼前看到的人就像谁。

"姐，我喝大了……"

叶倾城咕哝了一声，弯下腰来捡地面上的酒杯，沾了酒精后脑袋沉得很，直不起身来干脆往下翻。

成清恒眼疾手快将她捞到怀里，闻着那刺鼻的酒味，眉头紧蹙。

叶汐念没忘了之前叶倾城说过，成清恒并不知道她真实身份的事，都到这种时候了，一瓶红酒下肚，也着实佩服自己还能想到这个细节上来。她假装从容地经过沙发，抓起包转身就想往包厢门口跑。

"你走了，难不成我送她回家？"

成清恒的话，成功让叶汐念的脚如同钉在地板上一样一动不动，她痴笑地回过头："我去一趟洗手间，一会儿就回来。"

"靖尧让我安全送你回去，所以不要中途跑掉。"

不咸不淡的警告，还是让叶汐念头皮发麻。

果然是明靖尧打的小报告！

"成清恒，真的是你啊？"

叶倾城眯着眼，近距离打量眼前的男人，笑呵呵地抓着他的手，指了指面前新开的红酒，又给自己倒了一杯。

"我姐夫珍藏的红酒，来，不要客气，我先干为敬！"

一说完，成清恒都还没来得及抓住酒杯，她就已经仰头喝尽。

液体滚过舌尖，酒精点燃了五脏六腑，甘醇的后劲席卷上来，叶倾城皱着眉头轻咳。真是喝到快吐了，说好的三杯倒呢！

总想着醉了就好，喝醉了就不用想那些烦人的事情，就不用苦恼该怎么跟成清恒提分手。一杯一杯红酒下肚，恨不得麻痹全部神经，失去知觉，一觉醒来仿佛困扰许久的不过是场梦。

人总喜欢在最脆弱的时候，做着自欺欺人的蠢事。

可也只有在那一刹那，甘愿臣服于脆弱。

"我送你回家。"

成清恒夺过叶倾城手里的酒杯往桌上重重一放，直接把她给吓了一跳，迷离的眼神盯着眼前这个男人看。

光线太暗，她是真的分不清楚成清恒到底有没有在生气。

突然感觉，好像从一开始，他说话都是这样不咸不淡，不冷不热，没有任何的起伏，永远揣摩不到情绪。

"成清恒。"叶倾城咽了咽口水，双手抓着他的胳膊不放，小心谨慎地问他，"先前我跟你打赌，说是如果我赢了，就能提一个要求。但是我后来输了，我没能提……嗝……"

"……"

刚从洗手间回来的叶汐念，好巧不巧地看见这一幕，捂着双眼，打心里为叶倾城难过，要是她自己清醒后知道，在酒醉的时候，朝着男神的面打了一个臭酒嗝，会不会第二天连收拾一下换身衣服都没心情，直接就往费城江里跳？

将所有情绪悉数逼进黑暗里，成清恒搂着叶倾城的肩膀，极有耐心地应着她每一句话："你有什么要求，你说。"

这个怀抱真烫人。

叶倾城想，她是应该推开成清恒的，可又贪恋着这样的温度，年少时爱上一个人，稀里糊涂中了招，就是一场跟时间的博弈。

时间只会给出两个答案，一个春暖花开，一个相逢陌路。

YIYEQINGCHENG
第十四章

你比我想象的没毅力

　　叶倾城抿着唇抬头，迷离的双眸里透着丝执着："若我骗了你，你能原谅我吗？"

　　该来的终究会来，成清恒的双眸里，满是叶倾城看不懂的思绪，等不到答案的数秒钟里，她又恨不得缩回龟壳里，不敢再抬头。

　　"无心之过，可以原谅。"

　　听到这样的回答，叶倾城原本无神的眼闪过亮光，可也只有一小会儿，又暗淡下去了。成清恒给了她这个答案，可她却还是一错到底，可能等他知晓真相的那天才会知道，这根本不是原不原谅的问题。

　　"你是因为做错了事怕我说你，所以才喝了这么多酒？"

　　叶倾城心虚地低下头去。

　　成清恒移开目光，看了眼桌上放的红酒，空了两个酒瓶子，而叶汐念环抱着手站在一边，看上去状态要比叶倾城好很多，显然，这么多酒大部分都是进了这个迷糊蛋的肚子里。

　　明靖尧还在电话里再三强调那是他珍藏多年的红酒，他突然就好奇了，到底是什么味道。

　　就在叶汐念踌躇着是不是要上前把叶倾城带走的时候，成清恒却当着她的面，或者说，一开始就把她当成空气，上演了一场限制级——

只见他单手挑起叶倾城的下巴，不等她反应过来，直接低头吻住，瞬间吞没了所有声音，把周围的一切都当成是背景。

"专心点，闭眼。"

一个浅尝辄止的吻，被成清恒生生带出了缠绵感，等他松开的时候，叶倾城早已全身无力地瘫在他怀里。她无辜地眨着眼睛，似乎还在琢磨着刚才发生的是现实还是梦境。

成清恒舔了舔唇，回过头来面无表情地看着叶汐念："告诉明靖尧，这红酒太次，我看不上。"

"看不上……是什么意思？"叶汐念愣愣地看着成清恒。

"不买单。"

"……"

不等叶汐念回答，成清恒已经俯身将叶倾城抱起，二话不说大步走向门口，长腿钩着门边，把半掩的门直接踢开。

叶倾城虽是喝了不少酒，可被成清恒抱起来时，多少吓了一跳，僵直着脊梁骨，梗着脖子问他："你要带我去哪里，先把我放下来。"

"带你走，难不成你还真打算在这里喝通宵？"

穿过人群，离开四风馆的时候，深夜的凉风吹得叶倾城直打战，也让她的意识清醒不少。她不能跟成清恒走，她没有忘记今晚是叶京涛留给她的最后期限，如果她不答应的话，叶氏就要面临资金危机。

时光做媒，敌不过命运作祟。

叶倾城推着成清恒的胸膛，不顾一切挣脱着跳下来，在他伸手想要扶住的时候连连后退好几步。

"成清恒，从今天起，我的事情就不用你管了。你走你的阳关道，我过我的独木桥。我爱喝多少酒是我自己的事，我就算是喝醉了睡大街，也不用你管。"

冷风在耳边猎猎作响，叶倾城咬着唇，强装出一副冷漠的样子，然而藏在背后的手却一直在发抖。

面对她突如其来的情绪变化，成清恒并没打算放在心上，仍旧是耐心地招手示意叶倾城乖乖过来。

"你喝多了。"

"我没有喝多。"

叶倾城深知自己的演技不好，在这种情况下，要上演一场负心女的戏码着实有些为难。可她又不得不这么做，努力控制着情绪的起伏，感受着撕心裂肺的疼痛。

"从一开始我就是想跟你玩一玩而已，你忘了吗？你只是我在酒吧花四百美金不到买了一夜的头牌。"

"你再说一遍。"

成清恒的声音像是从牙关里挤出来的一样，目光定定地看着叶倾城，修长干净的手指挑起她的下巴，眸光微闪："玩？你玩得过我？"

论身高，叶倾城穿着平底鞋，就算拼命踮脚尖，也无法达到目光与成清恒平视的高度。论气势，她再怎么梗着脖子说话，风一吹，声音还是颤颤巍巍。

只要他指尖用力，她的牙关就开始哆嗦。

"你再把刚才说的话重复一遍。"

叶倾城紧抿着唇，感受着成清恒的力道，不用镜子照都能肯定下颌一定被捏红了。

"我说头牌，我没钱了，玩不起了，好聚好散吧。"

风吹乱了她的头发，却没有吹散她眼睛里的坚定，成清恒拧眉看着，沉默着没有回应。

"其实我花钱睡你都是套路你知道吗？我跟别人打赌输了，他们说如果我能够追到你的话，就算我赢，还会把所下的所有赌注都给我。"

松散的长发搭在肩上，小脸因为喝酒的缘故染着红晕，路人经过时远远看过去，只会把这样的画面当成是女生喝醉了酒朝男朋友撒娇。

只可惜并不是。

成清恒的不予回应，让叶倾城觉得尴尬又无助，她想尽了所有难堪的字眼，可到了嘴边还是咽回去，她舍不得用那些话去伤害成清恒。

单手搭着西装扣子，另一只手收回口袋攥紧，成清恒看着叶倾城的眼睛，不知过了多久才缓缓开口："你比我想象中的没毅力。"

"嗯？"

叶倾城没能明白。

成清恒不动声色地瞥了眼站在不远处的叶汐念，语气冷漠："我起码给你准备了一张六位数的支票，可你还没能坚持到我心甘情愿想给你的时候。"

心弦骤然紧绷，叶倾城抬起头来，隔着晚风撞进那双淡漠的眸子里，只觉得所有情绪霎时间黯然。

成清恒走了，在他转身毫不留恋离开的时候，叶倾城的脚步往前挪动了一下下，那一刻她想着，人生还能不能再任性一次。她不要"叶"这个姓氏，不要背负那个家里属于她的一份责任，不要管叶氏会不会有危机……

只要跟成清恒在一起就好。

她用尽半生的勇气去制造了一场相遇，可怎么办，到头来，她只能这样流着眼泪哽咽着不能出声，看着那镌刻在心中数年的身影消失在黑夜里。

"倾城，你真傻。"

叶汐念走上前来，伸手将叶倾城揽到怀里，一下一下轻轻拍打着她的后背。

难以言喻的委屈跟难过在体内凶戾逃窜着，无力去反抗，也无力去挣扎，埋头在叶汐念的怀里，叶倾城哭得像个孩子。

马路边，有汽车驶过的呼啸声跟鸣笛声，也有街边店铺里播放的音乐声，叶倾城的号啕大哭在这深夜中，毫无违和地融入进去，又被瞬间吞没。

她恨不得把所有的痛苦跟难过都哭出来，这样，就真的结束了。

回去的路上，叶汐念一直搂着叶倾城，她什么话都没说，可也什么都明白。叶倾城在她面前上演了一场演技拙劣的分手戏码，她也不清楚成清恒到底被欺骗多少，或者从头到尾他就是清醒的。

叶倾城说过，她跟成清恒交往的时候并没有告诉他自己的真实身份。

叶汐念自己也从未跟明靖尧透露过任何信息。

可今夜，成清恒表现出来的情绪太过平静，就好像从一开始，他就已经知道了叶倾城的身份一样。

她低头看了眼叶倾城，真是个傻孩子。

回到叶家已是深夜，书房的灯已经暗了，叶倾城在叶京涛的卧室门口站了许久，最终还是没能鼓起勇气敲门，拖着疲惫的步伐回了卧室。

叶倾城洗了个澡后爬上床，身边没有手机的那种空落感经过这些天早已适应，拉扯着被子蒙住头，酒意已散，辗转反侧好一会儿都没能睡过去。

"城城。"叶汐念敲门进来，抱着自己的枕头二话不说掀开被子就往床上钻，"我今晚陪你睡。"

叶倾城紧了紧手指，声音干涩沙哑："我睡觉不老实，会踢你。"

"骗谁呢，你一睡着基本都不翻身，笔直笔直躺在那里，我在你身上叠被子你都不知道。"

叶汐念一边整理枕头一边说道，手不小心碰到叶倾城的后背，怔住了。

都是汗水。

"你洗过澡了吗？"

"嗯。"

叶倾城挪了挪身往床边靠过去，扯着被子往上盖住脸不愿意再出声。

叶汐念叹了口气，到了嘴边的话还是收了回去，只是拿过遥控器把房间空调的温度往下调了几档，这才关灯睡觉。

睡前，她很轻地说了句："别怕，还会有办法的。"

听着这句话，叶倾城抿紧嘴唇，沉沉地闭上眼。

只是这夜，注定睡得不安稳，日有所思夜有所梦，心思太沉，梦里连痛苦都是那么真实，如同细密的针扎在身上。

梦中惊醒，额角冷汗淋漓，思念在梦境中牵扯得越加深刻，叶倾城几乎是光着脚奔出房间，朝走廊尽头的大卧室跑去，用力捶打着房门——

"爸爸！我错了！我嫁！我嫁给他！"

余雅芳开门，披着外套，垂眸看着哭倒在门边的叶倾城，淡声道："不用你这样大半夜哭着觉悟，订婚日子已经说好了，就在下个月初。"

追出来的叶汐念听到这句话，整个人都愣了："妈……你跟爸怎么能……"

"人生没有'舍得'这两个字，就是不完整的。"叶京涛走了出来，弯腰扶起叶倾城，"你能想通也好，阮明淮是个好孩子，他会对你好的。"

不过是一场梦，叶倾城就已经退缩了。如果这是一场不分输赢的拉锯战，比的是时间跟耐心，她敢下赌注。

可是，事关叶氏的未来，不曾谋面的黄施在梦里以背影示她，疲声质问，难道非要拖累成清恒不可吗？

"拖累"这两个字一出来，她就哭了。

"我知道了……"

她抹了抹眼角的泪痕，敛眸望着掌心分不出是汗水还是泪水，委屈、愧疚卷着层层叠叠的思念无处安放。

八月，费城大街小巷的报纸杂志上都刊登了同一则消息，叶氏二小姐同盛世集团公子订婚，强强联手，意为垄断费城传媒业。

媒体总喜欢把新闻往夸张的方向说，一句话里，分不清究竟有多少个字是真的。只是这样掀起的效应，却是叶京涛喜闻乐见的。

最起码，借着这场联姻，叶氏的股价一连数天都在往上涨。盛世也信守承诺，婚期一定，合作的项目也在积极推动。

一个月来，叶倾城出门的次数屈指可数，订婚宴上的婚纱是盛小茹派人在巴黎订的，根本不用叶家来操心，叶倾城只是负责试穿后提出修改意见。当然，尺码合适的话，她基本没有任何意见可说。

甚至，她都不曾仔细打量过那套婚纱。

时瑜一听说叶倾城要订婚，惊得半天都合不上嘴，脱口而出的问题多得编成一部《十万个为什么》都绰绰有余。

叶倾城解释不动，干脆什么都不说，苦了叶汐念，来一个时瑜说一次，来一个陈景川说一次，到后来，甚至连梦里都在解释。

时瑜问叶倾城，为什么要屈服于这么可笑的安排。

她的回答里带着无力跟愧疚，不是不爱，是不能爱。有太多的日子，格外想念阳光，想念跟成清恒在一起的日子，指尖在手机屏幕上流连，却始终不敢拨下那个倒背如流的电话。

再没有了关于他的消息，一个月，过得如十年般漫长。

叶老爷子问过叶倾城，这桩婚事是不是她自愿的。看得出来老爷子是真的心疼她，叶倾城也在想，如果那时候她鼓起勇气说出真相，这件婚纱是不是就作废了。

可余雅芳端来水果盘时重重踩了她一脚，不远处站着抽烟的叶京涛也投来带有深意的眸光，叶倾城最终还是没能开口，只是淡淡地笑着。

如果注定不能跟成清恒在一起，那么嫁给谁，又有什么重要。

盛大的订婚仪式在费城的明珠大酒店举行，出于礼仪，叶家也给成家寄了张请柬，代表出席的是成清恒跟黄施。

订婚宴远比想象中的要简单许多，没有太隆重的仪式，也没有太喧闹的场景。

"今天的你真美。"阮明淮牵着叶倾城的手，垂眸微笑地看她。

叶倾城一语不发地站在台上，叶京涛跟阮慎国相继发言，台下掌声雷动，这一切在叶倾城耳边都化为虚无。

她站在灯光下，清晰地看见那道熟悉的身影，成清恒西装革履，比她从前看到的任何时候穿得都要隆重，仿佛他才是她的新郎。

叶倾城隔着攒攒人头，目光眷恋地落在成清恒那深邃的棱角上，岁月将它勾勒得越来越清晰，可她却再也触碰不到了。

守韶华向远，轻许心愿，再相见，浮生未歇。

真难过，说好的时光做媒，怎么到最后就变成这样了。

"她在看你，应该说，从一开始她的目光就没从你身上移开过。"

黄施眸光温柔地落在台上那个身穿白纱的身影上，记忆里，仿佛回到了很多年前那段青涩的时光。

只道是命运捉弄，姻缘总是无法用言语来说清。

"阮明淮没我帅。"成清恒淡淡开口，仰起头来，将杯中香槟一饮而尽。

黄施挽着他的手笑笑："那你怎么没胆子上去抢，难不成真的听我的话，我说你们不合适，你就真的放弃了？"

"笑话。"

成清恒的眉宇间藏匿着几分深意："不过是场订婚，一切还都是个变数。"

"那我可得警告你，不要跟盛家撕破脸，盛小茹在费城还是有一定声望的。"

黄施也不知道该如何解释面前这种复杂的关系，小姑娘从开始到现在，要么低着头，要么就是看着成清恒，要说这场订婚是她自愿的，还真不能信。

"嗯。"

成清恒垂眸，应了一声。

订婚宴结束后，盛小茹朝叶倾城抛来橄榄枝，希望她能来盛世上班，开口一个城城，闭口一个城城，亲热得让叶倾城有些尴尬。

叶氏跟盛世的合作项目已经在推进，至于之前让叶京涛心惊胆战的资金问题似乎也有了缓解。叶倾城没有过问，只是下意识想要离盛世、离阮家远一点，情愿找个不对口的工作，也不愿意去盛世集团上班。

她中指上戴着的那枚戒指，在订婚宴结束之后就收进了抽屉里，马不停蹄收拾行李准备搬去先前时瑜帮忙找好的房子住。阮明淮前后约了她几次，都被拒绝了，杀到叶家才得知叶倾城已经搬出去住了。

"倾城，你在躲我？"一出叶家大门，阮明淮就给叶倾城打电话。

抱着一大堆文件穿梭在办公室的走廊上，叶倾城用肩膀夹着手机很是费劲地接电话："大少爷，你不是都接管盛世了吗？能不能稍微用点心工作，不要每天都找我，我很忙的。"

"晚上有没有时间？我请你吃饭。别给我找什么乱七八糟的理由拒绝，否则我就去告状。"

叶倾城只觉得太阳穴一阵抽疼，不得已只能答应。

"怎么，阮明淮又约你吃饭？"时瑜从设计室出来，碰巧遇见叶倾城，见她接电话那副愁眉苦脸的样子就猜到是在跟谁聊天。

这段时间，叶倾城暂时在时瑜工作室上班，负责市场文案这块，工作相对轻松之余，也开始写剧本，总归是舍不得放弃本专业。

把整理好的文件放到桌面上，她挑出一些设计部交上来的新画稿给时瑜后，剩下的都是时瑜的工作内容。

叶倾城抽过一张湿纸巾擦了擦手，有气无力道："我现在一看见'阮明淮'三个字，我后脑勺就开始嗡嗡嗡疼。"

"成大神呢？真的跟你断绝关系没有往来了？"

这问题缠绕在时瑜心头可是发痒了好一阵子，难为了她一直强忍着八卦的本性，生怕提一个字，叶倾城就跟她急。

眼看着叶家二小姐的身份已经曝光，或许在成清恒心里，叶倾城就是个满口谎话跑火车的小骗子。

就连明靖尧在得知成清恒前段时间交往的对象是叶汐念的妹妹叶倾城时，惊得好半天都没反应过来，一个劲地问自己的女朋友，是不是他耳朵出问题了，要不要去趟医院检查。

暗度陈仓，结果还翻了船。

为此，明靖尧还嘲笑了成清恒一把，怎么都不敢相信他输给阮明淮那个毛都没长齐的小伙子。

至于成清恒是怎么回答的，叶汐念怕叶倾城听了揪心，也就没有告诉她。

现在时瑜问起，叶倾城垂眸对了对手指头，无比委屈："我都有好久没听到关于他的消息了……感觉快无法呼吸了……"

"志气呢！"

时瑜只差一个文件夹丢过去："可眼下全费城的人都知道了你跟阮明淮的婚约，跟成清恒是真的要分道扬镳了吗？"

叶倾城攥着手里的纸张，摇头。

真讨厌，为什么要提起成清恒，她忽然又难过起来，满脑子都是那个人的脸，耳边都是那个人的声音，闭上眼，全部都是关于成清恒的。

原以为无处寻觅的，可以偷偷藏起来的，依旧这么清晰地刻着，只稍一眼，又以迅猛之势卷土重来。

斯水城。

卧室终于有了点动静，靳北寒跟明靖尧对望了一眼，从冰箱里取出一瓶新的矿泉水，就等着人出来，丢到他怀里。

"成大医生，睡得可还好？"

成清恒刚走出来，迎面就砸过来一瓶矿泉水，全冰的，整个人一下子就清醒了。他皱着眉头看向始作俑者，拧开瓶盖仰头喝了几口。

"我说你以后要是还这么喝，千万别叫上我。"靳北寒低头理了理衣襟，成清恒的衣服，穿在他身上总觉得哪里不对劲。

"喂，商量一下，换个牌子好吗？总穿阿玛尼有什么意思，沉闷，你这人就是太闷，你家小不点才跑去别人那里的。"

小不点？

成清恒喝着矿泉水漱口，一边盯着靳北寒看，经过洗手间把水吐出来后，这才冷声质问："谁允许你随便给她起外号了。"

明靖尧低低笑出声来，没办法，自从知道成清恒看上的人是叶倾城后，他们这帮发小，一个个嚷嚷着成清恒是老牛吃嫩草。

光是给叶倾城起的外号，就有好几个。

"我让你去调查的事，你倒是做了没有？"

喝了一夜的酒，成清恒的嗓音低沉喑哑，仔细看，还能发现他双眸里布满红血丝。这段时间，他为了叶家的事，可是费了不少心神。

靳北寒捅了捅明靖尧的胳膊，示意他去点外卖，自己则倚靠在墙边好整以暇地看着成清恒："我昨晚可是在这里陪了你一夜，你见我出去过吗？再说了，这事情又不是一蹴而就，你到现在才来插手，我都嫌晚。"

成清恒眸色深深。

"我又没有混迹商场。"

"别给你那廉价的自尊心找借口，要是从一开始你不吊着叶倾城，跟她说你早就把她认出来了，那还会有这么多幺蛾子。"

听过事情来龙去脉的靳北寒差点没笑死，跟明靖尧两人凑一块说了成清恒一晚上，他们几个发小从小一起长大，这还是难得一次可以数落成清恒。

点完外卖的明靖尧走了过来，拍了拍成清恒的肩膀："倾城那丫头满脑子鬼心思，实际上傻里傻气跟汐念没什么区别。你说你还陪着人家玩得那么开心，啧啧啧！"

靳北寒又没忍住笑出声。

成清恒一个矿泉水瓶砸过去："限你这两日把事情给我解决了，下周一我一定要看到头条登着叶氏跟盛世婚约解除的消息。"

"喂！我不欠你的吧！要不要逼得这么紧！"

另一边，新项目落实，叶京涛心里松了口气，人逢喜事精神爽，这些天他倒是总把笑容挂在嘴边，甚至还给叶倾城打电话，破天荒问她一个人在外面住还习不习惯。

叶倾城拿着手机，再三确认电话没有打错，这才小心翼翼地回答。

"城城，这周三晚上把时间空出来，叶家在君悦摆酒，你穿得隆重一些来参加。"

"摆酒? 是有什么事吗? "叶倾城捏着办公桌前的绿盆栽, 努力回想着是不是家里有人生日。

叶京涛乐呵呵地笑了几声: "新项目落实, 资金到位, 爸爸设宴庆祝一下。不过明淮最近公事缠身, 出差去了, 所以不会过来。他跟你说了吗? "

叶倾城愣了一下, 支支吾吾半天。

"说了吧……"

叶京涛丝毫没有在意叶倾城话里的遮遮掩掩跟不确定, 或者准确来说, 自从订婚结束后, 跟盛世的项目也合作得很顺利, 困扰了他许久的资金问题也迎刃而解。对于叶倾城跟阮明淮的婚礼, 他就已经不放在心上了。

落棋不悔, 反正联姻是早晚的事。

"那行, 你准备准备, 到时候千万别迟到。"

叶倾城还想着找什么借口来拒绝时, 叶京涛就已经把电话给挂了。望着屏幕上闪动着"结束通话"四个字, 她眉头微蹙, 是真不喜欢晚宴这种场合, 特别是以叶家为主角的。

时瑜推门进来时就看见叶倾城对着手机在发呆, 抻长了脖子一看, 屏幕黑黑的。

"照镜子? "

"我爸刚给我打电话。"

"你爸? "时瑜瞪大了眼, 一副难以置信的样子, "我以为叶家只有老爷子跟汐念姐会给你打电话呢。"

"周三在君悦设宴, 让我盛装出席。"

叶倾城把手机收起来, 不慌不忙地打开笔记本电脑准备开始写稿。时瑜双手撑着办公桌桌面, 身子探前来看她。

"到底是身价翻倍了, 跟盛家联姻后, 多了这层关系, 你爸也看重你了。想想要是以前, 虽说年纪小是个点, 但多少还是因为你这层身份, 那些重要的宴会哪一次不是把你给排挤在外。这一次你可得好好表现, 叶家二小姐现在的名声可是比从前响亮得多, 所以抓紧机会多认识一些圈子里的名门，对你以后的事业发展也不算是坏事。"

"省点心吧，那种场合，我也就是走个过场意思意思，真以为我妈会让我在人群中穿梭自如啊。"

叶倾城托着腮帮子，看着屏幕上显示的字数，距离交稿日只剩下一个月了，她却怎么都想不出来要写什么情节。

果然失恋的人，灵感都跟着枯竭了。

也是。

想想余雅芳对叶倾城的态度，时瑜真是无话可说了。

一眨眼就到了周三，晚上的宴会八点开始，下午五点钟叶汐念就打来电话催着叶倾城陪她去做个 SPA。等化好妆，换好晚礼服，去到君悦酒店的时候，时间刚刚好。

最初叶倾城还乖巧地挽着叶汐念的手跟在叶京涛后面同前来赴宴的名流们打招呼，结果坚持不到一个小时，她就开始不耐烦，随便找了个理由后，抽身前往洗手间，把门关上后长舒一口气。

晚宴上的气氛太过压抑，这么多年过去了，叶倾城还是没能习惯这种场合。

掬一捧清水往脸上浇，等到整张脸湿漉漉才想起这花了一下午时间才化好的妆毁了。叹了一口气，她干脆从包包里拿出手机给叶汐念发了条短信表示不打算再回去，寻思着要不要偷偷跑出去拦辆出租车直接找最近的酒店无所顾忌睡上一觉。

结果，叶汐念回复她不要冒险，毕竟这一次晚宴叶家是主角，要是又闹出什么事情来，余雅芳指不定会怎么揪着小尾巴不放。

不能逃出去，又不想回大厅，靠着墙壁想了半天，她最终决定跑去休息室休息，等宴会接近尾声的时候再出去也不迟。

宴会开始前叶倾城就来过休息室，这时候也是熟门熟路，提着长裙拎着高跟鞋轻手轻脚躲过侍应生的目光，一进屋，就把鞋子往地上丢，整个人呈大字状往长沙发上躺。

叶倾城闭上眼睛立马就浮现出那些人的嘴脸，安静下来，耳边仿佛还在重复他们说过的话，到底在他们眼里，她在叶家就是个特殊的存在。

那颇具深意的目光，在叶倾城的脑海里挥之不去。

她从沙发上起身，光着脚往移动玻璃门走去，隔着玻璃，外面就是个偌大的露天阳台。深夜繁星点点，月华如练，抬头沉醉于广袤无边的天幕，低头俯瞰外面的高楼大厦。

在这座城市里，有太多的年轻人铆足了劲朝暮奋斗，为的就是跻身于上流圈，过着与这个不夜城互相匹配的生活。

然而他们并不清楚，高处不胜寒，得到的越多，失去的也就越多，有时候，并不是身居高处，就能满足。

风卷着深夜的气息将叶倾城包裹住，在这样的深夜里，只有她一个人的时候，又开始肆无忌惮地想起成清恒。

掰着手指头数，她都有好些日子没有见到他了。

上一次借着醉意说了那么伤人的话，之后就是订婚宴上的目光相对，时隔这么久，叶倾城非但没有忘记成清恒当时的眼神，反而是越加清晰地把那淡漠的目光刻在脑海里。

"成清恒……我好想你啊……"

不知不觉呓语出声，就在这时，身后传来关门的声音。

"谁？"

叶倾城猛地转身，脊背吓出一身冷汗，僵直了肩膀盯着隐藏在暗处的身影，轮廓看起来有些熟悉，但对方低垂着头，根本看不清楚容颜。

心里隐约有个猜想跃出来，但叶倾城生怕是自己多想了，直到顾长的身影一步步朝她走过来，天花板水晶吊灯投射出的光线逐渐取代黑暗阴影。

对上那双深沉的眸子，叶倾城的眼眶一下子涌上湿润，下唇咬得泛白，强忍着不让眼泪掉下来。

第十五章

分享一下减胸秘诀

　　这辈子，叶倾城面对成清恒的时候最没本事。

　　来不及思考今天这种场合，成清恒是以什么身份出现，又是什么时候出现的，叶倾城低下头看着自己的脚尖，脚指头蜷曲起来，试图将无措掩盖住，颤抖着嗓音强装镇定："那个，我休息够了先出去了。"

　　不顾落在身上阴沉的目光，叶倾城提着裙摆，步履匆匆，刚经过成清恒身边就被他一把抓住。

　　用力之大，手链在腕间直接印出了红痕。

　　"……"

　　叶倾城不敢抬眸看成清恒，感觉到头顶传来极具压迫力的视线，感受着周身弥漫开来那如冰山般的寒冷气息，咬着牙，身子轻轻发颤。

　　"就这么怕看见我？"

　　"不……不是……"叶倾城盯着白皙的手腕看，成清恒的指尖明明带着凉意，可这样扣着她的手腕，传递过来的温度却是炙热的。

　　休息室里，只有他们两个人，安静得都能听见彼此的心跳声。叶倾城抿紧了嘴唇，小心翼翼抬起头来，对上那清冷的眉目，心一缩。

　　似乎猜到了她会缩回去，成清恒一把捏住她的下巴，逼迫她视线相对："难不成还得给你酒喝，才有胆子对着我吼？"

　　长睫毛颤了颤，清澈的瞳眸里映着自己那张毫无表情的脸，成清恒松开手，朝前一步逼近叶倾城，声质清冽："追我的时候，可没见你脸皮这么薄。"

　　听到这话，再加上那喷在脖颈间的热气，叶倾城的耳根子噌地变红，垂在身侧的双手无处可放，只知道攥紧礼服，捏出褶皱都不知道。

　　"成清恒……我……"

　　"喜欢阮明淮？"

　　成清恒骨节分明的手指头落在领口的扣子上，稍一用力，扣子解开，性感的喉结上下滚动。叶倾城屏住呼吸，思维一下子就被抓住，慌乱摇头解释："没有，我从来没有喜欢过他。"

　　对于这个回答，成清恒很是满意。

　　"晚宴结束的时候，在停车场等我，我送你回公寓。"

　　叶倾城犹豫了一下："你知道我住在哪里？"

　　成清恒的沉默代表了一种回答。

　　心跳如小鹿乱撞，这些天叶倾城一想起成清恒，满脑子都是他生气的样子，气她撒谎骗他身份，气她二话不说就跟阮明淮订婚。

　　却从未想过，成清恒会在背后打听关于她的消息。

　　"你不生我的气了吗？"

　　声音轻不可闻，脱口而出这个问题后，叶倾城咬着唇觉得自己真是可恶得很，是她主动纠缠，后来又出口伤人，现在还好意思问生不生气。

　　瞬间没了勇气去等成清恒的回答。

　　"谁说我不生气。"

　　休息室里，只有窗边投进的月光，明暗浮动，落在成清恒那棱角分明的五官上，勾勒出深浅不一的线条。那双如深潭般的眼睛，不见底，只稍一眼，仿佛就会被卷进去。

　　"是你撩拨的我，这个责任，你不负责都不行，欠下的债就得慢慢还，我没说结束之前，你就还是我的人。"

不等叶倾城平复情绪，成清恒就已经转身离开，房门无声掩上，休息室又回到了一开始的沉寂。

耳边还是他清冽的嗓音，空气中还浮动着淡淡的木质香，叶倾城绞着手指跺了跺脚，脑子一片迷糊——

方才那一切，不是梦吧？

晚宴结束后，叶汐念来找叶倾城，手里拿着一件薄外套，披在她身上。

"躲在这里吹了一晚凉风，就不怕感冒？"

叶倾城回过头来，外套罩在身上的确是多了层暖意："谢谢姐。"

"爸爸跟妈妈已经回去了，我开车送你回公寓，走吧。"

"那个……"叶倾城看了眼叶汐念身后，发现走廊的灯是暗的，并没有人来回走动。

见她神神秘秘小心翼翼的样子，叶汐念很是好奇："怎么了，支支吾吾的？"

"今天的晚宴，成清恒是不是也来了？"

成清恒？

叶汐念努力回想了一圈，按照成家在费城的地位，请柬是肯定会送过去的，至于来不来，就不清楚了。只是方才在宴席上，只顾着寒暄，没有去注意。

"怎么，你看见他了？"

叶倾城红着脸点头："他来找我，还让我晚宴结束后去停车场等他，姐，我今晚就不跟你走了。"

一双眼睛泛着亮光，提起成清恒，叶倾城眼角眉梢都是上扬的。

回想起前段时间郁郁寡欢的叶倾城，叶汐念终于明白什么叫作思念成疾，前些天她还拐弯抹角跟明靖尧打听，想要让他去探探成清恒的口风，现在想，或许都不需要他们这些外人来插手了。

"那你自己小心点，有什么事情再打电话给我，这外套你就披着，深夜风凉。"

"好。"

等到叶汐念离开，叶倾城这才起身，拿起自己的小包，提着裙摆往楼下停车场方向走去。

成清恒。

这三个字在她心里一笔一画认真写了数遍，一想到就要见到他了，满心欢喜都快掩盖不住，提着裙摆加快步伐，丝毫没有在意脚下那双恨天高。

耳边传来高跟鞋哒哒哒的声音，深夜里被放大了无数倍，成清恒倚靠在车旁，双手抄着裤袋，微抬头就看见不远处朝他小跑过来的身影。

放柔的目光在注意到叶倾城脚上穿着的那双高跟鞋后，瞬间收紧。

"成清恒！"

叶倾城喊了一声，没注意到前面的道路缓冲带，一不小心踩歪，差点摔倒。幸得成清恒眼疾手快，快步上前将她捞到怀里。

"穿这么高的鞋你还跑，我说了会在这里等你，就不会走。"

叶倾城难掩喜色："你真的会等我？"

成清恒双眸微眯，刻意避开这个问题，低头查看叶倾城的脚，确定没有扭伤后，这才松开手来。

"上车。"

"我们去哪儿啊？"

身高差距太大，叶倾城即便是穿了十厘米的高跟鞋，在看成清恒时还得仰着头，注意到他头发上沾了碎屑，轻轻踮起脚尖来帮他取下，放在指尖吹了一口。

这小孩子的动作落在成清恒眼里，眉色不由自主地放柔来。

"上车就对了，总之不会把你卖掉，你也不值钱。"

就这样，叶倾城捧着脸，脑袋有些迷糊地上了车，连系安全带这么简单的动作都重复了好几遍才做完。

成清恒单手搭在方向盘上，就这么看着她，也没有想帮忙的意思。等到叶倾城自己系上安全带松了一口气端正坐姿，他才收回目光发动引擎。

这个时间点正是费城夜晚最热闹的时候，大街上车水马龙，叶倾城靠着车窗，看着路边倒退的风景，尽量减小幅度做着深呼吸。

她是真的在紧张，成清恒越沉默，她就越猜不透他心里在想什么。

眼看着车子驶入临江大道，这是往叶倾城公寓方向开去的，他还真的只是很单纯地送她回家，想到这里，心里头又有些空落。

"成清恒，你是什么时候知道我是叶家人的？"

按捺不住好奇的心，叶倾城问出这个问题，前些天陈景川不小心说漏嘴，她才得知原来从一开始成清恒就已经知道她在撒谎。

一想到自己把戏份演得那么足，还对自己的演技很是满意，叶倾城就恨不得咬舌自尽。她为了圆那个拙劣的谎，使出浑身解数，拉着叶汐念一起，连明靖尧也瞒着。现在想来，她所说的每一句话，还有所做的每一件事，落在成清恒眼中都有可能是场笑话。

真难过。

想到这里，叶倾城恨不得一闭眼，就装作睡过去，更可怕的是她前一秒钟还把这个困惑已久的问题问了出来。

眼下，睁大眼睛四处观察前面的路况是当务之急，她生怕下一秒成清恒一个不高兴，脚踩油门或者刹车，分分钟考验她的心脏承受能力。

比起她的紧张，成清恒的表情平静得可以。

"从第一眼，我就已经认出你了，虽然说跟小时候差别还是很大，但……总有些地方是没有变的。"

例如。

察觉到成清恒眼角的余光往自己胸前一瞟，叶倾城警惕地环抱双手挡住："你、你胡说什么！"

"分享一下减肥秘诀？"

"……"

成清恒这一脚可是重重地踩在了叶倾城的痛处上，小香猪这类的外号在她耳边轮流飘过，几乎是忍着额角的抽搐，咬着牙回道："我才没有刻意减肥，太注重女人身材的男人，也不是什么好男人！"

成清恒若有所思："我也没说我嫌弃你胖的时候，这么着急干什么？"

败了。

在成清恒面前，叶倾城就没有赢过的时候，眼下她觉得自己再说一句话，都能栽个大跟头，到家之前，决定保持沉默。

车子准确停在了小区临时停车场，下车后，叶倾城故意走得很慢，眼看着成清恒准确地走到她住的那一幢楼，心里冒着小泡泡。

小样！

偷偷跟了我多少回了，连路线都摸索得这么清楚！

然而，恰恰跟叶倾城猜想的相反，这是成清恒第一次来叶倾城的公寓，先前他并没有来过，只是知道地址。之所以能准确无误找到方向，全是因为开车进来的时候，视线已经迅速将周围的地形、楼层的位置打探清楚。

从电梯口出来，叶倾城一边走一边低头取钥匙，成清恒跟在她身后，打量了一下同楼层的其他住户。

每一层有三户人家，叶倾城住的是最里面的那一间，而其余两间的门上都贴着一个大红喜字，成清恒了然于心，从口袋里摸出手机给靳北寒发了条短信——

不用查叶倾城的邻居了。

五分钟不到，靳北寒就回复了：怎么，实地考察了？

成清恒扬唇，把手机收回到口袋里，有时候默认不就是变相承认吗？

开门后，叶倾城扒着门边回过头看成清恒："那个，你能不能稍微等一下？"

"嗯？"

尾音明明是往上挑，可叶倾城却以为是同意，把门打开一条细缝，侧着身可以钻进去后立马关上。

"嘭"的一声，成清恒只觉得一阵风往脸上扑。

屋里，叶倾城脱下高跟鞋后连拖鞋都没来得及穿，着急忙慌地开始收拾房间，其实屋子里并不是很乱，就是她今天出门的时候，换了好几套衣服，时间关系，换下来后就随手扔在沙发上。

不经意扫了眼厨房，差点儿尖叫。

早上做完早餐，锅碗瓢盆浸泡在水里还没来得及洗！

怎么办！

叶倾城抱着脑袋，在屋里不知所措地团团转。门口，成清恒很有耐心地靠在墙边等着，收在裤袋里的手指时不时动一下，默记某人的"稍微等一下"是有多久。

最后，实在是想不出办法，叶倾城只得把厨房的门锁上，换衣服都来不及，提着长裙摆喘着气跑去开门："对不起。"

"都整理完了？该藏起来的都藏好了？"

成清恒话里的揶揄让叶倾城觉得脸颊火烧火燎的，她舔了舔干涩的嘴唇："我哪有什么好藏的，就是……稍微整理一下……"

后面几个字说得特别小声，不凑近听的话，根本听不清楚。

成清恒看了眼腕表，十分钟不多不少。

"我口渴了，给我沏杯茶喝。"

说完，他径直往屋里走去，经过的时候还撞了一下她的肩膀，叶倾城下意识把右手指尖搭在左手手腕上，探了探脉搏，果然在加速，空气中又多了抹说不清的气息。

公寓的格局其实很简单，两房一厅，还有一个小阳台。成清恒进门后简单地扫了一眼，走到沙发上坐下，手指点了点面前的茶具。

叶倾城会意，迅速跑上前开始煮水准备沏茶。

察觉到她低头的时候，不经意露出的白皙，成清恒轻咳了一声，别过眼："先去换身舒适的衣服。"

"哦。"叶倾城点头，往卧室走去。

门刚一关上，成清恒就站起身，从进屋第一眼他就注意到了隔断后那个紧闭的玻璃门，看位置应该是厨房，只是为什么要把门关上。

原因可能只有一个，等到他站在洗碗池边时，薄唇扬起，眼前的一切证明了他的猜想。脑海里浮现出叶倾城焦急着团团转的模样，如果短时间要洗干净这么多碗筷，的确是为难她了。

叶倾城卸了妆，换了套卡通睡衣出来的时候，成清恒已经坐在沙发上神色自如地沏茶了。比起他别墅里那套复杂而又讲究的茶具，叶倾城这里就只有普通的茶杯跟茶壶。

可当那修长的指尖落在那些青花瓷茶杯上时，每一个细微的动作，都让人有种错觉，似乎其中夹带着茶韵。

"站在那里干什么？"

沏好茶，成清恒抬起头来就看见叶倾城傻站在茶几前，目光一瞬不瞬地盯着面前的茶杯看。

叶倾城抿了抿唇，就势坐在了离成清恒最远的位置，想要喝茶，都得起身伸长了手才能探到茶杯。

对于她这种下意识的戒备跟疏离，成清恒扬起嘴角，身子往后靠在沙发上，指腹在神庭穴上轻轻摁了摁。

"保持距离？"

听到这话，叶倾城握着茶杯的手一抖，滚烫的茶水溅出来滴在手背上，疼得差点尖叫。

"我以为你会主动来找我坦白错误，寻求事情的解决办法，没想到是喜欢上了做乌龟的感觉，一言不合就往壳里缩。"

余光里尽是叶倾城那张手足无措的脸，成清恒坐得挺直，手指搭在膝盖上有一下没一下地轻叩着。

叶倾城咽了咽口水，似是鼓足了勇气才抬起头来看着他："既然你已经知道了我的身份，就该清楚，我在叶家是个不受欢迎的存在，同样的，成家也不会接受我的。"

成清恒蓦然一顿，倏尔扬起一抹愉悦的笑容。

"这么说，你之前是考虑过进我成家的门？"

意识到自己掉进了一个什么坑里，叶倾城涨红了脸，双手攥着衣摆，无辜卡通图案都被捏变形了。

"我……不是……才没有……"

支支吾吾了大半天，却是什么都没解释到。

成清恒站起身来，走到叶倾城面前，居高临下地看着她，碎发压下的阴影更显深眸中的沉色，气息以铺天盖地之势袭来。

叶倾城缩着身子，不由自主地睁大眼睛，下意识忽略那如擂鼓般的心跳，只觉得思维快被卷入那深眸中的漩涡里。

"你怕，为什么不告诉我？"

"……"叶倾城没明白，什么叫作怕。

成清恒压低了身子凑近："又不是什么血海深仇，你想一个人承担什么？"

叶倾城攥紧了手指，很想要敲一敲脑袋，她完全听不懂成清恒话里的意思怎么办。

"你……我……承担什么……"

成清恒的眼神危险得很，就像是一把银钩，能将对方所有心事跟情绪都一把带出来，没有一丝隐瞒，也躲闪不了。

"在成家，只要我想要你，不论你是什么身份，都不足为惧。"

不等叶倾城反应过来，炽热的唇瓣压下来，一个浅尝辄止的吻令她心颤不已。

"乖，闭上眼睛。"

他那低沉充满磁性的嗓音像是带有魔力一般，叶倾城紧攥的手指渐渐松开，转而抬起，搭在成清恒的领带上，因为他的深吻，只要她的指尖往上移动半分，就会触碰到那滚动的喉结。

性感的温度，直接烫伤了她的骨节。

等到深吻结束的时候，成清恒的唇还贴在叶倾城的脸颊上，感受着那发烫的温度，气息上下起伏。

叶倾城身子微颤，白皙的手指紧攥着成清恒的衬衫，耳根泛红。

"阮明淮有没有这样吻过你？"

成清恒的嗓音沙哑得很。

叶倾城愣住几秒，摇头："没有。"

她跟阮明淮最亲密的接触也仅限于脸颊吻，还是在订婚宴上，当时如果不是她下意识把头侧过去，或许那个亲吻就不是落在脸颊，而是落在唇瓣上了。

叶倾城不知道该怎么去解释那个下意识的动作，她分明能感觉到阮明淮手指扣在她下颌上的力度，可在那一秒，她还是用力别过头去。

兴许她就是不想有一天，像现在这样，在成清恒对她"问罪"的时候，心虚得不知道怎么回答。

温热的指腹在她如凝般的脸颊上摩挲，成清恒眯了眯眼，柔声警告："离他远一点儿，我看不惯他。"

那深色双眸里，情绪颇浓。叶倾城虚弱地应了一声"嗯"。

"不要私底下见面。"

"嗯。"

叶倾城不敢抬头，只盯着成清恒的领带看，心里胡乱想着，怎么办，她可能要去学一学怎么打好一个领结了。

那原本扣得很规整的领带，被她的爪子扯乱了……

"过几天收拾好东西，搬到我那里，钥匙我明天拿给你。"

"嗯……什么？"叶倾城猛抬眼，诧异地看着成清恒，生怕方才是她听错了，"我为什么要搬去你那里？"

"既然已经搬出叶家了，还打算一个人住在这儿？"成清恒再度打量周围的装潢布局，说实话，每一个角落他都看不顺眼。

"还有，这里离我住的地方太远，我不想每天来回折腾。"

叶倾城没说话，只是那样看着成清恒，总感觉有哪里不对劲，等到后来她才意识到，他似乎跟她以前接触的不一样了……

主动了一些。

热情了一些。

"叶倾城，我跟你说话，你有没有在听？"

成清恒的手指挑起叶倾城耳前的碎发，自然而然地捋到耳后，随即揉了揉耳珠子。一系列动作下来，某人早已敏感得脊背一阵战栗。

"成清恒……你……你是不是想要报复我……"

就像电视剧里演的那样，深情款款回来，再度让她沉溺，在无法自拔的时候，他潇洒抽身离开，以报复之前她狠心将他甩掉。

成清恒垂下眼，轻笑："我只是给你示范一下，真正的追求是什么样的。既然你功力太弱，那就换我来好了。"

真正的追求……

功力太弱……

等到成清恒离开，叶倾城光着脚丫站在玄关处，盯着那紧闭的大门，仍旧没能反应过来到底是什么意思……

惨了，人家是一孕傻三年，她这还没怀孕，在花一样的年纪里就已经傻得不像话了。

成清恒刚离开公寓，靳北寒的电话就来了。

"还在倾城那里？"

"刚出来。"

靳北寒那边，只有翻阅文件时发出的窸窸窣窣的声音："阮明淮那边，基本上已经处理完。这次会让盛家主动提出解除婚约的决定，当然，不会影响到跟叶氏的项目合作，错在他们，盛小茹分得清利弊。"

成清恒握着方向盘的手指松了松，淡淡反问："阮明准能同意？"

"这么损的主意都是你想出来的，现在你还问同不同意？"靳北寒都忍不住笑了，钢笔在指尖转了几圈，"总之事情都按你吩咐的照办了，你自己那边呢，跟倾城和好了没？"

"谁允许你这么叫她了。"

靳北寒在电话另一边咬着牙说了四个字："小肚鸡肠。"

第二天早上，成清恒就让人送来了别墅的钥匙还有新鲜的早餐，时瑜碰巧就在叶倾城的办公室，目光落在那把钥匙上，笑得很是暧昧。

"什么时候的事啊？你居然能忍住没有第一时间打电话给我，不得了。"时瑜摇了摇头，"自从你跟成清恒在一起后，他倒是把你调教得挺能控制情绪的。"

叶倾城扫了眼袋子里的早餐，咽了咽口水后慢慢开口："我不是忍住了，而是手机刚好没电，等着充电时，不小心就睡过去了。"

昨晚叶倾城的兴奋值一直处于最顶端，在房间里走来走去，不知道走了多少圈，躺到床上望着天花板，满脑子都是成清恒对着她深情款款的画面，可即便这样花时间去想，她都没能想出个所以然来。

成清恒，怎么就突然间开窍了呢？

时瑜吃着油条喝着豆浆，听着叶倾城讲述昨晚发生的事，从晚宴到公寓，每一个细节都没有落下。

等到叶倾城口干舌燥讲完，面前的豆浆已经所剩无几，她尖叫着跺脚："时瑜！这是我家成清恒给我买的！你怎么可以全都喝光了！"

时瑜歉意地笑笑："对不起，我没想到四风馆居然还卖广式早餐，而且还这么好吃。"

她拉着叶倾城的手安抚地摇了摇，最后还是答应买一个星期的咖啡换了这杯被喝光的豆浆。

"一星期七天，少一天都不行。"叶倾城噘着嘴补充道。

"行行行，麻烦你下一次吩咐你家成清恒，给你买早餐的时候记得双份，怎么说你现在也是在我的工作室打工，送早餐怎么能不管一管老板的份呢。"

叶倾城红着脸："看在你嘴甜的份儿上，我会跟他说的。"

时瑜手撑着下巴，笑着打量叶倾城："人逢喜事精神爽，这成清恒简直就是你的软肋，真该拿镜子照一下，你这前后差距也太大了。没有他的时候，跟棵枯萎的野花没什么区别。"

野花？

"不能换个形容词？水仙或是玫瑰什么的。"

时瑜摇头。

"友谊的巨轮，说沉就沉。"

典型的下盘不稳

下班后，叶倾城第一件事就是回公寓收拾行李，成清恒打电话过来的时候，她刚把箱子的拉链拉上。

"我十五分钟后到，行李箱放着，我上去帮你。"

"好。"

叶倾城柔柔地应了一声，接下来十五分钟，她就站在穿衣镜前，琢磨着是把头发放下来好呢，还是扎成丸子头好。

最近微博上流行的那几款少女发型，她可是花了好几个晚上对着小视频很认真地学了，就怕扎不好看，造成反效果。

成清恒来的时候，叶倾城已经坐在沙发上看电视，一听到脚步声，她就立马站起来，笑嘻嘻地打招呼，在他面前晃来晃去。

"行李只有这两个箱子？"成清恒丝毫没有注意到那丸子头，还有花了小心机别上的发卡，目光落在玄关处那两个箱子上，东西比想象中的要少。

叶倾城点头："我刚搬来不久，东西也还没买，真的要住在你那里吗？可是我的房租要不回来了。"

成清恒弯着嘴角："你东西都已经收拾好了，还问我这个问题？"

叶倾城愣了一下，低头看着自己的脚尖，装作什么都不懂的样子。

"外面下雨，有些冷，把这件衣服披上。"

把臂弯挂着的外套递给叶倾城后，成清恒独自拉着两个行李箱往外走。抱着手里头还带着余温的西装外套，叶倾城扬唇笑起来。

"成清恒，清恒，你等等我。"

公寓的电梯并不宽敞，两个行李箱一堵，叶倾城就只能挨在成清恒怀里，身上披着他的外套，鼻尖顶着他衣服柔软的布料，心头溢满热流。

在叶京涛把她困在房间几天几夜的时候，在她哭着拍打叶京涛卧室门的时候，在她身穿婚纱站在订婚宴高台上接受阮明准戒指的时候……

从未想过，还能有一天，像现在这样亲密地靠在成清恒怀里。

她以为这辈子，人山人海，已经没有资格去谈爱与孤独，没有他的人潮里，所有的一切都只是背景。

电梯"叮"的一声，把叶倾城游移的思绪拉了回来，摁住电梯开门的键，直到成清恒走出去，她才小步跟在身后。

"晚饭去四风馆吃？还是想去过秦楼。"

"你还没吃晚饭吗？"叶倾城反问了一句，事实上她最近在减肥，好长一段时间都不吃晚饭了。

成清恒点头，刚结束一个手术就赶过来，根本来不及吃饭。

"那……你做主，我都可以。"

等到了餐厅，成清恒才明白，叶倾城的都可以就是一份蔬菜水果沙拉。一份菜单上那么多她爱吃的食物，平日里肯定要犹豫很久，苦恼地问他该怎么选择，今天倒是干脆得很。

打开，合上，笑眯眯地说了蔬菜水果沙拉一份。

成清恒差点以为听错，皱了皱眉："这个时间点，你已经吃过晚餐了？"

叶倾城舔了舔干涩的嘴唇，摇头。

她不敢撒谎，在成清恒面前，她一有什么小心思，分分钟就会被看破。

再说了，以后都要住在一起，她一日三餐吃什么，什么时间吃，成清恒肯定是知道的。

"没有吃，为什么还只要了一盘水果沙拉？"小女生的心思，成清恒没能第一时间猜中，但很快，他就反应过来，别有深意地看着她，"想减肥？"

叶倾城正喝着水，差点被呛到，掩着唇咳嗽，涨红了脸。

长发遮住了她绯红的耳根，被说中后，叶倾城连抬起头来看成清恒都不敢。

"一日三餐有多重要，我觉得不用我跟你说你应该都懂。"

侍应生上菜后，成清恒展开面前折叠成花样的餐巾铺垫好，雪亮的刀叉摆放在小瓷架上，亮面映着他那双染了笑意的深眸。

"而且你不胖，为什么突然要减肥？"

都说了，四月不减肥，六月徒伤悲，眼看着如今都八月份了，叶倾城还在这条道路上迷茫无助地奔走着。

别人晚饭不吃一个星期下来就能减好几斤，又或者在健身房每天坚持一个小时的运动量，一个月下来也能发现体形明显变化。

然而叶倾城在拒绝了晚餐的诱惑后，一有时间就在家里练瑜伽，几个月下来，只瘦了四斤。

四斤是什么概念？

表面上根本看不出来，腰间有肉的地方照旧没出现马甲线，鹅蛋脸的小心愿依旧被双下巴现实打破。

那四斤肉，在时瑜鹰眼观察后断定出来，叶倾城那原本还能有 C 杯的胸，彻底变成了 B……

叶倾城抿了抿唇，望着成清恒面前那盘法式鹅肝，故作镇定："我这不叫减肥，我这叫塑身。"

"要那么瘦干什么？"

成清恒用温毛巾擦了擦手后，执起刀叉，很是优雅地切起鹅肝再送入嘴里。

那一脸享受的模样，看得叶倾城心痒得直跺脚。

"夏天都是显身材的季节，瘦下来才能穿衣服啊。"

面对叶倾城的解释，成清恒幽幽抬眼看她："哦？你以前夏天不穿衣服？"

"……"

话不是这样理解的！

争辩无能，叶倾城到最后还是没能坚持住，在成清恒一口又一口的喂食下，到最后想起身都得扶着桌子。

她泪流满面地看着鼓起的小肚子，心里想，这是又浪费了多少天的运动量。

吃完饭离开的时候，雨已经停了，空气中的气息清新了不少。叶倾城挽着成清恒的手一步一步小跳地避开那些小水坑，走到停车场。

"我怎么觉得你最近工作不是很忙的样子？"

前段时间两个人在一起的时候，成清恒几乎三分之二的时间都在医院，可这两天，他有时间参加晚宴，还有时间带她来餐厅吃晚餐，眉眼间也没有先前经常看见的疲倦。

"工作上做了些调整，以后除非特殊期间，不然都很准时上下班。"

路上，叶倾城把车窗摇下来，微凉的风携着雨后花草树叶的清香扑面而来，闭上眼睛感受，说不出的舒服。

成清恒偶尔会侧过头来看她，嘴角不自觉往上扬。

生命中有没有一个叶倾城，区别是真的很大。

到了斯水城，成清恒刚解开安全带，手机就响了，看了眼屏幕上的来电显示，他不慌不忙地将钥匙递给叶倾城。

"你先进去，行李待会儿我帮你搬。"

"我有钥匙啊……"叶倾城晃了晃自己的包。

成清恒点头："那好，进去吧。"

等看着叶倾城的身影消失在大门口，成清恒这才接通电话："妈。"

"你跟倾城在一起？"

黄施的嗓音听起来很平静，成清恒也并不意外她猜中，坦白地应了一声。

"清恒，我知道你在这件事情上不容许退一步，但起码也要再等一阵子吧？怎么说她现在都是顶着阮明准未婚妻的头衔，就不能等盛家把这个婚约解除了，你再把她带回到身边吗？"

成清恒的手搭在车盖上，指尖轻轻叩着，幽沉深邃的双眸时而浓郁，时而清晰，在月色下，藏匿着情绪的光。

"妈，您答应过我的。"

时间推回到一个多月前，黄施在知道叶倾城的身份之后，彻夜辗转难以入眠。

在她心里，有过太多遗憾跟未能舍去的情谊，很多曾经没能拥有的，都在她的脑海里刻下了印记。

其中就有跟叶京伟的那段感情，青涩的年华里，一点心动都在长久的岁月中留下无法磨灭的痕迹，每每提及，百感交集。

在那个彼此都是最美好的青春里，黄施曾以为，她这辈子就会跟叶京伟在一起了。他们从小到大，青梅竹马无话不说，却不知从什么时候开始，命运在他们之间，留下了一个休止符。

那一夜，看见靳惠子从叶京伟的房间里出来，她就知道，这段美好，可能要结束了。

满心绝望的黄施听从了家里的安排，嫁给了成俊业，一年后，生下了成清恒。

而叶京伟，也远赴西北。

在那个年代，爱情没有那么轰轰烈烈，在柴米油盐的生活里，最初的心动逐渐被婚姻里的安稳平静所取代。

黄施是一个典型的大家闺秀，大方得体，有着很好的修养。嫁给成俊业之后，也把这个家操持得很好，该上心的，从未有一丝一毫懈怠，不该惦记着的，她也不再过问。

时过境迁，当得知叶京伟的死讯，冷静如黄施，还是在手术台上出了点小差错，没有闹出人命，但还是给她的心理留下了一段阴影，足足休养了一个多月，才敢重新站到手术台上。

那一年，成清恒十岁，他在小区的院子里玩耍，遇见了叶京涛怀里抱着个小婴儿，步履匆匆。

那天，叶老爷子捏着他的小脸说，清恒啊，你芳姨生了个小妹妹，取名叫倾城，你觉得好不好听？

清恒，倾城。

他一度误以为，那是同一个字。

命运投掷下来的棋子，在数年后居于棋局中最重要的位置。成家地位显赫，婚姻大事向来讲究门楣，成清恒的奶奶再怎么着急，对于叶倾城的身份也颇有微词。所以老太太出面，让黄施把成清恒叫来成家，势必要问清楚，这一次，他是不是认真的。

成家。

成清恒来的时候，家里刚吃完饭，老太太坐在沙发上，戴着老花镜正在看书。

"奶奶。"

"清恒来啦，小施，快出来吧。"

黄施洗完手走出来："坐吧，吃过饭了吗？"

"吃过了，您找我有什么事情吗？"

黄施在老太太身边坐下，示意阿姨离开后，这才开口："清恒，叶家跟盛家要联姻的事，你听说了吗？"

成清恒看着她，轻描淡写道："无中生有的事。"

"怎么会是无中生有呢，我昨天遇见小茹，她可是亲口跟我说了。"老太太摘下老花镜，花白的眉毛因为生气的缘故往上扬。

　　一开始听说成清恒有了女朋友，可把老人家给乐坏了，逢人就说成家可能过阵子就要办喜事了。

　　结果一听说对方是叶家的二女儿，老太太最开始还没反应过来是谁，经黄施的提醒，这才记起来二十多年前，叶京涛从外面抱回来一个小女孩。只不过这些年都很低调，小姑娘也没有出入什么重要场合，也不怪她老人家一时记不起。

　　不是叶家大女儿叶汐念，而是那个二女儿叶倾城，老太太下意识问的第一个问题就是，是不是名不正、言不顺的私生女。

　　黄施欲言又止，有些为难，到最后还是成俊业把叶倾城的身份说了出来，老太太当即就表示不太喜欢。

　　后来黄施说了对叶倾城的印象，还有几次偶遇的场景，多少让老太太有所改观，本想着松口让成清恒先把小姑娘带来家里看看，结果转身就听说跟盛家订了婚约。

　　这可把老太太给弄蒙了。

　　"清恒，上一次我们在明珠酒店遇见倾城的时候，就是叶盛两家见面商讨订婚事宜的。你是已经跟倾城分手了呢？还是她没有跟你说起这件事。"

　　黄施并不是一个不开明的人，也不是一个苛刻的母亲，但在这件事情上，叶倾城的身份本身就有些为难，再加上还传出跟盛家订婚的事。

　　她就是想弄清楚，成清恒到底是知不知情的。

　　"我们的确吵架了。"

　　成清恒眼神漠然，清隽的脸上没有任何的情绪变化："叶家在项目上出现了些问题，资金周转困难，盛世主动提出合作，条件就是联姻。"

　　"那你还说是无中生有的事，这不就是定下来了吗？"

　　老太太拍了一下膝盖上放置的书，音调都扬高了。

　　"奶奶，这是叶家的意思，不是倾城的意思。叶京涛现在是在强迫她，就算她答应了，那也不是她的本意。"

黄施摇头："要真的是订婚，你难不成还打算去抢亲吗？清恒，你跟那孩子没有缘分。"

"有没有缘分，您说得清楚？"

成清恒分明就坐在旁边，可那清冷的身影却无端给人一种很疏离的感觉，他的语气平稳冷淡："二十年前她刚来费城，我就见到她，时隔多年后再遇见，我还是第一眼就认出了她。遇见的人失散在人海中的概率，虽远高过于相爱，而我的直觉告诉我，从一开始，我就没打算让她在我的生活中淡去。"

"感同身受"这四个字，从黄施心底里涌出来，在这一刻，她情愿相信是命运的安排，数十年前她不能跟叶京伟在一起，数十年后的现在，她的儿子爱上了叶京伟的女儿。

她忽然就想开了，如果孩子们彼此相爱，就没有什么是不能克服的。

只是现在……

"清恒，你是成家的继承人，从小做事沉稳有主见，即便是当年选择弃商从医，奶奶也没有说过一个不字。但今天奶奶想要跟你说，只要那个女孩子跟盛家有婚约，你都不能够固执己见，我们成家，当不起破坏人家婚姻的骂名。"

老太太的立场如此坚定，然而成清恒也有自己的想法，他双眸深邃，语气浅淡："那么，我会让盛家主动提出解除这桩婚事，到那时候，我希望奶奶您能够接纳她。倾城，她是个很好的女孩子。"

那天，成清恒很清晰地表达了自己的立场，也是在那天，黄施答应他，只要事情能够顺利解决，她就同意叶倾城进成家门。

不过就是想不到，他默默做了这么多，把叶倾城路上的绊脚石都清空了，她却转身，穿着婚纱站在了舞台上，接受了阮明淮的婚戒，彻底打破了他的节奏。

深夜的风将成清恒的思绪从过去拉了回来，眉宇间散不去的情绪令他整个人看上去都心事重重。

他这辈子所有的耐心，都耗在了等待叶倾城长大的时光里。

所以这一切，他说什么也不愿意站在原地等。

"妈，不出一个星期，这场联姻就会不作数。"

黄施叹了一口气，自己的儿子是什么性格，做母亲的能不清楚吗？只得吩咐他，在婚约还没有解除之前，跟叶倾城不要太高调，以免落人口舌。

结束通话后，成清恒并没有第一时间进屋，而是在庭院里抽了根烟，又待了许久，等到晚风把身上的烟味都吹散了，才转身进去。

叶倾城趴在窗台上看了有一会儿，手肘都撑红了，一听见大门打开的声音，连忙蹦跶过去。

"我还在想，再过五分钟你要是还不进来，我就猫着腰偷偷去取行李。"

成清恒揉揉眉心，把行李箱推到她面前："为什么要偷偷？"

"怕打扰你打电话。"叶倾城吐了吐舌头，接过行李箱转身就跑，结果在楼梯口顿住脚步，呆滞地看着那长楼梯。她正准备咬牙把箱子拎上去的时候，身后传来成清恒低沉的嗓音——

"我来，你去帮我倒杯水，端上来给我。"

"哦，好。"

实际上，她也有些害怕箱子拎到中途，连人一起滚下来……

成清恒把行李提上楼，叶倾城折回厨房去拿杯子，倒了杯水后偷喝了一小口，发觉有些烫，又跑去冰箱里取矿泉水来兑，试得温度刚刚好，这才端上楼去找成清恒。

路过客房却发现灯没开，下意识看了眼走廊尽头的主卧，大门打开，光线透亮，叶倾城内心嘀咕着"不会吧"这三个字，双脚不受控制地走过去。

当看到自己那两行行李箱就摆放在房间角落，而成清恒正站在衣柜前换衣服时，叶倾城整个人都蒙了，手保持着端水的动作，站在门口，眼睛一眨不眨地看着。

"你可以先把衣服整理出来放到衣柜里，至于其他零零碎碎的东西，可以等明早再整理。"成清恒听脚步声就知道叶倾城来了，看都没看她，吩咐道。

"那个……你……我……住这儿？"

叶倾城紧张得话都说不利索，她能够清晰地听见自己那如鼓点般的心跳，一下一下强有力地撞击着胸腔。

搬过来跟成清恒一起住，在她的理解里就是同住一个屋檐下，而不是同住一个房间啊……

目光落在那张深色调的大床上，感觉全身的血液都沸腾起来，一个劲往上涌，下意识就要吞口水。

成清恒换好衣服走过来，接过叶倾城手里的杯子，仰头咕咚咕咚喝水，喉结上下滚动，直到杯子见底。

"客房没打扫，住不了人。"

这么拙劣的借口，叶倾城都不知道要怎么接了，乌溜溜的眼珠子来回滚动，手指交握在一起："我上次住客房觉得很干净啊，难道后来有人住进来过？有点灰尘没关系的，我明天再收拾也行。"

"衣柜给你腾出来半边，去收拾。"

刻意无视叶倾城的话，成清恒拿着杯子直接离开了卧室，留下她一个人呆若木鸡地站在原地。

给自己做了几分钟的思想工作后，叶倾城才鼓起勇气去收拾衣服，望着衣柜里那西装衬衫占据着的半壁江山，心头涌起一股莫名微妙的感觉。下意识伸出手去触碰每件衣服，指尖在上面停留了片刻才离开。

叶倾城的衣服五花八门，颜色以浅色调为主，但黑色系也不少，往衣柜里一挂，瞬间打破了原有的沉闷严肃的格局。

她的衣服跟成清恒的衣服碰撞在一起，变成了另外一种风格。

小夫妻。

这三个字毫无预兆地闯入叶倾城的脑海中，把她惊得脸色一白，在这一瞬间，她想起了跟阮明准的婚约，还有叶家的项目。

　　成清恒回房的时候，就看到叶倾城倚在衣柜前发呆，脚边是摊开来的行李箱，空空的，显然衣服已经整理好都放进了柜子里。

　　他走上前来，先是扫了眼衣柜，而后看向叶倾城："你在想什么？"

　　叶倾城猛地转过头，目光猝不及防地跟深眸撞上，愣了愣："我、那个、没什么。"

　　躲闪着避开那双鹰隼般的双眸，却没注意到脚下的行李箱，一个不小心踩到，叶倾城整个人往成清恒怀里栽。

　　数不清是第几次栽在了成清恒那硬邦邦的胸膛上，清冽的男性气息窜入，叶倾城慌乱地想要站直来。

　　"你真是典型的下盘不稳。"

　　成清恒扶着叶倾城，嗓音淡淡。

　　抬起头来，深眸挺鼻，每一条棱线仿佛都带着嘲笑，叶倾城没好气地咕哝了一句："你才下盘不稳。"

　　"衣服如果收拾完了，就去洗澡，今晚早点睡，我去书房看会资料。"

　　"那个，我忘了带沐浴露跟洗发水。"

　　这句话一说完，叶倾城又恨不得捂住自己的脑袋，暗骂一句。

　　深棕色的眼睛就这样看过来，眸色深深："你介意跟我用同一个味道的沐浴露？"

　　"咳咳咳……"

　　叶倾城止不住地咳嗽，让成清恒轻抿的唇瓣弯起了一个好看的弧度，带着微凉的指尖落在叶倾城的额头，拨开她那有些凌乱的刘海。

　　"如果我没有记错，上一次有人进了浴室还在尖叫着说要跟我买同款沐浴露跟洗发水。"

　　"……"

　　是我……

　　指尖抽离时，额头上似乎还留有一圈余温，叶倾城忍不住抬手覆上，摸了摸："那你晚上不要熬夜。"

　　"嗯。"

等到成清恒离开，叶倾城原本僵直的肩膀才松垮下来，靠着衣柜，看着穿衣镜里那个满脸通红的人。

天啊……

难怪刚才成清恒连多看她一眼都不愿意，敢情已经变成烤红薯了。

占领成清恒主卧的感觉远远不够占领浴室的感觉好，叶倾城来回巡视了一圈，把平台上摆放着的所有洗浴用品都拿起来看一遍。有些是法文，叶倾城根本看不懂，但是光闻味道，就不得不感叹成清恒是个懂得享受的资本家。

心情一好，洗澡就想要唱歌，叶倾城一边抹着泡泡，一边不着调地哼起小曲，而且越来越大声——

我爱洗澡皮肤好好

幺幺幺幺

带上浴帽唱唱跳跳

幺幺幺幺

美人鱼想逃跑

上冲冲下洗洗

左搓搓右揉揉

有空再来握握手

上冲冲下洗洗

左搓搓右揉揉

我家的浴缸好好坐

噜啦啦噜啦啦噜啦噜啦咧

噜啦噜啦啦噜啦噜啦咧

噜啦啦噜啦啦噜啦噜啦咧

噜啦噜啦噜啦咧

我爱洗澡乌龟跌到

幺幺幺幺

小心跳蚤好多泡泡

幺幺幺幺

潜水艇在祷告

我爱洗澡皮肤好好

……

成清恒记起来有一份资料落在了卧室，一推开门，就听见那比水声还要大的歌声，沉下心来仔细辨别歌词，等反应过来叶倾城唱的都是些什么的时候，忍不住低低笑出声来。

资料就放在书桌前，拿起来后他并没有第一时间离开，而是走到浴室门口，背靠着墙壁，低头翻看资料的同时，欣赏着叶倾城那越来越高的调子。

他下意识就想起上一次在 KTV 遇见她跟叶汐念的场景，印象里，叶汐念的歌声好像也是让人记忆深刻……

姐妹一样，唱歌爱跑调。

直到水声减弱，原本还成歌词的曲子变成哼哼唧唧，成清恒猜，叶倾城可能洗完澡了，合上手头的资料，迈步离开房间，关门的动作很安静，就像从未回来过一样。

洗完澡后，叶倾城就躺在床上玩手机，微信群里时瑜正在跟陈景川斗图，她的出现，生生把这场战役扩大成三个人的。

"你怎么这么闲，晚上没有约会吗？"

得知叶倾城跟成清恒和好后，时瑜就开始放松地调侃她，然而陈景川却并不知情，还以为约会是跟阮明准，很是吃惊地说了一句——

"阮明准战斗力那么强，应付那个娇蛮小姐之后还有力气搭理你？"

一句话，如一枚石子投进了一片原本很平静的湖泊，溅开来的水花把叶倾城吓得一头蒙。时瑜也好不到哪里去，一连发了好几个问号，才编辑出一句完整的话来问陈景川到底是怎么回事。

什么应付，什么娇蛮小姐。

事实上，陈景川也是跟明靖尧、靳北寒他们一块喝酒才听说的，阮明淮这段时间在上海出差，走得非常着急的缘故就是前女友出事了。

对方也是大户人家的千金大小姐，从小到大衣来伸手饭来张口，什么时候受过委屈。在美国留学的时候，主动追求阮明淮，后来在一起过一段时间，听说阮明淮毕业后选择回国发展，就跟大小姐提了分手。

可是大小姐没同意，闹了有一段时间，现在听说是怀了孩子，已经四个月了，非说是阮明淮的。

这么大盆的狗血淋过来，时瑜觉得文字简直都无法表达她的情绪，直接一个电话过去，让陈景川把事情的来龙去脉仔细说清楚。

剩下叶倾城一个人，对着手机屏幕里的聊天记录发呆。

怪不得这些天阮明淮那么安分，既没有约她吃饭，也没有电话短信，她差点都忘了有这个人的存在。

现在还跑出来一个怀孕了的前女友，叶倾城想着，她应该不用上演一场正室斗小三的戏码吧？

作为靠谱闺蜜，时瑜在陈景川交代完前因后果后连拜拜都懒得说，直接挂断然后打给叶倾城。长达十分钟左右的故事，时瑜用一句话简单明了地概括给叶倾城听——

阮明淮跟前女友藕断丝连，之后又跟叶倾城订婚，无奈前女友怀孕找上门来直接让负责，那可是一条小生命，跟叶家解除婚约，恐怕就是早晚的事了。

叶倾城努了努嘴："他不会翻脸不认账吧？"

"那可不能，陈等等说了，女方家也是名门，出了这种事情当然第一时间就是商量着领证跟举办婚礼的时间。按我说，阮家现在肯定也是头疼，在不确定孩子是不是阮明淮的情况下，都还找不到借口如何跟你们叶家解释呢。"

时瑜连连摇头，千算万算都想不到中间会杀出个大小姐。像是想起什么，时瑜继续说："成清恒会不会事先就知道这件事了？所以主动联系你，知道你跟阮明淮的婚约早晚会解除。"

要真的是那样的话，成清恒也太腹黑了吧！

叶倾城摸着脸，直抽气："不会吧……不会真的是这样吧……"

"你想，陈等等的消息是在明靖尧他们那里知道的，而你家成清恒是他们圈子里的老大，有什么事能瞒得过他吗？有时间你一定要去探探他的口风，指不定在这个关口突然蹦出来的大小姐，还是他安排的呢。"

对于时瑜的脑洞，叶倾城觉得仅用"佩服"这两个字来形容太委屈了，如果真的如她所想，那么成清恒的城府……

简直就是深不可测。

"我好困，先去睡了。最近好忙，还有，过段时间我去米兰，工作室就拜托你了。"

"好，回来的时候记得给我带手信。"

"知道啦，忘记谁也不会忘记你的份。"

结束通话，叶倾城看了眼手机上的时间，屏着呼吸侧着耳朵听，门外走廊很是安静，根本就没有脚步声。

白天还说成清恒这段时间工作不是很忙，敢情晚上都在熬夜。叶倾城卷着被子躺在大床上，望着天花板，一点儿睡意都没有。把被子往上扯，搭在鼻尖，熟悉的木调香瞬间让她整个人安定下来。

这是专属于成清恒的气息，令她忍不住眯起眼睛，乐呵呵地笑出声。

YIYEQINGCHENG
第十七章

打倒一切纸老虎

　　书房里，成清恒忙完的时候，墙壁上的挂钟已经指向了两点半，又熬到了凌晨，也不知道叶倾城睡着了没有。

　　上次她自己还说睡觉认床，被子不舒服，枕头不舒服，可能翻来覆去几个小时都未必能睡过去。

　　忘了中途起身去看一眼，一想到叶倾城有可能抱着手机窝在床头一边玩一边等他，成清恒的眉头一下就皱起来。

　　庆幸的是，当他推开卧室的门，一室静谧，大床上那个小身影早已睡得很熟，连他走近坐在床边都未曾察觉。

　　第一次如此细细地打量叶倾城的睡颜，壁灯柔和的光线将成清恒眼底的笑意化开，伸出手去，指尖在白皙的脸颊划过，最终落在她的嘴唇，不由自主俯下身去，在叶倾城的额前留下一枚亲吻。

　　晚安，我的宝贝。

　　灯光合着月光，将卧室这一幕收藏入画，许多年后，当成清恒白发苍苍时，仍旧喜欢在叶倾城入睡后，端坐在床头温柔地看着她。

　　第二天一大早，成清恒就拉着叶倾城一块去晨跑，回来的路上经过一家老字号早点铺，买了豆浆跟油条，踩着日光慢悠悠地回到别墅。

　　叶倾城不够高挑，穿着帆布鞋站在成清恒身边，足足矮了一大截，前段时间微博上流行的最萌身高差，显然就是他们这样的搭配。

一路上很多女孩子都向成清恒投来炽热的目光，一开始叶倾城还觉得没什么，直到早点铺的阿姨笑眯眯地把她误认为是成清恒的妹妹，她才意识到这个身高问题的严重性。

很显然，大家都把她当成小妹妹看，肯定是觉得他们并不匹配。

叶倾城藏不住情绪，成清恒很快就察觉到她低着头噘着嘴一脸闷闷不乐的样子。

"出门的时候还好好的，谁惹你了？"

"成清恒，你会不会觉得我太矮了，我们这样的身高差并不合适？"叶倾城抬起头来问，满脸写着认真两个字。

成清恒挑眉："不是说能听到男人心跳声的身高差最合适吗？"说完，还不忘直接把叶倾城搂入怀，继续问道，"听到了吗？我的心跳。"

突如其来的拥抱让叶倾城始料未及，脸颊连带着脑子都开始发烫："没有……"

成清恒热热的气息拂过叶倾城的脸颊，她的耿直让他无话可说，转而牵起她的手往路口走去。

"又要去哪儿？"

"医院。"嗓音颇淡。

"你哪里不舒服吗？"叶倾城有些惊慌。

"你说你听不到我的心跳声。"

叶倾城傻傻地开口："所以你就要去检查心脏了吗？你心脏应该不会有问题的啊。"

成清恒停下脚步，低头看她，声音淡得分辨不出任何情绪："不是，是检查你的耳朵，我的心跳每分钟83下，属于正常范围。而你连我的心跳声都听不见，就只能说明你耳朵有问题。"

"……"

为何……

要这么认真呢？

她只是一度反应迟钝了而已。

接下来的日子，叶倾城变得很忙碌，忙的并不是工作上的事情，而是成清恒的生日快到了，她想要给他准备一个惊喜。

事实上，成清恒不过生日已经很多年了，成家惯用农历来记重要的日子，成清恒的生日也不例外。对于一个日常生活都关注新历日子的人来说，怎么可能时不时去研究农历，记着自己是什么时候生日的。

往年明靖尧他们要是记得住，就会约上其他发小一起给成清恒庆祝，不过也就是喝酒聊天，最多就去郊外飙车。

但今年，叶倾城老早就开始准备，还给叶汐念打电话，扭扭捏捏很不好意思地解释想跟成清恒过一过两人世界，这毕竟是他们在一起后庆祝的第一个生日。所以叶汐念也答应了跟明靖尧他们说一声。

万事俱备只欠东风，叶倾城亲手做了一桌子成清恒最爱吃的菜，看了眼墙壁上的挂钟，离平日里成清恒下班回来的时间还有半小时，她火速从衣柜里取出前几天新买的衣服，洗完澡换上，还喷了跟他同款木调香的女士香水。

准备完毕，叶倾城拿着手机在屋里走来走去，眼看着时间一点点过去，之前明明打听过成清恒今天没有加班的，怎么还没回来。

生怕饭菜凉透了不好吃，叶倾城想了想还是打了个电话，结果却无人接听。

墙壁上挂钟的秒针滴答滴答走动着，叶倾城蜷曲着身子坐在沙发上，双手抱着腿。开着电视，可荧屏上都在演些什么，她一点儿都听不进去，只知道时不时拿起手机来给成清恒打电话，直到手机没电自动关机了，她都没能联系上成清恒。

此时此刻，仿佛全世界都静止了一样，连同她一起困住，只剩下时间如同被拉上发条，走得飞快。

十一点多快十二点，别墅外仍旧没有车声，没有灯光，叶倾城咬着唇，托着疲惫僵硬的身子走回房间，拉开柜子里准备好的礼物，又合上。

一年一度的生日眼看就要过去，她花了那么长时间准备的小惊喜，就这样泡汤了。

成清恒回来的时候，已经是凌晨两点多。一个手术因为突发情况延长了几小时，他也就在手术室多待了几小时，等到手术成功走出来的时候，满眼血丝，赶不上喝水休息，低头看了眼腕表的时间，捞起外套就打车回来。

在路上，他拿出手机才看见来自叶倾城十几通未接来电，数量多得有些惊人，慌忙打回去却已经关机。

成清恒想起数日前叶倾城鬼鬼祟祟跟他打听日程安排，摸了摸下巴，查了一下日历，才记起今天是自己的农历生日。

想来，某人肯定是给他准备了什么惊喜，可他却被一个手术给耽误了。

到了斯水城，成清恒放轻了开门的声音，站在玄关处只能看见二楼楼道的灯光，把钥匙放在置物架上，光着脚走进客厅，不经意间往沙发上一瞟，当即怔住。

两个小时前，叶倾城回房间换好衣服，爬上床后却怎么都睡不着，越想越委屈。自己准备了这么久的惊喜，一大早就去超市买菜，生怕生日宴做砸了，菜色都偷偷练了好久。衣服是新买的，香水是新买的，就差做个新发型了，比她自己过生日都还要隆重。

结果呢，说好的今天没有加班会准时下班，不仅没有按时回来，甚至还联系不上。

叶倾城最讨厌那种发短信不回复，打电话不接的状态，就像是被全世界抛弃了一样，心头也接二连三涌起各种乱七八糟的猜想。

是不是有其他人给成清恒庆祝生日了？

是不是医院有什么员工生日会活动了？

越是这样想，她就越睡不着，在床上翻了好几圈，最后还是抱着薄被单跑到沙发上窝着，学着电视剧里演的剧情，故意把音量开得很大，显得不怎么孤单。

可实际上，叶倾城却被大音量震得头晕，最后还是关了电视倒在沙发上，很快就睡着了。

成清恒放慢了步伐，小心翼翼走过去，把外套搁在一边，俯身准备把叶倾城抱起来，可手刚碰到她的肩膀，人就醒了。她迷迷糊糊睁开眼，即便是黑暗中，仍旧能看清楚那张近在咫尺的脸。

"你还知道回来啊……"

成清恒半蹲下身子，伸手揉了揉叶倾城的头发："我跟你道歉，手术出现了些突发状况，临时加了几个小时。"

"现在几点了？"叶倾城挣扎着从沙发上坐起身来，兴许是窝了太久，沙发又不如床上睡得舒服，所以一起身就觉得从脖子到肩膀都一阵酸疼。

"凌晨两点半。"成清恒坐到沙发上，让叶倾城靠他怀里，然后伸手帮她捏着肩膀跟脖颈处放松，"找个时间去做个按摩？你的肩膀都僵了。"

"你帮我不就可以了吗？我不喜欢别人碰我……"

叶倾城双手抱住成清恒的腰，找了个舒服的姿势窝在他怀里，闷声嘀咕："我肩膀僵还不是你害的，一大早就去超市买菜，还做了你最爱吃的饭，结果你不回家还不给我个电话。"

听说叶倾城做了饭菜，成清恒下意识往餐厅方向看过去，像是猜到什么，沉声问道："那你吃了晚餐没有？"

意料之中，叶倾城摇了摇头。

是成清恒的生日宴，主角都还没有回来，她怎么能先吃呢，本是负气打算把所有吃的统统丢到垃圾桶里，结果一看到满桌子装盘都花了心思的菜肴，瞬间就舍不得了。

是的，叶倾城就打算让成清恒尝尝这种舍不得的滋味，让他好好愧疚。

"所以你为了等我，到现在都还没有吃饭？"纵使前一秒，心头弥漫开一股柔软温暖的情绪，但一听叶倾城还没吃饭，成清恒还是拉下了脸，扶她坐起身来，俊眉轻蹙，"我跟你说过什么了？不论发生什么事，身体是你自己的，你不珍惜没有人会替你珍惜。一日三餐一定要按时吃，我没有回来一定是有什么事耽搁了，你怎么能一等再等。"

原本还有些迷糊的脑子瞬间因为成清恒的沉声呵斥而清醒过来，叶倾城瞪大了眼睛难以置信地看着他，不到三秒钟，脸上的表情就垮下来，像只受伤的小兽，瘪着嘴无辜道："你居然还凶我……"

成清恒愣了一下，说话有些结巴："我、我不是、不是凶你……真的，我就是跟你说，以后不要因为我而等着不吃饭。"一边说还一边揽着叶倾城的肩膀轻拍，哄着她。

"现在饿不饿？"

"嗯……"

本是已经挨过饿的阶段，但现在成清恒这么一问，叶倾城摸了摸扁平的肚子，还真的是有点饿。

"走，去餐厅吃饭，尝尝你亲手做的菜。"

成清恒牵着叶倾城的手起身，后者几乎是被拖着走的，垂头丧气："都冷掉了……就算热一热也肯定不好吃了……"

"不会。"

成清恒咬定了不会，叶倾城也就只得围在他身边在厨房里团团转，看着他是怎么把这些菜色回锅炒。

等到热腾腾的饭菜摆上饭桌，叶倾城这才有饥肠辘辘的感觉。

"下一次，如果不是像今天这种手术室里的突发情况，我能拿到手机一定会给你发信息，不会让你干等着。"吃完饭，成清恒揉了揉叶倾城圆滚滚的肚子，"但，如果像今天一样联系不上又晚回，你一定不要等，知不知道？"

"说着轻松。"叶倾城皱了皱鼻子，靠在成清恒怀里，"你以为我今天是想等你的吗？我已经洗完澡换好睡衣爬上床了，可就是翻来覆去睡不着。"

"嗯，我知道了。"

从那以后，成清恒每次上手术台都会先给叶倾城发一条短信，下手术台也会第一时间汇报，准时下班回家前也会发条语音，渐渐地就养成了一种习惯。

就连经常跟他一起搭档的实习医生也注意到，成主任似乎有女朋友了，还是很深爱的那种。

由于凌晨三点钟才吃饭，肚子撑着不舒服，硬是撑着眼皮熬到五点多才睡觉，第二天早上自然是缺勤了，叶倾城随便应付完午饭，拎起包就往工作室赶。

时瑜去米兰参加时装周活动，工作室就交给叶倾城来看着，实际上在设计这方面，她就是个外行，看不懂也不敢指手画脚。

设计师们有新的画稿交上来，她都会第一时间拍照传给时瑜，生怕耽误了整个设计进程。因此，叶倾城变得很忙，除了要写方案以外，还要每天验收设计师们的设计稿。

阮明淮来工作室的时候，她正埋头修改新的方案，听见敲门声，头都没抬地喊进来。

"你昨晚没有回公寓住，去哪儿过夜了？"沙哑的嗓音还有突如其来的开场令叶倾城怔了一下，敲键盘的手一顿，抬起头来就对上阮明淮那凛冽的眸光。

时隔半个多月的见面，气氛似乎很奇怪。

"我在问你话，这段时间，你住在哪里？"

"阮明淮，你说话的样子怎么像是要跟我战斗一样，我不住在公寓能住在哪里？"叶倾城也不知道自己为什么要撒谎，只是下意识脱口而出，想着怎么都不能让阮明淮知道，她跟成清恒在一起。

阮明淮双手撑着办公桌，压低了身子，逼近跟叶倾城之间的距离："你还想要瞒着我？我昨天在你家公寓楼下守了一天一夜，你自始至终没有出现过，房间的灯也没有亮。后来邻居告诉我，早在两个星期前，你就已经搬走了，没回叶家，你搬去哪里了？"

阮明淮脸上的表情冷肃到极点，上海的事情令他焦头烂额，根本腾不出时间来跟叶倾城联系。可同时，他也抱着一丝侥幸跟期望，想着是不是悄无声息消失一段时间，叶倾城就会着急着主动联系他。

时间一天天过去，接到无数个电话，收到无数条短信，唯独没有叶倾城的。

回来后第一时间开车去公寓，在楼下守了一天一夜等不到，转而来工作室，可就连看见他出现，叶倾城的第一句话也不是问，这段时间你去哪里了。

失望跟挫败层层叠叠覆盖上来，他再找不到任何理由欺骗自己，从一开始，叶倾城就真的没有把他放在心上。

"阮明淮……"

叶倾城哽着嗓音，不知道是该先回答他的问题呢，还是主动问起他前女友的事，只是她的犹豫，在阮明淮看来，成了变相的慌乱跟掩饰。

"你跟成清恒在一起？"阮明淮的声音骤然冷下来，眼神里满是难以置信，"倾城，你现在是我的未婚妻。"

无端端的指控让叶倾城觉得很不舒服，心底仅存的一丝顾虑瞬间消退，她身子往后靠，拉开跟阮明淮的距离。

"是未婚妻，不是妻子，更何况这个婚约能不能维持下去，还是个问题。"

阮明淮显然没有料到叶倾城会突然这么说，双眸闪过一丝惊讶跟尴尬。

"孩子保住了吗？盛阿姨怎么说？毕竟是一条新生命，对方的家境也不输叶家，你是不是可以考虑着，跟我的婚约怎么解除。"

叶倾城的语气很平静，并没有咄咄逼人，在她心里，始终还是把阮明淮当成朋友看，只是事关爱情，她不允许模糊了彼此的界限。

阮明淮直起身，笑得有些苦涩："原来你都知道了，成清恒告诉你的？"

叶倾城没有回答。

"我就知道，他不可能无动于衷，我从他手里把你抢过来，在订婚宴上煞足了他的锐气，可他的眼神，分明没有半分退让。"阮明淮抬手摸着额头，强忍着情绪，深呼吸再深呼吸，"是他找的明月，是他在背地里查我的事情。成清恒很清楚这盘棋要怎么逆转形势，这一步，他走得很绝。"

上一次时瑜提醒过她，应该去探一探成清恒的口风，好知道阮明淮的事，是不是真的跟他有关。可叶倾城不想去问，首先是不想在成清恒面前提起阮明淮，令他不快，其次是这件事，成清恒顶多是揭开面纱的那个人，而不是操纵者，若阮明淮做事光明磊落，又怎么会落有把柄在别人手里。

所以现在，听阮明淮语气里的愤愤不平，叶倾城并不是很认同，冷声反驳："这跟成清恒没有关系，你如果没有跟前女友纠缠不清，别人又怎么会知道？难不成他还能逼着你跟前女友发生关系？"

几句话下来，呛得阮明淮面色尴尬。

"阮明淮，是男人，在这种事情上就应该负起责任。至于我们的婚约，从一开始就是跟利益绑定在一起，就算没有你前女友，我们的关系也不可能走得长久。"

叶倾城澄澈的双眸里透着认真跟耐心，她想要借这个机会，一次性说清楚："爱情里没有将就，我爱的人是成清恒，这么多年来都没有变过。"

阮明淮的眉头紧皱成一团，收紧了指尖，手指紧握成拳，开口的时候嗓音干涩得像是撕扯出来的一样："所以，你并没有喜欢过我？"

"嗯，并没有。"

叶倾城很清楚，在这个问题上，她必须毫不犹豫地果断回答。

阮明淮垂下双眸，轻轻地笑了笑，那笑容苦涩得令人一听，心下猛地攥紧。

"我知道了。"

说完这四个字，阮明淮伸手扯了扯原本平整无一丝紊乱的领口，声音很低，在这一室静谧里，衬得尤为清晰："我们的婚约，就此作罢。"

不疾不徐，叶倾城几乎是放软了语气："阮明淮，你会是一个好丈夫，一个好爸爸的。"

阮明淮抬眸看她，神情漠然，沉默着过了许久，嗓音尤显干涩："但愿。"

等到阮明淮离开，叶倾城扶着桌沿慢慢坐回到位置上，然而心情已经平静不下来，面对那未写完的文案，一点儿头绪都没有。想来想去，她还是给成清恒打了个电话。

意料之中的无人接听，叶倾城起身把桌上的手机、口红还有车钥匙统统扫进包里，拎起来就往外跑。

从没来过成清恒的办公室，叶倾城一路都是睁大眼睛盯着门边上的牌子，路过的几个护士都不自觉把目光放在她身上。

"这位小姐，排号处在那边。"有个热情的护士走上前来，手指引着另一个方向的柜台，"把病历表跟挂号单放过去后，等轮到您的号码，大屏幕会有相应的显示，到时候……"

"不好意思。"叶倾城歉意地笑了笑，"我想问成清恒成医生的办公室在哪里？"

这是一天里第几个报着成清恒的名字就过来的女人了？

护士上下打量叶倾城一圈，衣着上大方典雅，妆容也很清丽，怎么看都不像那些三番五次找借口来勾引成主任的女人，都说人不可貌相，还真是。

叶倾城哪里知道短短几秒钟的时间里，护士就擅自把她跟那些打着旗号来看病，实则是来跟成清恒搭讪的女人归在了一起，等到护士的表情变得严肃，并且伸手推着她往外走，叶倾城才意识到，有什么地方弄错了。

"这位小姐，请您按照我们医院的规定来，挂号排队等号，一步都不能少。至于我们成主任，他每天的专家号就只有十个而且已经满了不能加号，麻烦您去挂其他医生的号，谢谢。"

叶倾城有些哭笑不得，她看起来真的那么像是个挂号的？

"护士，我心脏没问题的。"

护士一脸高傲："谁会把自己心脏有问题写在脸上，再说了，您要是真没问题，干吗要挂成主任的号？"

就在叶倾城想着到底要怎么跟这个大公无私的护士解释的时候，目光一转，锁住了一道身子颀长伟岸的身影，他站在那里，像是看了一场好戏一样，双眸里那似笑非笑的神情让叶倾城有种后脑勺挨了一棍的错觉。

"你还不赶紧过来救我！"叶倾城咬着牙根，一字一字加重了力道。

成清恒低头笑了笑，双手放在白大褂的衣袋里朝这里慢悠悠走过来，离叶倾城还有两米不到的距离时停下，心情很好地扬着嘴角："心脏没问题，哪里需要我帮你看？"

"成主任……"

护士早就傻了，什么时候看见过成清恒这样的笑容，什么时候听他含笑跟别人柔声聊天，所以，她是一不小心得罪了……

护士又上下打量了叶倾城一眼，不知道来人到底是什么身份。

"你先去忙吧。"

等到护士离开，叶倾城歪着脑袋看成清恒："说，这场好戏你看多久了？"

成清恒笑着揽住她的肩膀，一把把她带到怀里，抬眸扫了一圈人来人往的走廊，快速把叶倾城往办公室里带。

门一关上，叶倾城就被成清恒压在了门板上，还来不及继续方才的话题，就被一吻封缄。用力眨了眨眼睛，却被成清恒温热的掌心覆住。

"专心点。"

薄唇贴着她的唇瓣，模糊不清地说完这三个字，转而吻得深入。叶倾城抬起手来，搭着成清恒的肩膀，努力踮起脚尖来配合他的高度，缠绵悱恻的深吻几乎夺走了她全部感官。

成清恒贪恋叶倾城唇上的甜美，叶倾城痴迷他深吻里的霸道。

一吻结束时，两人都气息不稳，意乱情迷，叶倾城整个人都埋在成清恒的怀里，双手缠着他的脖颈，鼻尖萦绕着他身上那股淡淡的消毒水味道。

奇怪，从前最讨厌医院这味道，可现在闻着却异常舒服，感觉整个人的神经都放松下来一样。

叶倾城觉得自己真是傻得可怕，但凡是跟成清恒有关的，她都无条件喜欢跟迷恋。

成清恒抱着叶倾城，平稳呼吸后，拍了拍她的后背，被情欲缠着还未散去的嗓音有些沙哑："怎么想到来医院找我？"

"不允许？"

成清恒笑："如果不是我刚才碰巧看见，你这会估计都被赶出医院了，兴许正在着急忙慌地给我打电话，求助我出去把你领回来。"

"你还说！"

叶倾城推开成清恒，伸手就在他胸前猛砸了一圈："你这人买手机是干吗的啊，摆酷还是耍帅，给你打电话总是不接。我刚才就算是被丢出去了，也没敢指望你接电话把我救回来！"

"你给我打电话了？"

成清恒拿出手机一看，果然有好几个未接来电："抱歉，又不小心开了静音。"

成清恒有个习惯，每次来医院换好白大褂后，都习惯性把手机调成震动模式，偶尔没注意，就直接弄成静音，为此没少漏接几个电话，幸好都不是很重要的事。

"闪开闪开，说什么都没用了。"

叶倾城挑起眼帘，仔细打量成清恒的办公室，比她想象中的小一点儿，还真的是医生待的地方，满墙壁贴满了守则、条规、人体图、心脏图等等。

窗台放着小盆栽，绿油油的看上去很是讨人喜。

"没想到你也会买小盆栽。"叶倾城走过去，手指拨弄着绿叶，"我以前也很爱养小植物，可是每次都把它们养死了。"

说起这个，叶倾城总是一脸失望，在国外留学的那段时间，她在一家华人老板开的花店打工。对花花草草有着很深的兴趣，但每每带回宿舍的小盆栽，熬不过几个月就都枯黄死掉了。为此，老板还开玩笑地让她千万不要碰店里那些高档的花草，以免一个不小心，一个月的工资都赔不起。

"这有什么好奇怪的。"

成清恒走过来，跟叶倾城面对面，随手拿过桌上一本病历记录翻看开来，嗓音不咸不淡："你连你自己都没养好，当然养不了花花草草。"

"……"

这又是什么歪道理！

第十八章

丑媳妇也要见家长

就在这个时候，有人敲门，成清恒应了一声，推门进来的是一个老医生。看见成清恒办公室里有个年轻的小姑娘，老花镜下的双眸闪过一丝惊讶。

"丁教授。"成清恒合上手里的病历本，站直了身打招呼，侧头看向叶倾城，"这是我们医院神外的主任，丁教授。"

叶倾城赶紧弯腰打招呼："丁教授好。"

样子规矩得就像是个小学生，端正得让成清恒有些忍俊不禁，他倒是忘了，叶倾城才刚毕业，对于教授这两个字眼，还是敏感得很。

就像是一提及，身上就有一根发条，一把将她拉紧一样，片刻都不敢放松。

丁教授托了托老花镜，呵呵呵地笑了几声，慈爱地看着叶倾城："清恒啊，这是你的小女友？"

成清恒淡笑："是。"

叶倾城猛地侧过头，偷偷打量身旁这个男人，阳光化作线条勾勒着他的五官棱角，这是第一次，从他口中听到承认。

叶倾城下意识抿唇轻笑，手指攥着衣摆，明眸中藏着笑意。

丁教授把这表情尽收眼底，笑着走上前来："你交了女朋友，这医院里的女医生女护士们，可都要伤心咯。"

成清恒虚扶着丁教授走到长沙发坐下，自己则走到另一边，伸手招呼叶倾城过来。

丁教授仔细打量着叶倾城，老人家就喜欢这样的小姑娘，看上去干干净净，样子大方可爱："小姑娘还在念书？"

叶倾城端坐着挺直了腰板，双手平放在膝盖上："丁教授，我已经毕业了，现在在朋友的工作室做文案。"

"哦？做文案的，搞艺术的？"

叶倾城点了点头："在国外学戏剧编导毕业的。"

"哦？"丁教授来了兴趣，笑着跟叶倾城讨论起几部经典有名的美剧。

叶倾城想不到，医学教授对欧美戏剧这方面也颇有研究，甚至那标准的美式腔调一出来，令她整个人精神振奋，犹如回到了学校跟专业课教授讨论戏剧鉴赏一样。

两个人聊得异常合拍，成清恒坐在一边都插不上话，默默地沏茶，扬着唇听。

"清恒啊，这小丫头你从哪里找的，跟我这个老头子合拍得很啊。"丁教授朗声笑起来，"带她去家里了吗？我跟你打个赌，你奶奶肯定会喜欢这个丫头的。"

丁教授……

这话能不能等人走了再说啊……

叶倾城涨红了脸，都不敢抬起头来。平生哪里听过这样的夸奖，总是觉得配不上成清恒，不论是从身材样貌还是智商，生怕别人一知道他们在一起，就马上赌着什么时候该分手了。

所以，丁教授的喜欢，让她受宠若惊，就差抓着成清恒的手激动地大喊大叫了。

"还没带去家里，想等过一段时间，不着急。"成清恒双手端着茶杯放到丁教授面前，声线沉稳。

"相处有多久了？差不多就可以带给你奶奶看了，瞧她平日里着急的，恨不得逮到我们这些老朋友就嚷嚷着问有没有适龄的对象介绍给你。"

哦？还有这种事？

叶倾城扭头看成清恒，后者直接伸手覆住她的脸颊推回去。

"老人家就爱操心这些。"

"呵呵，你也到了该结婚的年纪了，不怪你奶奶操心。"

关于女朋友的话题也聊得差不多，丁教授没忘了过来找成清恒是有事相谈。

原来他手下有个病人，病情相对复杂，年前做过心脏搭桥手术，现在又要做脑部手术，所以想跟成清恒了解一些情况，顺便要他帮忙分析这次的脑部手术会不会给心脏施压。

"你在这里等我，我跟教授去看一下病人的情况。"

"哦，好的。"

叶倾城起身，目送丁教授跟成清恒离开后，回到沙发上。她拿出手机来刷微博，日光透过窗户，懒洋洋地洒在她身上，眼皮一点点变重，什么时候睡过去的都不知道。

成清恒回来的时候就看到这样的画面，叶倾城倒在沙发上睡过去，长发披散，手里还抓着手机。

这样的环境下她都能睡着，还真是放松，成清恒可能不知道，当他从衣架上取下外套披在叶倾城身上的时候，眸光有多温柔。

修长的指尖在叶倾城的脸颊上轻轻滑过，嘴角浮起一丝宠溺的笑容，教授说得有道理，是时候要带回家了。

叶倾城做了一个很长的梦，梦沉得怎么都醒不过来，等到她费力挣脱梦魇，整个人重心不稳一头栽在了地上，腿"哐"的一声撞在了茶几角，疼得她眼泪当场飙出来。

"成清恒……"

哭着抬起头来，可怜兮兮地看着朝自己奔过来的男人，叶倾城紧抓着那件白大褂的衣角，任由成清恒将她抱起来。

"哪里撞到了？让我看一看。"

叶倾城抬起腿来，被茶几角撞到的地方变成大块瘀青，成清恒轻轻一摁，她就疼得直叫："你轻点，轻点。"

"你先坐一会儿，我去给你拿瓶药油过来擦。"

"嗯。"

成清恒走了之后，叶倾城低头查看脚上的伤，这才注意到掉在地板上的西装外套，连忙捡起来拍了拍，生怕沾到了灰尘。

像成清恒洁癖那么重的男人，衣服掉了，可他刚才竟没有第一时间把它捡起来。

等待的时间里，叶倾城拿过手机，点开屏幕一看时间，惊得嘴巴张开，她居然睡了快两个小时！

在这张窄到不行的沙发上！

叶倾城开始惊慌失措地往四周看，这里是成清恒的办公室，医生的办公室分分钟都可能有人来敲门，或是患者，或是护士，又或者是其他医生，而她！

在这沙发上酣睡了两个小时！

叶倾城抱头倒在沙发上，哀号了几声，成清恒刚好拿着药油进来，见她那样，眉头微拧："还是很疼？"

叶倾城摇头，皱着一张脸小声问道："我睡着的时候，有人进来过吗？"

见她是在意这个，成清恒起了玩心，装作平静地扶起那被撞伤的脚，一边擦药油，一边若无其事地开口："进来了几个病人，还有护士，哦，还有个实习医生过来反馈个临床的情况。"

"……"

叶倾城哑然。

成清恒抬眸扫了叶倾城一眼，还嫌不够地补充："我怎么不知道，你睡觉会打呼？"

"什么！"

这一次，叶倾城没能扛住，尖叫着站起身来，直挺挺地看着成清恒："你说，我、我打呼噜了？"

叶倾城已经非常努力想要让自己冷静下来，可还是忍不住抖，她无法想象那个画面，甚至下意识伸出手来摸了摸嘴角，生怕连流口水也一并没落下。

"成清恒，你都不叫我。"叶倾城闭上眼睛，感受着这种被全世界抛弃的感觉，像是想到了什么，猛地睁开眼，"从这扇门走出去，你跟我也差不多，你的女人丢脸了，你也好不到哪里去。"

成清恒强忍着笑，把药油盖好，走到办公室角落的洗手台洗手，身后还传来叶倾城的碎碎念。

似乎是找到了一个合理的安慰，她开始不停地催眠自己："我是太累了，而且沙发睡着也不舒服所以就发出了点小声响。人家肯定能理解的，而且你这么帅，又医术高明，你找的女朋友在别人眼里肯定也是不逊色的。所以综合下来，就算有点小瑕疵，那我在别人眼中也是接地气的，这样更好相处啊。"

"你倒是想得挺多。"

成清恒走过来，双手搭着沙发靠背，俯下身子凑近叶倾城，后者把头微微往后仰，专注地看他，语气极其认真："你觉得我哪里说错了吗？未来我是要在这医院里经常行走的，打好交道，处理好关系是很重要的。"

"你没事来医院行走什么？"成清恒很有耐心地一步步套着叶倾城的话，仿佛这样逗着她，很有趣的样子。

叶倾城一脸怀疑地看着他："我不能来？"

"医院是生病了才来，又或者探望病人才来的地方，你两者都不占。"

看着成清恒那一脸正直的做派，叶倾城忽然笑出声来，双手环住他的脖颈，凑近了小声道："那探望家属？"

"呵！"

成清恒笑了一声，听到这样的回答，心情甚好："这个借口，勉强过得去。"

"是吧是吧，我也这么觉得，你快夸夸我。"

怎么夸？

成清恒干脆用实际行动来表示，低头亲了亲叶倾城的鼻尖，再一点点往下，薄唇与她柔软的唇瓣相覆，浅尝辄止的吻，温柔而又深情，诠释着一种恋人的耳鬓厮磨。

盛家提出解除婚约，是在阮明淮跟叶倾城见面的五天后，听说是女方做了羊水穿刺，亲子鉴定结果出来后，确认孩子是阮明淮的。盛小茹跟阮慎国提着厚礼主动到叶家登门道歉，叶老爷子大怒，叶汐念匆匆从公司赶回家的路上，顺便接走了叶倾城。

"我都听说了，阮明淮这件事，有一半是成清恒做的。"叶汐念把控着方向盘，扫了叶倾城一眼，笑着打趣她，"是不是被感动到了？"

"姐，你别这么说，弄得好像那个女的怀孕，是跟我家成清恒有关一样。明明是阮明淮自己的问题，怪不了别人。"

"哟，你这胳膊肘往外拐得挺快啊，这才相处多久呢，就已经把自己的位置给找准啦。"

叶倾城咬唇，白净的脸上露出一丝赧然："我这都是实话实说……"

叶汐念笑："我也不逗你了，这趟回去，家里气氛肯定不好。爷爷血压高，这种解除婚约的事一旦处理得不好，说成你被退婚，传得沸沸扬扬都是有可能的事。成清恒那边知道了吗？你都非他不可了，他还没什么表示？"

叶倾城揉了揉头发，实际上，她并不喜欢因为自己跟阮明淮的事而逼迫到成清恒做出什么决定。她喜欢了他这么多年，好不容易在一起，恨不得日子能走慢点，谈一场漫长到无期限的爱情，而不是早早就被婚姻这两个字给捆绑住。

一桩婚姻，不是我爱你，你爱我，两个人的事，而是面临着两个家庭的结合，不论是从生活还是其他方面，都要试着去融入跟改变。

叶倾城现在最忐忑的，其实还是成家人的态度，特别是黄施，自从得知自己的真实身份后，她是真的怕黄施无法接受，成家人也不允许成清恒跟一个私生女结婚。

"我现在一想到这个问题，就觉得后脑勺很沉，姐，我们能不能走一步看一步……"

见叶倾城是真的为难，叶汐念也只好点头。

"成清恒也不是玩世不恭的男人，在这种问题上，他应该能处理好，你要是为难，就看他怎么给你安排好了。"

"嗯。"

到了叶家，一进大门就能感受到那剑拔弩张的紧张气氛，叶倾城跟在叶汐念身后，走到客厅依次打招呼。

叶老爷子坐在主位上，手里还拿着根拐杖，握着拐杖的手，攥紧了，布满皱纹都还能看见突起的青筋。

叶京涛跟阮慎国、盛小茹面对面坐着，阮明准就站在一边，余雅芳不在，倒是让叶倾城松了口气。

"倾城啊，阿姨这次真的对不起你，是明准的错，我跟你阮叔叔特意登门来向你爷爷、爸爸妈妈还有你道歉。"

盛小茹站起身来，牵住叶倾城的手，那一脸愧疚的表情让叶倾城觉得很不好受，毕竟在这件事上，她也是要负担一定责任的。

"阿姨，您快别这么说。"

盛小茹转而看向叶京涛："叶董，项目合作不会因为两家联姻解除而有一丝一毫的变化，我在这里向您承诺，公事跟私事，我盛小茹一向都是分得很清楚的。"

"现在不是谈项目合作的问题！"

老爷子将拐杖重重用力在地板上敲了一下，苍老的嗓音里透着不容置疑的威严："我家倾城，虽然不比她姐姐优秀，但在我老头子心目中，也是叶家的宝贝！掌上明珠！她没有做错任何事，担不起被退婚这个名声，你们自己的孩子管教不严，闹出了这样的事，对外也必须说清楚，跟我叶家毫无干系！"

"爷爷……"叶倾城红着眼眶，哽咽着说不出话来，她走上前半蹲下身，双手圈着老爷子的手，"您别生气了，我没有关系的。"

"你这傻孩子！"叶老爷子拍了拍叶倾城的手，转而看向叶京涛，"这件事从一开始就是你擅作主张，我警告你，要是没有处理好，你这个叶董的位置就不用坐了！"

叶老爷子在气头上，什么话说出口都是一时冲动，叶京涛给叶汐念使了个眼神，后者连忙上前来，陪着叶倾城把老爷子扶回房间休息。

房门掩上，叶倾城跟叶汐念面面相觑，都不知道该说些什么。

"爷爷我这戏演得怎么样？"

叶老爷子坐在藤椅上，闭眼深呼吸后，轻轻问了一句。叶倾城跟叶汐念当场就呆住了，这又是怎么一回事。

"你这孩子，还当真以为你爷爷是老糊涂？"叶老爷子掀开眼帘，没好气道，"你爸为了公司的利益，定下这桩婚事还强迫你答应，怎么就不知道来找爷爷帮忙。你那张脸，从一开始就没写着我同意这三个字。"

"……"

叶倾城惊呆了，她迟钝地走上前，半蹲在老爷子面前："敢情，爷爷您从一开始就知道我不想跟阮明淮结婚？"

"嗯哼。"

"那爷爷您等到现在才演这出戏！"叶倾城欲哭无泪，"如果阮明淮的前女友没有怀孕的话，我不还是得嫁给他吗？"

老人家这马后炮，真是让叶倾城有些哭笑不得。

"你错了。"叶老爷子抓了把胡子，伸手点了点叶倾城的脑袋，"你这孩子，我从小看着你长大，有什么心思能够瞒得住你爷爷？偷偷摸摸谈了个恋爱，你以为爷爷不知道？"

"爷爷，您藏得可真够深的啊。"叶汐念走上前来，狡黠地眯着眼，"那您知道，倾城是跟谁在谈恋爱吗？"

"姐……"

"呵，还害羞？"叶老爷子八卦起来，就跟小孩子差不多，"我每天早上去公园晨练，没事的时候跟老伙计们去钓鱼，真以为我们就只聊我们那个年代的事？打鬼子，地道战？"

叶老爷子指了指墙壁上的挂钟，询问准确的时间点，叶倾城报上数字后，老爷子"嗯"了一声，拉长尾音。

"时间差不多，人应该在来的路上了。"

人？谁啊。

叶倾城回头看了叶汐念一眼，后者同样不解地摇头。

"好了，你们两姐妹各自找点事做，别出这间屋子，老头子我休息一下，一早上吵吵吵，听得我头疼。"

叶老爷子挥挥手，闭眼躺在藤椅上休息，过了大约半小时，传来轻轻的敲门声。

"爸，是我。"是叶京涛的声音。

老爷子抬手示意叶汐念去开门，叶京涛走了进来，意味深长地看了眼角落坐着的叶倾城。

"慎国跟小茹已经回去了，跟盛家的这桩婚事解除后，明准会找个机会，澄清一下事情跟倾城无关，不会终止两家在商业上的合作，也不会影响两家人的关系。"

说到这里，叶京涛停顿了一下，轻咳一声："还有就是，钟阿姨跟黄施过来了。"

叶京涛口中的钟阿姨，叶倾城并不知道是谁，但听到黄施这个名字，还是下意识站起身来，瞪大了眼睛。

"说是想跟您谈一下，清恒跟，嗯，倾城的婚事。"

叶京涛话都说得有些断断续续，显然一时间有些迷糊，这刚送走阮慎国夫妇，怎么成家人就找上门来了，还一开口，就提到婚事……

叶老爷子抬眼，呵呵呵地笑了几声："过来扶我一把，这成家司机的车速，可真比我想象中慢太多了。"

叶老爷子拄着拐杖，刚走到门口就停下，转身看着呆滞的叶倾城："丫头，待在屋里别出来，要是真好奇，就贴紧着门缝，爷爷这房间，隔音效果不好，该听的，都能听见。"

"……"

"知道了爷爷。"见叶倾城没反应，叶汐念就帮着应了一声，等到门关上，她笑着捅了捅当事人的手肘，"没想到，咱爷爷居然这么厉害，你那小心翼翼保护着的地下恋情，指不定从一开始就被他老人家给看穿了。"

"成清恒没跟我说过……"

叶倾城一脸发蒙，怎么就突然上门提亲了……

"指不定你家成清恒也不知道这件事。"叶汐念拉开书桌前的椅子坐下，开始分析起来，"爸刚才说的钟阿姨，如果我没猜错应该是成清恒的奶奶，听说是个幽默风趣又慈祥的老太太，跟咱爷爷是很多年的老朋友了。"

"你见过？"

"没有。"

"……"叶倾城一头栽在桌上，"那不就得了，听说是听说，是不是真的还是一回事。"

见叶倾城这有气无力的样子，叶汐念干脆踢了她几脚："去，趴门板上听听外面的局势，事关你的人生大事，你总得上点心吧。"

门外客厅，黄施扶着成老太太坐下，叶老爷子刚走出来，就笑呵呵地招呼上好茶招待。平日里都是在广场中心散步晨练的时候碰面，很少像现在这样穿得正经得体地上门拜访。

"叶老头，看样子我们成家跟你们叶家这缘分可深得很啊。"

　　成老太太开门见山，可是一点儿弯都不绕，这一路上她把想说的话都练了一遍，生怕哪句说得不妥，让叶家人笑话，还耽误了宝贝孙子的婚姻大事，闹得黄施也跟着紧张起来。

　　时隔多年，她再度来到叶家，却在踏入大门的时候，恍然察觉心绪并没有发生多大的起伏变化。

　　或许是因为这一次，她是以成清恒母亲的身份来的，又或许，她是已经把那些陈年旧事给放下了。

　　叶老爷子也是笑呵呵地点头："前段时间京涛在生意上出了点差错，这盛世抛来合作的同时也看上了我们家倾城，这不，趁我这老头子不在家，就匆匆把孩子们的婚事给订了。"

　　关于这一点，叶老爷子说的时候故意表现出很生气的模样，当着成老太太跟黄施的面，也没想过给叶京涛台阶下。

　　房间里，叶汐念贴着门板听，一边对着叶倾城挤眉弄眼，低声说道："咱爷爷这演技，可真是不得了了。"

　　"实话说，我也被震到了……"

　　"订婚宴我也参加了，看着倾城穿着婚纱的样子，我心里还在可惜，这么美的姑娘，是我们家清恒没这个福分。"

　　黄施不愧是名门的媳妇，说话做事圆润得体，不失礼仪。

　　"但后来才听我们家清恒说，倾城这婚约，打算解除了？"

　　"是已经解除了。"叶老爷子摸了摸白胡子，"强扭的瓜不甜，孩子们的终身大事岂能儿戏。明淮那孩子是有对象的，只不过玩世不恭，一直瞒着家里人。倾城又向来懂事，只要是他爸爸说的话，她就不敢不听，这不，我也是才知道她一直以来，都在跟清恒谈朋友。"

　　"老爷子，是我们家清恒礼数不周，今天我妈还说一定要让他亲自过来，无奈医院有一台重要手术，是他主刀，一时半会儿脱不开身。"

　　"没事没事。"老爷子挥手，"年轻人事业为重，清恒也是我看着长大的，从小就很优秀，在医学这方面的造诣也比同龄人出色很多，在培养孩子这方面，你跟俊业功不可没啊。"

成老太太坐在沙发上，目光却一直往楼上扫，这时候终于忍不住，假装板着脸："叶老头，我这未来孙媳妇呢？不在家？"

"着急？"

"哼！我告诉你叶老头，你跟我家老成当年下棋可没少输，欠下的条件可不少，这次，我就是要带走我家孙子心心念念记挂着的宝贝倾城，你可不能说一个不字。"

总感觉练了一路的话，在叶老这种人面前还不如来个爽快点的，成老太太的话刚一说完，叶老爷子就笑着扭头往房间的方向喊："倾城丫头，出来吧！来见见你未来的婆婆还有奶奶。"

门内，叶倾城腿一软，直接跪坐在了地板上，叶汐念忍着笑将她扶起来："宝贝，养兵千日用兵一时，你这一肚子鬼心思跟演技，就看今天能不能发挥得淋漓尽致了！姐姐在这里等着你的好消息！"

"姐……"叶倾城手指冰凉发汗，"我紧张……"

"别怕，快出去，别让人家等着，礼数上不好。"

就这样，叶倾城还没做好心理准备，就被叶汐念半推半踢赶出房间，门"嘭"的一声关上，震得她后背更凉。

"傻站在那里做什么，快过来打招呼。"叶京涛喊了一声。

叶倾城连忙走上前，垂在身前的双手攥在一起，眉眼弯弯："成奶奶好，阿姨好，我是叶倾城。"

不施粉黛的清丽容颜，眉眼清秀，还有一身得体的衣着打扮，成老太太一眼就喜欢上了叶倾城，朝她招手，脸上浮起慈爱的笑容："丫头过来，让奶奶仔细看看。"

成老太太刻意把姓氏省去，一下子就显得亲近了许多。

"老叶，我不管，这未来孙媳妇我是要定了。"才聊了几句话，成老太太就拉着叶倾城的手不放了，身旁坐着的黄施也是笑脸盈盈。

"孩子，今天跟奶奶回去，晚上在奶奶家吃饭，把清恒也叫上。吃完饭就让他陪你回来，见见你爷爷还有爸爸妈妈。"

叶倾城红着脸，努力等着"怎么样"这三个字，却发现成老太太根本不是要跟她商量，而是直接帮她做好了这个决定。

"奶奶……我……"

叶倾城有些为难地看着叶老爷子，第一次遇见这样的状况，她忽然有些蒙了，不知道该说什么好。

乐呵呵地点头答应，在别人看来会不会变成太随便，太积极。如果推脱的话，老太太又会不会不高兴。

"倾城可是我们叶家的宝贝，清恒那小子都还没正式来拜访我这个老人家，怎么能让我家宝贝就这么跟着过去了？"

"哎，你这个老头子！"成老太太着急了，"这都什么年代了你还这种迂腐思想，不是说了晚上就让清恒过来嘛，我这是喜欢小丫头，想跟丫头多相处，你拦什么拦。"

叶倾城差点没忍住想要笑出声来，黄施坐在一旁，给予她一个善意的微笑，似乎在跟她说，别紧张，老太太是真的喜欢你，才这么着急。

"叶叔，您看这样行吗？今天我陪我妈过来，就是想要把两个孩子的事给定下来，做家长的，总是格外关注孩子感情方面的事。清恒做事向来沉稳内敛，自己有想法，这也是他第一次跟家里提起交女朋友的事，并且主动说了，以后会跟倾城结婚。"

黄施端坐着柔声开口，今天本来要叫上成俊业一起，显得正式点，无奈于临时有个会议，来不了，说是以后一定设宴，两家人正式见面。

但该说的话，该表明的态度，黄施还是有所准备地来了。

"考虑到倾城年纪还小，我们本是不着急，想让两个孩子多相处久一点，可前段时间就出了跟盛家订婚的事，一时间……"

叶京涛低头摸了摸鼻子，也是有些尴尬，跟盛家订婚的事，责任在于他。

"所以趁着这次见面，我们也想表个态，若您同意了，就定个时间让两个孩子结婚，这一见钟情跟两情相悦的美事，可不敢再耽搁了。"

就这样，叶倾城跟成清恒的婚事在两个大家长的商量下敲定了时间，全程都没有叶倾城说话的份。

"丫头，去准备准备然后跟奶奶回家。"

叶倾城站起身，一步三回头地看着沙发上的大人们，在老太太的催促下赶紧回房间，把门关上，这才想起来，是不是应该打个电话给成清恒安慰他一下，毕竟就这样被大人们给卖出去了……

叶汐念溜过来，一开门就笑嘻嘻说着恭喜恭喜。

"还以为你跟成清恒会走得很困难，毕竟成家是大户人家，条条框框多得很，没想到老太太是真的和蔼慈祥，瞧她喜欢你喜欢成这个样子。"

叶汐念帮叶倾城把手机拿过来："是不是迫不及待想要告诉你家成清恒这个好消息？"

"才不是。"叶倾城把苦恼说给叶汐念听，成清恒并不是那种喜欢别人擅作主张的类型，眼下连办婚礼的日子都敲定了，中途好几次想要说问问成清恒的意见，结果刚一开口，就被老太太的眼神给打断。

"我就怕他一生气，着急着退货。"

"噗……"叶汐念着实没想到妹妹会用退货这个词来形容自己，"别让人等太久，换件衣服快点出去，然后路上给成清恒发条短信。"

就这样，叶倾城在迷迷糊糊的情况下，上了去成家的车，一路上陪着老太太坐在后座，两只手被老人家牵得紧紧的，别说是发信息了，连腰板挺得发酸都没能抽出手来捶一捶。

"倾城啊，清恒平日里陪你的时间多吗？毕竟医院的事情可是很忙的。"

"嗯，我平时也要去工作室上班，就早餐跟晚餐一起吃，偶尔午餐有时间也会约着。"叶倾城也就是个老实丫头，回答问题也一本正经不敢有任何欺瞒。

跟她相比，这阅历丰富的老太太在听到"早餐"这两个字眼时，就下意识跟黄施使眼色，后者也是抿唇微微一笑。

　　以她们对成清恒多年的了解，虽然自己身为医生，但成清恒这一日三餐，一餐不可缺的念头薄弱得很，工作忙的情况下，情愿多睡五分钟，也不会起来做早餐吃。

　　可叶倾城却说他们会一起吃早餐，显然，这两个年轻人是住在一起了。

第十九章

男神，我给你买包去污粉

到了成家，老太太下车后就上楼休息，折腾了一下午也有些乏，黄施主动约叶倾城一起去逛超市，准备今晚晚餐的食材。

叶倾城不敢说不好，就在楼下坐着等黄施换身衣服下来，这期间，她连忙抓紧给成清恒发短信。

编辑了半天，又删掉，想不出究竟应该怎么说才好，一方面又想试探成清恒的态度，另一方面又怕没时间说清楚，叶倾城懊恼地抱着手机在沙发上打滚，最后果断发过去一句——

"如果有人让你下个月就娶我，你愿意吗？"

都说等待是一种煎熬，叶倾城从前没有体会过，但现在是彻底感受到了。信息发送成功后，她按捺不住想要上蹿下跳的心，捏着手机站起身来，在客厅里走来走去，时不时低头看一眼屏幕，生怕一不小心开了静音导致没能察觉到有信息回复。

黄施从楼上下来，就看见这一幕，笑着问道："怎么了？在等清恒的电话？"

叶倾城反应慢了一拍："啊？嗯，就是、就是问他下班了没……"

"我正打算给清恒打个电话，跟他说晚上回家吃饭，你说了也好，我就省得打电话了。"

黄施这么一说，叶倾城就紧张了，她短信里可没有提及吃饭这一点，见她支支吾吾，到底是过来人，黄施一下就明白过来，笑着拍拍她的肩膀。

"是不是还来不及跟他说？可能在忙也说不定，这样吧，我们先去超市，路上再给他打电话。"

"好。"

就这样，叶倾城陪着黄施一同去超市。

叶家的一日三餐多数时候都是阿姨来料理，买食材这种事余雅芳也很少做。就算她亲自去，也不可能带上叶倾城。所以，从小到大，这还是她第一次陪长辈逛超市买食材，推着车跟在黄施身旁，心中涌起一股莫名的情绪，说不清道不明，却很温暖。

黄施问叶倾城想吃什么，结果她随口说出来的菜色，都是成清恒喜欢吃的，这让黄施觉得又喜欢又心疼。

喜欢是觉得叶倾城是真的把成清恒放在心上，心疼则是觉得她把自己的位置放得太低，如果未来也是一切都迁就着成清恒来，黄施不觉得这是一种好的相处方式。

"上一次在清恒的公寓遇见你，蛋炒饭做得很好吃。"

"……"

叶倾城猛地僵住了身，在通道突然停下来，后面的人没料到，推着车直接撞到了她身上。

"呃……"叶倾城捂着后腰，闷哼了一声，路人连声道歉，黄施扶着叶倾城靠到一旁的货架上，让出位置来给别人通过。

"怎么样？很疼吗？让阿姨看看？"

"没事，就是吓了一跳，不疼的，不疼的。"叶倾城扶着购物车，站直了身子，小心翼翼地问了句，"阿姨，您是从什么时候认出我的？"

原来失神是因为这个小事，黄施忍不住扬了扬嘴角，挽着叶倾城的手，带她往蔬菜区走："实际上，那天我就认出来你是清恒的女朋友了，是你自己太紧张，哪有钟点工长得像你这么清秀的，还一害羞，就往主人卧室里跑。"一回想起那个画面，黄施就觉得有趣得紧，"而且清恒不喜欢陌生人去他的公寓，也不喜欢别人碰他的东西，所以会请钟点工的可能性微乎其微。"

叶倾城尴尬地笑了笑："是我让您看笑话了……"

"没有，我反倒觉得你很可爱。"

黄施提起了跟叶倾城仅有的几次见面，唯独刻意漏掉在明珠大酒店的那次，就是不想让小姑娘心里有疙瘩。

"清恒很少让家里人担心，从小到大什么事情都有自己的主见，包括感情这方面。上一次他答应他奶奶同叶家相亲，就是跟你姐姐，我们还纳闷怎么就答应了，现在看来，他可能是误会了，以为是跟你。"

这个细节，黄施本是忘了，现在见到叶倾城，一下子就想起来了。

"后来他就说，不用再帮他打听合适的女孩子，我们就知道，他应该是有喜欢的对象了。"

叶倾城低着头，眼睛眨呀眨，第一次从别人口中听说成清恒的态度，感觉很不一样。毕竟一直以来，她都觉得是自己主动，从一开始就是在强迫成清恒，也不见得他有过什么表示。没说过喜欢，更没说过爱，所以，叶倾城也很怕去细想。

现在，从黄施口中听说了这些话，叶倾城觉得心上像是有一阵暖流涌过，这种不被告知的承认，让她清晰且深刻地明白，付出并不是没有收获，也不是没有回应的，只是每个人选择回应的方式不同罢了。

离开超市回成家的路上，叶倾城收到了成清恒的短信。

"怎么，想嫁给我了？"

盯着这几个字眼，叶倾城看得入神，连嘴角上扬都不知道。坐在一旁的黄施只稍一眼，就知道，肯定是收到成清恒的短信了。

"我是在问你，是你要给我答案，不是你反问我。"

这一次，成清恒信息回复得很快，看着上面的内容，叶倾城只觉得耳根子滚烫，脸颊发红——

"不愿意，也就不会任由你夜夜霸占我了。"

她快速回复："这句话有歧义！你太污了！我要给你买包去污粉！"

兴许是觉得短信太费时间，成清恒直接打电话过来。手机响的时候，叶倾城吓了一跳，下意识看向黄施，后者扬了扬下巴。

"接吧，顺便跟他说晚上回家吃饭。"

叶倾城呆呆地点头，接了电话。

"叶倾城，你现在不得了啊，满脑子装的都是什么东西。"成清恒嘴角带笑，一边拿着手机，一边脱下白大褂，"我指的是你睡姿差，每晚跟只八爪鱼一样盘着我，你自己想歪了还要怪到别人身上。"

"咳咳咳……"

黄施就在身旁，叶倾城是想解释都不敢，清着嗓子生硬地问道："你下班了？"

"嗯，过去接你，然后一起出去吃饭？今晚就不要在家里做了。"

"那个，你今天回家吃饭吧。"叶倾城用眼角的余光扫了眼黄施，发现对方并没有看她，而是把头转向另一边，对着窗户，于是抿了抿嘴唇，压低声音，"我、我在你家……"

"什么？"成清恒停下手中的动作，"你在我家？"

"嗯。"

"我马上过去。"

说完，他也不等叶倾城的回答就匆匆挂了电话。听着"嘟嘟嘟"的断线声，叶倾城的眼珠子滴溜溜转了转。

她是不是可以偷偷地把成清恒这种行为理解成紧张？

成清恒的"马上"的确很快，叶倾城陪着黄施回到成家后，就坐在客厅沙发上看电视。屡次起身走向厨房想帮忙的时候，都被赶出去，结果一集电视剧开场还不到十分钟，成清恒就回来了。

他步履匆匆，一看见叶倾城就抓着她的胳膊："你没事吧？"

　　叶倾城伸出食指抵在唇间示意成清恒说话小声点，又戳了戳他的胸口："胡说什么呢，我能有什么事啊。"

　　成清恒松了一口气，扯了扯衬衫的领口，靠着墙壁喘气。见他这样，叶倾城很是心疼。

　　"你跑得这么着急干什么？我给你打电话你应该听我说完再挂了啊。"

　　"担心你。"

　　这次，成清恒倒没拐弯抹角说什么，也没跟叶倾城开玩笑，招了招手，她就已经很自动地靠过来。

　　叶倾城双手环着成清恒的腰，借着台阶的高度，听到的不再是他强有力的心跳声，而是急促的呼吸声。

　　"你奶奶跟你妈妈去我家了，奶奶很喜欢我，就邀请我来你家吃饭，还说了吃完饭让你送我回去，顺便去拜访一下我的爷爷跟爸妈。"

　　"嗯，那婚礼是怎么一回事？"

　　提起这个，叶倾城抬起头来，明亮的眼睛一眨不眨地盯着成清恒看，有些不确定地开口："你是真的打算跟我结婚吗？"

　　成清恒垂眸，淡声道："你还想跟别人结婚？"

　　"不不不，不是这样的。"叶倾城从成清恒怀里退出来，站得笔直笔直的，连连摆手摇头，"其实我也很蒙，甚至到现在都还没反应过来。不知道你奶奶跟你妈妈怎么那么突然就去我家拜访我爷爷，结果说着说着就把我们的婚事给定下来了，婚礼就在下个月……"

　　叶倾城越说越小声，头越来越低。

　　成清恒平静地看着叶倾城，不疾不徐地开口："所以，你在不确定什么？"

　　"我怕你生气……毕竟这件事情没经过你的同意，也没跟你商量就定下来了。"叶倾城抬起头来看着成清恒，眼底蒙上一层雾气，更衬得双眸清亮，"对不起，我当时应该立马给你打电话的……"

　　"我不生气。"

　　"嗯？"

"毕竟是迟早的事，早点宣布主权也未尝不可。"

说完这句话，不待叶倾城反应，成清恒弯下身来，轻含住她原本紧咬的唇瓣，看样子以后有必要跟她说一声，别总有事没事咬嘴唇，这地方，只有他能欺负。

深吻来得很是意外，呼吸缠绕在一起，叶倾城紧张地抓着成清恒的衣袖，闭上眼睛又睁开，有些不知所措。

结束的时候，成清恒的手托着叶倾城的后腰，下巴抵在她的脖颈旁，小口小口地喘气："毕竟，我也是忍了有一段时间了。"

叶倾城还在纠结着自己的意识怎么这么薄弱，成清恒一个吻，她就被迷得神魂颠倒的。这还在人家玄关门口站着呢，就亲起来了。

结果一听到他后面这句话，再费劲地联想起接吻前说的，叶倾城瞬间涨红了脸，用力推开成清恒，跺着脚瞪他："满脑子黄色思想！"

早在听到大门关上的声音时，黄施就想是不是成清恒回来了，择完菜洗干净手走出来，就看到小情侣站在玄关处接吻。

黄施吓了一跳，连忙离开现场，但脸上的表情是止不住的喜悦。小两口的感情是真的比她想象中的还要好，毕竟这还是黄施第一次看见情绪从不外露的成清恒像个陷入热恋的普通人。

叶倾城不用进去厨房帮忙，成清恒跟黄施打完招呼后，就牵着她的手去楼上露台。成老太太睡醒时，成俊业也刚回来，凑巧就赶在了饭点。

初次见面，叶倾城又开始紧张起来，不过这一次有成清恒在身旁，她多少有些安全感。她规规矩矩地打过招呼后，一直保持着嘴角的笑容，成俊业比她想象中的要好相处，她甚至打定了一个严父的形象，结果对方还风趣幽默地讲了个笑话。

入桌吃饭的时候，叶倾城坐在成清恒的右手边，正对面就是黄施，老太太是信基督的，饭前习惯性祷告一下。

正式可以动筷的时候，成清恒就很自然地往叶倾城的碗里夹了一块她最爱吃的烤鸡翅，惊得某人是瞪大了眼，连连不敢下筷。

　　心里暗自嘀咕的是，应该把第一筷的表现让给我啊！这是来你家吃饭啊！

　　事实上，成清恒没有叶倾城想的多，他只是习惯了这样的动作，这段时间跟她一起吃饭，见她总是打着少吃甚至不吃的小算盘准备减肥，他这才不得已担当了布菜的角色，不停往她碗里添她喜欢吃的菜色。

　　这样细微的小动作落在老太太眼里，很是满意。

　　"清恒啊，我今天跟你妈妈去叶家了。"

　　"奶奶，我听倾城说了。"

　　老太太点头："那婚礼的事，丫头跟你说了吗？我跟你妈觉得这事不能再耽搁了，生怕又出点什么岔子耽误你们两个，反正早晚要结婚的对吧？那早点也有早点的好处。"

　　老太太这么一说，叶倾城就想到了成清恒的回答，默默低下头去，筷子对着那一碗米饭，一小粒一小粒吃着。

　　"九月份这个时间挺好的。"

　　成清恒这么回答，就表示同意了，老太太笑得眉眼弯弯，拉着黄施的手就开始讨论起来，细节到请柬的样式她都要过目。

　　"妈，这些事就交给阿施去忙，您就别太操心了，而且年轻人的想法也多，指不定倾城还想自己设计也说不定。"

　　成俊业说完，还扬了下下巴问叶倾城，他说得有没有道理。

　　突如其来的提问弄得叶倾城差点被米饭呛到："咳……"

　　晚饭后，成清恒被成俊业叫到楼上书房，大抵是谈去叶家见家长的事情，顺便交代一些细节点。

　　叶倾城扶着成老太太在庭院里走了几圈，又休息了好一会儿才看见成清恒站在门口朝她招手，时间不早，他们也该走了。

　　成老太太着实喜欢叶倾城，约着她以后有时间一定要来家里吃饭，叶倾城连连点头，能得到这么多的喜欢，令她很幸福也很感恩。

　　一路上，叶倾城就像是打开了话匣子的开关，从被叶老爷子叫回家，看他演戏，开始讲起，到成老太太跟黄施上门谈及婚事，最后到超市里，黄施提起了初次见面的事。

事无巨细，无一落下。

"我还是觉得像是做了一场很长的梦，到现在都没有真实感。"叶倾城惬意地眯起眼睛，双手捂着脸，感受着脸颊微烫。

她何其幸运，在一天之内收获这么多的喜欢，而且他们都还是成清恒最亲近的家人。

成清恒侧过头来，目光轻柔："傻丫头。"

这三个字，饱含着他全部情感，虽说见家长跟婚礼都比他想象中快了一些，好不容易把握住的节奏又被更改。可现在看来，心情似乎没被影响到，反而，他也被带得有些兴奋起来。

到了叶家，成清恒有修养的言谈举止瞬间征服了所有人，客厅里时不时充满笑声。离开的时候，叶汐念给叶倾城发了条短信，以至于回去的车上，叶倾城的眼眶一直都是酸的——

感觉你这辈子的好运气都花在了遇见成清恒这件事情上，庆幸的是，我也看见了他眼里对你的爱，亲爱的妹妹，祝幸福。

"想什么呢？"

回到斯水城，成清恒解开安全带下车，却见叶倾城还坐在位置上不动，绕道另一边去帮她开车门，单手撑着车子，俯下身子看她。

柔和的月光映在她清澈的双眸里，波光粼粼，只稍一眼，仿佛就能勾人摄魄，令人迷醉。

"成清恒……"

叶倾城柔柔地喊了一声，解开安全带跳下车，一把撞到他怀里，双手紧紧搂着他的劲腰不放："我觉得自己真幸运。"

成清恒没说话，只是一下一下地摸着她的长发，感受着丝丝缕缕的发丝从指尖滑过的细腻感。

他也忘了，从何时起，就想要跟眼前这个女人过着一杯酒，共黄昏，厮守一生的日子。

"对了。"

叶倾城抬起头来，很是认真地看成清恒，她想起一个重要的细节有必要追究一下。

"怎么？"

"你还没有跟我求婚……"叶倾城咬着唇，一副可怜兮兮的模样。

女孩子这一辈子要经历几件大事人生才能算完整，一个是毕业典礼，一个是求婚，一个是婚礼，最后一个就是生子。

她怎么能允许求婚这个细节被漏掉……

月光在他深色的双眸上轻染一层柔色，温热的气息倾靠过来的时候，叶倾城下意识闭上眼睛，然而等了半天，却没有下文。

她猛地睁开眼，就看见成清恒正抿着唇强忍着笑。

"你！"

"我只是想凑近点跟你说话，你在想什么？"

"……"

叶倾城推了成清恒一把，若不是低头认出他脚上穿的皮鞋是她送的礼物，舍不得踩，不然早就一脚下去了。

他指尖捻起叶倾城的下巴，覆上一个很温柔的吻，浅尝辄止，滚烫的呼吸只在唇边停留了一下下，还没来得及反应过来，就听见清冽的嗓音说着三个字："嫁给我？"

后来许多年过去了，每次小吵小闹，叶倾城都要拿成清恒那敷衍的求婚出来说事，弄到后来，某人不知道补了多少次浪漫的求婚，女主人才消停，一本正经地跟怀里布满奶香的儿子解释，你爸爸是世界上最浪漫的男人，没有之一。

晚上，洗完澡叶倾城就躲在被窝里跟时瑜发微信聊天，成清恒从书房回来的时候，就听见被子里传来咯咯咯的笑声。

叶倾城的笑点很低，成清恒是见识过的，一开始他还好奇过到底是什么事，能令她笑成那样，结果看了眼聊天记录，不过是一场斗图战役，输给了时瑜那些神奇的表情图。从那以后，叶倾城就算是笑岔气，嚷嚷着让他过来看，成清恒都会一只手把她推开……

"你要去洗澡了吗？"

听到脚步声，叶倾城掀开被子坐起身来，一头乱糟糟的头发连捋一捋都懒得弄。

"时瑜回国了没有？"

"后天的飞机。"

"嗯。"

等哗啦啦的水声响起，叶倾城才抱着手机躺回到床上。

"这么说，你们的婚礼日子是定了？"

得到叶倾城确切回复，时瑜顿时尖叫起来，微信聊天慢悠悠打字已经满足不了她的好奇心，直接一个视频通话砸过来，把事情的来龙去脉了解清楚。

"省略了订婚，直接结婚，没想到成清恒的奶奶跟妈妈这么给力啊！叶倾城，你简直太好命了，不用担心婆媳关系，还嫁了一个那么优秀的高富帅。你前面考试挂科延迟毕业的运气，统统都给了婚姻啊！"

叶倾城嘴角一抽："能不提考试挂科、延迟毕业这种往事吗？我现在已经毕业了！"

"这梗啊，是终身制的，没有时效。"

"小时瑜……你不能这样的……"叶倾城把头埋在被子里，满脑子涌上来的都是她的笑料，好巧不巧的是，这些时瑜都一清二楚。

要是以后，时瑜一个不开心，或者一个太开心，没控制住，把这些笑料给抖出来，那她是跪在地板上用裙摆接都接不住啊……

"不跟你闹了，办婚礼要准备的事可多了，定在下个月不觉得着急吗？一个月的时间你哪来得及减肥塑身，还有选婚礼场地、请柬样式、婚纱款式……"时瑜掰着手指头一样一样数给叶倾城听。

这女孩子一辈子的大事，怎么都不能将就着来，更何况成家跟叶家在费城都是有头有脸的大人物，这两家联姻的婚礼，肯定是声势浩大。

"怎么办，我现在恨不得立马飞回国去帮你策划。"

时瑜向来很懂如何调动气氛，叶倾城一下子就被带动，开始热烈地讨论起婚纱的样式、随礼的内容，甚至连婚宴上的点心模样都举起手来在半空中比画。

"其实我不想婚礼太隆重，简单温馨就好，请一些最亲密的亲人朋友，就像是一场大型的家庭聚会。"

叶倾城把脑海里现有的想象都说给时瑜听，其实，她也是个有浪漫情怀的小女生，比起那些盛大隆重的婚礼，只要是能嫁给成清恒，哪怕是一个小教堂的仪式，她都觉得足够了。

"说到底，其实你喜欢就好，这毕竟是你的婚礼，我就抓紧时间瘦身，等着美美地做你的伴娘。"

"你不能比我瘦比我美的！"叶倾城佯装生气，"哪有伴娘把新娘的风头给抢了的？"

"好好好，你是新娘你最大，你说什么我都听，你让我素颜，我绝对不画眉！"

就这样闹了一会儿，时瑜那边接进个电话，说是有事要开个小会，就不再聊了。挂断电话后，叶倾城刷了一下朋友圈，把手机丢在床头柜，掀开被子就往浴室门口跑。

"成清恒，我要睡觉了，想洗脸。"

"进来吧。"

笑嘻嘻地推开门，还装模作样地把手挡在眼前，迎面一阵清爽的凉意还夹带着须后水的香味，叶倾城挑开指缝看了成清恒一眼。

"你怎么还洗冷水澡啊？"

"热。"

成清恒看都不看叶倾城，擦完须后水就开始拿毛巾擦头发，水珠顺着他健硕分明的肌理线条往下……

停住！

叶倾城用极大的意志力控制住自己的视线不继续跟随着往下瞟，螃蟹步横到放置毛巾的架子旁，伸手取下自己的毛巾，打开水龙头就开始洗脸。

主卧的浴室其实并不大，镜子前的位置就那么点，两个人前后站着，难免会有点小摩擦。先脸红的人是叶倾城，好不容易洗完脸，把毛巾随手一丢逃也似的离开那个温度渐渐攀升的小区域，没忘了嚷嚷成清恒帮她把毛巾挂回原位。

叶倾城身子灵活地钻进被窝里，等到成清恒上床睡觉，她这才转过身一脚搭在了他的膝盖下压制住。

"又要练马甲线？"成清恒挑眉看了眼，"每天晚上练得呼哧呼哧直喘气，也没见你瘦到哪里去。"

"谁要跟你谈这个了。"

叶倾城侧身枕着自己的手臂，眨了眨眼睛："你对婚礼有没有什么想法啊，比如要办什么类型的婚礼，要邀请哪些人参加，要……唔……"

话都还没说完，嘴巴就被捂住了。

成清恒靠着床头，随手拿过一本书塞在叶倾城怀里："要实在睡不着，就看书。"

"我这是在跟你讨论人生大事呢，你怎么能拒绝我。"叶倾城努力装出一副很受伤的样子，见成清恒没反应，干脆翻身像叠罗汉一样叠在他身上，某人的表情瞬间就变了。

"叶倾城，你知不知道你自己有多重。"

"……"

欲哭无泪，她要听的不是这个啊！

叶倾城挫败地趴在成清恒的胸口上哼哼唧唧，前段时间她没少看小言，那些女主角就算是挂在男主角身上半天，男主角也只会用宠溺的笑来回应，你这轻如羽毛的重量，我抱一辈子都不会觉得累。

现在！

换到她身上，怎么就是这样的故事发展了！

"你今天精神很好？"

"嗯？"

"一直睡不着。"成清恒解释了一遍，这么近的距离，刷牙后唇齿间的绿茶香丝丝缕缕缠绕过来。

叶倾城咽了咽口水不敢说话，但仍旧能感受到那如擂鼓般的心跳还有脸颊慢慢攀升的温度。

"城城。"

成清恒换了另一种叫法，再加上那么沙哑的嗓音，叶倾城再傻也能分析出接下来要发生的事，隐隐有些期待，也有些害怕。

原本攥着被子的手渐渐松开，转而抓着成清恒的衣领，叶倾城支支吾吾地开口，一张脸早就红得不像话："我……我有些……有些害怕。"

成清恒一只手将她脸颊边的碎发捋到耳后，另一只手不紧不慢地解着她的睡衣扣子："不怕，是我。"

后来，叶倾城只觉得自己像是浮在云端之上，就真的跟成清恒说的那样，有他在，不需要她做什么，也不会让她觉得害怕。

深爱，就是情到深处的互相交付。

那种融入彼此生命中的感觉，美好得难以言喻。就是疼痛感袭来的瞬间，叶倾城有些迷糊，按道理说，她早就应该不疼了啊，怎么这一次……

"傻瓜，就凭你，还想把我给睡了？"

"……"

所以，是没成功？

十万个为什么没来得及问清楚就累得睡着了，叶倾城都没来得及问清楚，她那时候没睡成功，第二天起床为什么嘴唇是破的。

谁比谁爱得更长久

　　第二天清晨，阳光透过窗户大片洒进屋里，叶倾城面对着落地窗，因为光线太亮的缘故，睡得直皱眉头，哼唧了两声。成清恒的手就伸过来，一把挡住了她的双眼，稍稍用力，她就下意识转过身来，循着热源，往他怀里蹭去。

　　叶倾城的体力被消耗得很严重，结果一个早上都在睡觉，迷迷糊糊地醒来，翻了个身，又迷迷糊糊睡过去。

　　总感觉有人在跟自己说话，至于搭理了没有，完全没印象。

　　成清恒不比叶倾城，虽说两人做的是同一件事，但他明显从精神上还有体力上都要赢一大半。准时起床洗漱，一脸精神抖擞，换好了衣服还坐在床头逗了叶倾城一会儿，见她答非所问的迷糊样，忍不住低低笑了几声。

　　在她眉间印了枚亲吻后，从床头柜里取出一条细线，牵起叶倾城的手，在无名指上圈了一圈，做好记号，塞在了衣袋里。

　　转眼，就到了九月，离婚礼还有一个星期。

　　这段时间叶倾城觉得日子过得比她在国外备战期末考的时候还要快，从请柬跟喜糖样式、婚礼场地，再到婚纱设计，甚至细节到婚礼现场要购置什么鲜花，摆放什么小甜品，她都要给小意见。

庆幸的是有黄施、叶汐念跟时瑜帮忙，叶倾城不至于一个人忙得头大。眼看着请柬跟喜糖已经发出去，所有流程定下来后也再三确认了好几遍，时瑜开玩笑地挽着叶倾城的手，告诉她剩下这几天只要做好几件事就够了——

早睡早起，多做运动，积极塑身，安安心心当她的九月新娘。

婚礼当天，叶倾城身着婚纱站在古堡城楼上，欧根纱缝制的薄纱衬裙层层叠叠，形成了一个花苞状，抹胸式的设计，将她性感的锁骨还有笔直的肩膀线条衬托得相当漂亮，还有那腰间简洁的线条剪裁，把不盈一握的好身材展露无遗。

就连叶汐念看了，也忍不住尖叫，牵着叶倾城的手，一个劲问她到底是怎么把腰间的肉给减下去的。

长达四米的头纱完全是女神级设计，远远看去，光是一个背影，就足以震慑全场。

都说女孩子这一辈子最漂亮的时刻就是穿上婚纱的模样，站在灯光下，看着巨大的落地镜子，叶倾城激动得说不出话来。

她就要嫁人了。

穿着这么美的婚纱，在这座古堡里，嫁给她深爱了许多年的男人。

一场古堡婚礼，静谧而又庄重，古典交响乐团的演奏响彻整座古堡的每一处角落。叶倾城挽着叶京涛的手臂，走上长长的红毯，每一步都走得很慢，如同在回忆这些年，她是怎样一步一步走到成清恒身边。

当那个男人握住自己的手时，叶倾城还是很不争气地红了眼眶。

誓言在耳，承诺在心。

交换戒指之后，成清恒吻了吻叶倾城的红唇，在她耳边轻轻说了三个字，我爱你。

在人山人海里，有过许多场偶遇，看见过很多人，遇见过很多惊喜，可人的心都是小的。喜欢上那个人之后，就再也腾不出其他位置来，所看到的、听到的、见到的，都会不自觉跟他联想到一起。

叶倾城想，她小半生的幸运，可能都花在了遇见成清恒这件事情上，然后小半生的情感，都用在了喜欢他、追逐他的路途上，最后，未来很漫长的岁月里，她要跟这个男人厮守到老。

"成清恒，我也爱你。"

此生最重的一个承诺，在亲人朋友的见证下，在这座浪漫神秘古堡的见证下，与这片蓝天跟土地一起，一生一世，矢志不渝。

婚后的叶倾城并没有觉得生活发生了什么变化，照旧清晨苏醒，同和煦日光一起，藏在男人怀里撒撒娇，陪同他一起迎接新一天的到来。

偶尔她做早餐，偶尔成清恒下厨，起得更早还会一起晨练，在回来的路上买最爱吃的豆浆油条。

日子过得充实幸福又知足，就连时瑜都忍不住正经说，这女孩一旦变成女人就是不一样，从里到外的气质都变了，浑身洋溢着幸福的气息，生怕别人不知道。

那时候，叶倾城只会眯着眼轻笑，怎么办，她也是极度享受这样的状态。

遇见那个人，出现得不早不晚刚刚好，值得你拼尽全力去争取，去追求，去爱。因为他能让你更深刻地感受到这个世界的美好跟完整，你人生缺失跟不足的另一半，是他能给予的，包括一副坚硬的铠甲，让你告别一切不安跟脆弱。

成清恒，就是叶倾城生命里的那个人。

新年初，费城商界举办了一场慈善晚会，上流圈的名门都会参加，成家也不例外，成清恒接到请柬当天，叶倾城刚从医院做完检查回来，手里还捏着单子。

因为想要给某人惊喜，她还特意绕到其他医院去做检查，神秘兮兮，得知结果后，在一路回来的车上，心脏扑通扑通狂跳，就差一个忍不住直接打电话告诉他了。

"成清恒，你以前发誓只爱我一个人，还作数吗？"

刚从医院回来，外套都还没脱下就听到这个问题，成清恒低头，莫名其妙地看着叶倾城，偏偏她还瘪着嘴，一副可怜兮兮很是委屈的模样。

"怎么了？突然问这个问题。"

本想伸手搂她，结果她还后退着避开了，一看叶倾城这动作迅速得，成清恒眉头都忍不住蹙起来。

"你只需要回答我作不作数，别说那么多。"

叶倾城激动起来，这气势简直不容小觑，成清恒摸了摸鼻尖点头："当然，我不爱你，爱谁。"

"那如果以后你有了小情人呢？"叶倾城仍旧追着不放。

小情人？

睿智如成清恒，目光马上往下扫，叶倾城条件反射地捂住小腹，这欲盖弥彰的动作等于是证实了他的猜想。

"你怀孕了？"成清恒嘴角的笑容渐渐绽开，双手扶住叶倾城的肩膀，凑近了看她，"去医院做检查了吗？几个月了？身体各项指标稳不稳定？"

"……"

一连串问题砸过来，叶倾城表情越来越难看："前一秒钟还说爱我……"

成清恒有些哭笑不得，亲了亲叶倾城的眼睛："老婆，我是爱你没错啊，我没有说过我不爱你之类的，我只是问你是不是怀孕了。"

"我什么都没说你怎么就觉得我怀孕了？还有，如果我怀孕了，在你心中是不是位置就变低了，你事事会以宝宝为重，生个女儿出来就是你的小情人，生个儿子出来你就跟他做兄弟，然后我就是黄脸婆……"

都说女人一旦怀孕，思想就会变得很细腻很敏感，动不动情绪一上来不分青红皂白就发脾气。一开始成清恒还不信，非觉得是歪道理，可现在看叶倾城这样，他倒是真觉得过来人的经验多少是要听听的。

这一天，成清恒足足哄了好几个小时，叶倾城才变顺毛，乖乖把包里的检查单子递给他。紧接着就看他四处打电话，先是跟家里人说了这件喜事，然后就开始跟医院的领导调整以后的上班时间……

最后，就是慈善晚宴，成俊业的意思是让成清恒跟叶倾城一同出席，但现在叶倾城怀孕了，不适合去人多的地方，更何况还是宴会，又要穿晚礼服，又要穿高跟鞋。所以她不去，成清恒也想留在家里陪她。

无奈成俊业跟黄施都抽不出时间，到最后，成清恒决定一个人去，早去早回。

一年一度的费城慈善晚宴，来的除了商业圈中的上流人物，还有费城的名门，连一些当红明星都会过来走红地毯，可见规模之大。

成清恒遇见阮明准的时候，刚从洗手间出来，走廊上，他刚结束一通电话，看上去眉眼间露出的温柔何其熟悉。

因为他跟叶倾城打电话的时候，也会不自觉流露出这样的表情。

"还没恭喜你，新婚快乐。"

"谢谢。"

正面碰见，总是要打招呼的，成清恒跟叶倾城大婚的时候，出于礼数，也给盛家发了请柬跟喜糖，但阮明准去上海了，也就没有出席。

这还是成清恒婚后，他们第一次碰面。

"倾城怎么没来？"

"她身体不舒服，在家休息。"

说完这句话，成清恒理了理领口的领带，一个眼神示意算是打招呼，就准备离开，擦肩而过的时候，阮明准喊住了他。

"你知不知道，你很幸运。"

成清恒眸色极深，侧过头看阮明淮，沉默着不开口，等着他的下文。

"我问过她，有没有喜欢过我，你知道她是怎么回答的吗？"回忆起那时候的对话，阮明淮只觉得自己很是挫败。

他骄傲了那么多年，自信了那么多年，却在那一刻，被叶倾城一句话轻描淡写地打败了。

"她说，爱情里没有将就，她爱的人是你，这么多年来都没有变过。"

提及叶倾城，成清恒的目光总是不自觉放柔来，而在听到阮明淮这句话后，他能感觉到心脏受到的震动。

他不是不知道叶倾城对他的深爱，只是自己感受，跟从别人嘴里听到的，感觉完全不一样。

"倾城是个很好的女孩子，她喜欢了你那么多年，值得你为她付出一切。"

"你可能误会了一件事。"

成清恒的目光从阮明淮脸上淡淡扫过，手指指腹摩挲着无名指上的婚戒，嗓音不咸不淡："她是喜欢我很多年，但我，爱了她更多年。"

当脚步声由清晰变模糊，由深变浅，直到完全消失的时候，阮明淮才回过神来，明白成清恒话里的意思——

他说，他爱了叶倾城更多年。

也就是说，他比叶倾城更早动心。

回斯水城的路上，成清恒一直催着司机加快车速，从大门到卧室，他几乎是大步流星，等推开门，望见床上那熟睡的身影还有床头留着的橙黄壁灯，五官棱角甚至双眸，都泛着柔色。

他放轻了脚步走过去，坐在床边，细细打量叶倾城熟睡的面容，柔和的灯光衬着他英俊的眉眼熠熠发光。

这辈子，他遇见过的人不少，放在心上的人却不多，曾几何时，在那座大宅子的门外遇见那个胖嘟嘟的小姑娘，和着她银铃般的笑声，就这样莽撞地闯进了他的世界里。从此以后，长达十多年的时间，都未能抹去他心中关于她的碎片记忆。

窗前月光作证，衬着男人深眸里的虔诚，只见他缓缓俯下身子，在女人唇间印上一枚轻吻——

我爱你，倾城，深爱。

全文完

YIYEQINGCHENG

扫一扫看更多图书番外，作者专访

【官方 QQ 群：555047509】

每周丰富多彩的群活动，好礼不停送！
作者编辑齐驾到，访谈八卦聊不停！